BASTEI
LÜBBE
TASCHENBUCH

Weitere Titel der Autorin

Drei sind keiner zu viel

Titel in der Regel auch als E-Book erhältlich

Jan Smith

AMORS SKLAVIN

Erotischer Roman

Aus dem Englischen von
Jasmin Eden

BASTEI
LÜBBE
TASCHENBUCH

BASTEI LÜBBE TASCHENBUCH
Band 17 021

1. Auflage: Juli 2014

Dieser Titel ist auch als E-Book erschienen

MIX
Papier aus verantwortungsvollen Quellen
FSC® C006701
FSC
www.fsc.org

Vollständige Taschenbuchausgabe

Deutsche Erstausgabe

Titel der englischen Originalausgabe: »Pagan Heat«

Published by Arrangement with Virgin Books LTD.,
London, England
Dieses Werk wurde vermittelt durch die Literarische Agentur
Thomas Schlück GmbH, 30827 Garbsen

Titelillustration: © shutterstock/mysticlight; © shutterstock/Sarah2
Umschlaggestaltung: Manuela Städele
Satz: Urban SatzKonzept, Düsseldorf
Gesetzt aus der Palatino
Druck und Verarbeitung: CPI – Ebner & Spiegel, Ulm
Printed in Germany
ISBN 978-3-404-17021-0

Sie finden uns im Internet unter
www.luebbe.de
Bitte beachten Sie auch: www.lesejury.de

1

Viktorianische Unterwäsche hat etwas wunderbar Verdorbenes an sich.

Nachdem ich mir meinen Zweiteiler angezogen hatte, konnte ich nicht anders, als zum Spiegel zu gehen, mich umzudrehen und den Saum hochzuziehen, um meinen nackten Hintern aufblitzen zu lassen. Ich kicherte vor mich hin, während ich mich anzog, und fühlte mich nur ein klitzekleines bisschen kindisch und ein ebenso klitzekleines bisschen erregt. Es machte Spaß, was herzuzeigen, und es machte auch Spaß, sich ganz im Stil der letzten Jahre des neunzehnten Jahrhunderts zu kleiden, selbst wenn die Besucher nur mein Kleid zu sehen bekommen würden und, falls sie Glück hatten, auch ein wenig entblößten Knöchel.

Das ist es, was viktorianische Kleidung so faszinierend macht. Es ist viel verführerischer, von Kopf bis Fuß mit Stoff verhüllt zu sein, als, sagen wir, einen Bikini zu tragen, der jedem alles zeigt. Ich ziehe es auf jeden Fall vor und war froh, einen Job gefunden zu haben, in dem ich mich ganz meinen Vorlieben hingeben konnte, ohne gleich für verrückt gehalten zu werden.

Daher rührte auch das Lächeln auf meinem Gesicht, während ich mich anzog, denn ich hatte nicht nur den idealen Job an Land gezogen, sondern auch den schönsten Ort zum Wohnen gefunden, und das auch noch mietfrei. Die meisten Menschen halten Hausmeister für einen Job, der auf der sozialen

Rangliste so weit unten steht, wie es nur möglich ist. Mich kümmerte es nicht – nicht, wenn ich Hausmeister in Elmcote Hall sein konnte. Ich war gleichzeitig auch noch Touristenführer, Manager, Chefkoch und Tellerwäscher in einem, da die Stiftung sich kein weiteres Personal leisten konnte. Für mich war das in Ordnung. Um ehrlich zu sein, war es sogar perfekt.

Die Vorstellung, Besuchergruppen umherzuführen und mich ihnen zu präsentieren, machte mich am ersten Tag ein wenig nervös. In meinem Vorstellungsgespräch hatte ich den Verwaltern versichert, wie gut ich »mit Menschen« konnte. Sie hatten es geschluckt, auch wenn die Entscheidung wahrscheinlich durch meine Promotion über Elgar Vaughan, notorischer Okkultist und der letzte Spross seiner Familie, der Elmcote Hall bewohnt hatte, begünstigt wurde. Gut mit Menschen oder nicht, zumindest wusste ich, worüber ich sprach.

Ich hatte die Kniestrümpfe, die Unterwäsche und meine niedlichen Stiefel mit den viereckigen Absätzen übergestreift; als Nächstes kam das Korsett dran. Es ist wichtig, erst die Stiefel anzuziehen, denn sobald das Korsett geschnürt ist, braucht es schon Yoga aus der fortgeschrittenen Klasse, um an seine Füße zu kommen. Mein Korsett war maßgeschneidert – meine Belohnung an mich selbst dafür, dass ich meine Doktorarbeit pünktlich abgegeben hatte. Es besaß die klassische S-Form und reichte von meiner Brust bis zur Mitte meines Hinterns. Die einzige Möglichkeit, es ohne eine Zofe oder einen hilfsbereiten Gentleman anzuziehen, war, erst die Schnürung zuzuziehen, tief einzuatmen und dann die Schließen auf der Vorderseite nach und nach zu schließen, während man selbst langsam blau anlief.

Das angenehm enge Gefühl war die Mühe wert. Außerdem mochte ich, wie es meine Brüste und meinen Hintern betonte, ohne nackte Haut zu zeigen. Ich war in Baumwolle, Satin und Spitze gehüllt – ich zeigte nichts, fühlte mich aber trotzdem unanständig. Immerhin trug ich nur Unterwäsche, und alles, was ein hypothetischer Gentleman tun musste, war, mich in seine Arme zu nehmen, mich zu küssen und mein Höschen auf der Rückseite zu öffnen, *et voilà!*

Leider war kein Mann in Sicht, und ich musste in genau zehn Minuten eine Wagenladung amerikanischer Touristen in Empfang nehmen. Eine Schande, denn eigentlich hätte ich mich jetzt am liebsten auf das Bett gekniet und mich selbst zu einem langsamen und genüsslichen Orgasmus gebracht, während ich mich selbst dabei im Spiegel beobachtete. Aber für derlei Frivolitäten blieb mir keine Zeit.

Das war das Problem daran, dass ich diesen Job ganz allein erledigte. Ich konnte natürlich Leute von außerhalb anheuern, theoretisch konnte ich sogar eigene Verträge mit ihnen abschließen, aber jeder Penny musste ausgewiesen und finanziell begründet werden. Mein Wissen über Buchhaltung war, gelinde gesagt, klein, aber ich konnte ja dazulernen. Im Bewerbungsgespräch hatte man mir gesagt, dass von mir erwartet wurde, bei jeder Gelegenheit Geld zu sparen. Immerhin hatten sie mich auch gefragt, ob ich mich sicher genug fühlte, alles alleine zu schaffen, aber ich hatte ihnen versichert, dass das kein Problem darstellte. Ganz allein für Elmcote Hall verantwortlich zu sein, war genau das, was ich mir wünschte.

Seit ich das erste Mal von diesem Ort gehört hatte, war es ein Traum von mir, hier zu leben. Ich war ein eifriges, aber recht schüchternes Mädchen in der Schule und sammelte mehr Wissen an als meine Mitschülerinnen, um die coolen, mutigen Gothic Girls zu beeindrucken. Ich scheiterte kläglich damit, denn alles, wofür sie sich wirklich interessierten, war Musik, Make-up und Schmuck. Es ging nur um das Äußere, ohne jede Substanz.

Die meisten von ihnen hatten noch nie etwas von Elgar Vaughan gehört, auch nicht von Mathers, Crowley oder Becket. Einige von ihnen kannten nicht einmal Shelley oder Stoker. Es war hoffnungslos. Unsere Interessen waren zu verschieden, und ich gab auf und verlor den Kontakt zu ihnen, als ich auf die Universität ging. Dort fand ich besser Anschluss unter den Akademikern und ähnlich denkenden Studenten, aber irgendwie fand ich nie die richtige Person für mich, und als ich die Uni verließ, brach auch der Kontakt zu ihnen ab.

Dann hatte ich mich meiner Promotion gewidmet – drei Jahre intensiver intellektueller Lernarbeit. Dabei hatte ich hin und wieder einen Freund oder einen Liebhaber, aber niemand Besonderen. Es war nicht so, dass ich von Natur aus ein Einzelgänger war; es hatte sich mit der Zeit einfach so ergeben. Es lag wohl daran, dass ich es nie geschafft hatte, mich mit den richtigen Leuten zu umgeben. Jetzt lebte ich allein. Meine Eltern genossen ihren luxuriösen Ruhestand, und es gab kaum noch eine Verbindung zu meinem alten Leben, aber ich bereute es nicht. Ich hatte vielleicht keinen Anschluss, aber zumindest meinen Ort gefunden.

Seit ich aus der Dusche gekommen war, war ich jedes Detail noch einmal durchgegangen, jetzt beeilte ich mich aber, meine Unterröcke und das Kleid anzuziehen, und fluchte leise vor mich hin, während ich mit den Verschlüssen kämpfte. Sobald ich sie bewältigt hatte, fehlten nur noch Handschuhe, Hut, Schal und Sonnenschirm, und ich war fertig – bis auf das Haar und das Make-up. Das hatte ich völlig vergessen. Ich war viel zu sehr damit beschäftigt gewesen, über Elmcote Hall und die erotischen Möglichkeiten viktorianischer Kleidung zu fantasieren.

Keine Dame aus dieser Periode über sechzehn hätte es sich träumen lassen, mit offenen Haaren, die ihr bis zur Taille fielen, und ohne Make-up gesehen zu werden. Ich ließ den Schirm fallen, zog Schal, Hut und Handschuhe aus und war nach fünf hastigen Minuten vor dem Spiegel fertig. Vielleicht waren es ein wenig mehr als fünf Minuten, denn als ich die Treppe hinunterlief und die Einfahrt betrat, stand dort ein großer rotblauer Bus, um den sich mindestens fünfzig Touristen scharten. Einer von ihnen schien für die anderen eine Art Tour anzufangen.

Es hätte mein großer Auftritt werden sollen: Sophie Page gleitet majestätisch aus der Tür von Elmcote Hall, grüßt und knickst vor der versammelten Menge, das alles natürlich auf freundliche aber würdevolle Weise, die dem Zeitalter und ihrer Umgebung gerecht wurde. Stattdessen erntete ich nur ein paar neugierige Blicke, als ich mich hinter dem unverschämt großen Mann aufbaute, der gerade erklärte, dass die Einfahrt nicht deshalb halb mit Kies bedeckt war, weil wir die Handwerker im Haus hatten.

»Entschuldigen Sie bitte.«

Er drehte sich um und entblößte damit ein zerfurchtes Gesicht unter einem Wust schwarzer Haare. Er wirkte wie ein römischer Kaiser, der sich nicht entscheiden konnte, ob er verkommen oder gebieterisch wirken wollte. Etwas an seinem Gesicht erinnerte mich an jemanden, dessen Züge ich sehr gut kannte – Elgar Vaughan nämlich –, aber ich schob das auf meine übereifrige Vorstellungskraft. Zum Glück bemerkte er, dass ich aus gutem Grund in voller viktorianischer Montur hinter ihm aufgetaucht war, und trat zur Seite. Er bedeutete mir mit freundlichem, aber doch herablassendem Lächeln vorzutreten.

»Ich nehme an, Sie sind unsere Führung?«

»Ja, vielen Dank. Also, guten Morgen, Ladies and Gentlemen. Ich bin Sophie Page und werde Sie heute durch Elmcote Hall führen. Wie Mr ...?«

»Richard Fox.«

»Wie Richard – Mr. Fox bereits gesagt hat, hat sich seit dem Einsturz des Turms 1916 nur wenig geändert. Elgar Vaughan, damals 36 Jahre alt, hatte nicht damit gerechnet, so früh zu sterben, und daher auch kein Testament hinterlassen. Zumindest wurde kein Testament gefunden. Elmcote Hall fiel daher an seinen nächsten Verwandten, einen Cousin, der im Dienst des Botschafters in Indien stand. Da der Cousin vom Ruf von Elmcote Hall wusste ...«

Verwirrt hielt ich inne; ich hatte nicht mit dem Anfang meiner sorgfältig vorbereiteten Erläuterungen begonnen, sondern mit dem Ende. Richard Fox hatte mich völlig aus dem Konzept gebracht, und das Einzige, was ich tun konnte, war, von vorne zu beginnen, sonst würde ich mich völlig verheddern.

»Ladies and Gentlemen, willkommen in Elmcote Hall, oder, genauer gesagt, in den Ruinen von Elmcote Hall, da, wie Sie sehen können, nur noch ein Flügel bewohnbar ist. Elmcote Hall wurde 1832 erbaut, auf dem Grundstück des alten Herrenhauses. Seinen Namen verdankt es Henry Vaughan, einem Freund und Schüler von William Beckford, dem wichtigsten Vertreter des neugotischen Stils, dessen Einflüsse sie in der Architektur und dem, äh, eingestürzten Turm sehen können.«

Ich lächelte und hoffte, ein oder zwei Lacher zu ernten oder wenigstens ein Lächeln, das mir zeigte, dass der Witz angekommen war. Alles, was ich bekam, waren leere Blicke, in denen sich ein wenig Erwartung spiegelte, bis auf Richard Fox. Er kicherte trocken, was bedeutete, dass er wenigstens über Beckford und den Einsturz von Fonthill Abbey Bescheid wusste. Er stieg in meiner Wertschätzung, während ich fortfuhr und über die Einfahrt lief.

»Wenn Sie mir bitte hier entlang folgen wollen«, fuhr ich fort. »Henry Vaughan mochte vielleicht dem gotischen Ideal folgen, aber ansonsten war sein Leben eher unromantisch. Sein Vermögen hatte er im Textilhandel gemacht, auch wenn er in den letzten Jahren seines Lebens sein Möglichstes tat, um dies zu vertuschen. Sein Neffe, George Vaughan, erbte das Anwesen später. Er war ein eher bodenständiger Mann, dessen größter Beitrag zu Elmcote die gepflegten Gärten sind. Sein Onkel hatte den Boden bewusst urwüchsig hinterlassen, so, wie er sich jetzt auch darstellt.«

»Ich bin nicht sicher, ob das ganz stimmt.«

Ich drehte mich lächelnd zu dem Redner um, als hätte ich nicht vorher gewusst, um wen es sich handelte, und kam ihm zuvor, meinen Schnitzer auszubügeln, ehe er es tun konnte.

»Ich weiß, was Sie sagen wollen, Mr Fox. Ja, Henry Vaughans sogenannte Wildnis war natürlich nicht urwüchsig gewachsen, sondern künstlich erzeugt, um eine gotische Atmosphäre zu kreieren. Dennoch pflanzte er nur ortsansässige Pflanzenarten und ließ sie einfach wachsen, so, wie sie heute auch sind. Mit Ausnahme der Gartenpagoden und der Wege ...«

Ich hatte mich wieder selbst überholt, hielt inne und lächelte noch immer, auch wenn ich ihn stumm verfluchte.

»George Vaughan machte daraus einen gepflegten Garten, von dem nur noch der mit Linden gesäumte Weg, der Hauptrasen und die Baumschule existieren. Er wurde 1807 geboren und starb 1889. Damit überlebte er seine beiden Söhne, Henry und William, und seinen Enkelsohn, Albert, der das Anwesen eigentlich zur gegebenen Zeit erben sollte. Die Situation war daher mehr als ungewöhnlich: Ein alter Mann in seinen Siebzigern lebte allein in diesem Haus, abgesehen von einer alten Haushälterin, einer Krankenpflegerin und seinem Urenkel, Elgar Vaughan. Es wäre eine Untertreibung zu sagen, dass die Erziehung des Jungen exzentrisch gewesen wäre. Sein Urgroßvater war senil geworden, was wahrscheinlich an den zahlreichen Wasserleitungen aus Blei lag, die das Haus versorgten. Er wanderte oft ziellos durch das Haus und die Gärten, eine schlurfende, vor sich hinmurmelnde Gestalt, die dank ihrer Größe und massigen Figur noch immer beeindruckend war. Wir wissen nicht, worüber er sich mit dem jungen Elgar Vaughan unterhielt, aber es waren sicher nicht die üblichen Gespräche zwischen Urenkel und Urgroßvater.«

»Es heißt, dass der alte George den jungen Elgar durch das Haus verfolgte und dabei ein Bärenfell samt Kopf trug«, unterbrach Fox mich.

»Tatsächlich?«

»Ja.«

»Oh, ich wünschte, ich hätte das gewusst, als ich an meiner Doktorarbeit gearbeitet habe. Ich danke Ihnen, Mr Fox.«

»Es war mir ein Vergnügen, Miss Page.«

Er verbeugte sich ein wenig; die Geste hatte etwas Höfliches, aber zugleich auch etwas Spottendes an sich. Ich fuhr in meinen Erklärungen fort; wir hatten das Ende des Hauses erreicht, von dem aus man direkt auf den Kalksteinpfad blicken konnte und auf den Tempel des Baphomet am anderen Ende. Ich war völlig aus dem Konzept.

»Wie ich bereits sagte, konnte man ihn kaum konventionell nennen. Die Haushälterin, Mrs Rourke –«

»Mrs O'Rourke.«

»Mrs O'Rourke – danke noch einmal, Mr Fox – hatte wohl etwas von einem *Gauleiter* an sich, sie hielt einen Bereich des Hauses unter ständigem Verschluss und schwang nur allzu gern die Peitsche, im wahrsten Sinne des Wortes. Der Name des Kindermädchens war Florence Zeals – ich nehme an, Mr Fox wird mich korrigieren, falls ich falsch liege.«

»Nein, der Name ist richtig.«

»Ich bin froh, das zu hören. Also, Florence hatte einen Narren an Elgar Vaughan gefressen und tat ihr Bestes, um ihn zu verwöhnen. Zweifellos hatte sie großen Einfluss auf Elgar, und man kann sogar sagen, dass sie die einzige Person war, die Elgar etwas bedeutete. Denn als sie starb, begrub er sie hier auf dem Grundstück, unter dem, was später der Tempel der Gaia werden sollte, der Mutter der Erde. Zu diesem Zeitpunkt hatte Elgar schon zehn Jahre in Internaten hinter sich: in Quaintin Hall in Buckinghamshire und Eton. Keine der beiden Einrichtungen scheint großen Einfluss auf seine Persönlichkeit gehabt zu haben, dafür traf er dort auf viele einflussreiche Freunde.«

Ich fand allmählich zu meinem Rhythmus und betrat den Lindenweg.

»Elgar wurde 1880 geboren und war somit noch ein Kind, als George Vaughan starb. Für den Rest seiner Kindheit wurde das Grundstück von Treuhändern verwaltet und ziemlich vernachlässigt, sodass Mrs O'Rourke freie Hand im Haus hatte. Das Erste, was Elgar tat, als er volljährig wurde, war, die Treuhänder zu entlassen. Als Nächstes feuerte er Mrs O'Rourke. Wenige Monate später starb Florence Zeals, und damit war auch das letzte Hindernis beseitigt, das ihn von der Entfaltung seiner Persönlichkeit abgehalten hatte.

Dem widmete er sich ab sofort. Er war reich, unabhängig und niemandem Rechenschaft schuldig. So machte er sich daran, die Einflüsse aus seiner Kindheit lebendig werden zu lassen – Rätsel, verschlossene Türen, Geheimnisse und strenge Disziplin. Oft setzte er aber auch das genaue Gegenteil um. Die von Henry Vaughan erschaffene Bibliothek blieb erhalten und wurde über die Jahrzehnte kaum verändert. Sie beherbergte die klassischen Werke, viele Bücher über das Okkulte oder die Alchemie, gotische Gruselgeschichten und einiges mehr. All das hatte Elgar Vaughan aufgesogen, und man braucht nur einen Blick auf die Tempel zu werfen, die er auf seinem Grundstück errichten ließ, um die erstaunliche Verbindung antiker und mittelalterlicher Ideen zu bewundern. Wenn man nur einmal am Ende des Kalksteinweges den Tempel des Baphomet betrachtet, einer der wichtigsten Orte, den er aufsuchte, um zu beten –«

»Tempel von Baphomet-Lilith; er steht für die sexuelle Dualität, die einen essenziellen Teil von Elgar Vaughans Glaubensbild ausmacht.«

»Natürlich, Sie haben recht, Mr Fox, auch wenn ich nicht vorhatte, so sehr auf die theologischen Details einzugehen. Der Tempel, den Sie hier sehen, ist fünfeckig. Er wurde aus schwarzem Granit erbaut und folgt fast übertrieben dem gotischen Baustil. Sehen Sie, die Schnitzereien sind nicht bloße Dekoration, sondern haben eine Bedeutung – jede von ihnen repräsentiert ein Element aus Vaughans Glaubenssystem. Direkt vor uns sehen Sie beispielsweise Baphomet selbst. Er wird als Ziegendämon dargestellt, eine Gestalt mit Flügeln, deren Kopf und Unterkörper dem einer Ziege nachempfunden sind, im Stil von Eliphas Levi, einem anderen wichtigen Okkultisten des 19. Jahrhunderts. Der, äh, fleischige Mann mit den Trauben im Haar an Baphomets rechter Seite stellt Dionysos dar, den griechischen Gott des Weines, während zu seiner Linken Lilith –«

»Den Grünen Mann sollte man auch gesehen haben«, unterbrach Fox mich. »Er befindet sich auf der Rückseite.«

Eigentlich hatte ich ihnen den Grünen Mann nicht zeigen wollen, aber es war zu spät. Richard Fox bewegte sich bereits auf die Rückseite des Tempels zu, und die Hälfte der Gruppe folgte ihm. Einer älteren Matrone, in türkisfarbenem und rotem Spandex gekleidet, stand bereits der Mund offen, und ich wusste, dass sie ihn bereits entdeckt hatten. Ich hatte keine andere Wahl, als ihnen zu folgen.

Elgar Vaughans Grüner Mann besaß die üblichen Gesichtszüge, wie auf anderen Darstellungen: der barsche Blick und der offene Mund, der Laub ausspuckte. Anders als die meisten anderen Darstellungen des Grünen Mannes besaß dieser auch einen Körper. Er war fast vollständig von Laubverzierungen verdeckt, bis auf seine Genitalien, die riesig und so detailliert dargestellt waren, dass es schon grotesk wirkte. Er war erigiert, eindeutig erigiert, und die große runde Eichel reichte ihm bis zur Schulter. Der mit Adern übersäte Schaft schien lebendig zu pulsieren, und die riesigen Hoden wirkten, als wären sie prall gefüllt mit Sperma. Als wäre das alles nicht schon schlimm genug, ließ ihn die Kombination aus seinem Gesichtsausdruck und der offensichtlichen Erregung gefährlich und obszön wirken. Man wusste genau, was er mit einem vorhatte.

Als ich ihn das erste Mal gesehen hatte, war ich schockiert gewesen, und den Besuchern erging es nicht anders. Ich hörte irgendwen »Gottlos« sagen, ignorierte es aber und wartete geduldig ab, bis alle einen Blick darauf geworfen hatten, ehe ich mit der Tour fortfuhr. Immerhin hatten sie wahrscheinlich gewusst, worauf sie sich einließen, als sie die Tour gebucht hatten.

Ich war mir sicher, Richard Fox würde wieder irgendeine lustige Bemerkung auf meine Kosten machen, doch diesmal schwieg er, und ich konnte fortfahren. Die meisten anderen Tempel und Pagoden waren so überwuchert, dass sie nicht zu betreten waren; einige waren nicht einmal mehr sichtbar. Man erwartete von mir, dass ich Wege zu ihnen freimachte, doch die Entscheidung, zu welchen, lag bei mir. Bisher hatte ich es nur geschafft, den Weg zu Henry Vaughans Gruft freizumachen, ein massives Grab aus weißem Marmor, das nun in einen dicken Mantel aus verschlungenem Efeu gehüllt war.

Die Touristen folgten mir ohne weitere Kommentare, selbst Richard Fox stellte nur hin und wieder eine Frage, die zu beantworten mir keine Probleme machte. Ich zeigte ihnen die Überreste von George Vaughans ehemals gepflegtem Garten, die Tempel im tieferen Wald und die Ruinen des Ostflügels, mit den nach außen offenen Zimmern, dort, wo der Turm in sie hineingestürzt war und die Wände niedergerissen hatte. Dazu gehörte auch das Arbeitszimmer.

»... wo das bekannteste Ereignis aus Elgar Vaughans Leben stattfand, sein Zusammentreffen und die darauffolgende Auseinandersetzung mit Aleister Crowley und Samuel Liddell Mathers. Offenbar erwarteten sie von Vaughan, dass er dem Orden des Golden Dawn als Novize beitrat und sich seinen Weg nach oben erarbeitete, sodass sie Elmcote Hall als Hauptquartier nutzen konnten. Vaughan war sowohl stolz als auch arrogant und lehnte ab; schlussendlich warf er beide hinaus. Hätte er sich anders entschieden, wäre die gesamte Geschichte des Okkultismus im 20. Jahrhunderts heute eine andere.

Nach dem Zwischenfall mit Crowley und Mathers begann Elgar Vaughan, eigene Schüler um sich zu versammeln. Viele jüngere Mitglieder des Ordens des Golden Dawn waren durch die Hierarchie und die internen Machtkämpfe desillusioniert und bevorzugten Vaughans weniger starres System und vor allem die Ansicht, dass die Hingabe zu allerlei Genüssen eine Form der Anbetung darstellte. Der Kern seiner Theorie besagte, dass, wenn uns der Schöpfer die Fähigkeit verliehen hat, mit unserem Körper Genuss zu empfinden, es keine bessere Form der Verehrung gibt, als die, mit unseren Sinnen alles zur Neige auszukosten. Einiges von dem, was Vaughan tat, mochte nicht ganz mit seiner eigenen Philosophie übereinstimmen, aber jetzt, knapp hundert Jahre nach den Geschehnissen, ist es schwer auseinanderzuhalten, was Vorwürfe seiner Kritiker waren und was lüsterne Spekulationen.«

Sie umrundeten die Ecke des Ostflügels und erreichten die Überreste des Turmes. Der große, mit Flügeln ausgestattete Wasserspeier stand noch immer, wie betrunken, auf den Ruinen. Ich nannte ihnen einige Fakten, ein paar Anschuldigungen und ein wenig von den lüsternen Spekulationen; nur das harmlosere Zeug. Deswegen schienen sie gekommen zu sein, zumindest sprachen ihre selbstgerechten Laute der Empörung und des Schocks für diesen Eindruck. Als wir zur Einfahrt zurückkehrten, erreichte ich endlich den Punkt, an dem ich begonnen hatte.

»... zu einem abrupten Stillstand, als der Erste Weltkrieg ausbrach. Trotz seines Glaubens war Elgar Vaughan ein Patriot und meldete sich mit der ersten Welle von Freiwilligen, sowie es auch die Schüler aus seinem Zirkel taten, der sich Sabbat Aceras nannte –«

»Wie der Hängende Mensch, eine Orchideen-Art, die

George Vaughan hier anbaute. Dabei handelt es sich natürlich um ein Wortspiel, das auf den Grünen Mann anspielt.«

»Ich danke Ihnen, Mr Fox. Die weiblichen Mitglieder des Zirkels, mit Ausnahme von zwei Damen, die den Haushalt führten, wurden sehr bald in das Kriegshandwerk eingebunden. Insgesamt zogen dreizehn Mitglieder des Zirkels in den Krieg, und alle sieben männlichen Mitglieder starben dabei. Vaughans fantasiereichere Kommentatoren und auch seine Kritiker behaupteten, dass dies die Auswirkungen eines Fluchs oder sogar göttlicher Gerechtigkeit wären. Ich schätze aber, dass die Wahrheit wesentlich banaler ist. Vaughan, und wahrscheinlich auch die anderen, dachten, dass sie unsterblich wären, wenn sie die Erleuchtung erlangt und bestimmte Rituale vollzogen hätten. Wir wissen mit Sicherheit, dass sie mutig, aber leichtsinnig kämpften, und die Konsequenzen dieses Handelns waren unausweichlich. Vaughan trat dem Royal Flying Corps bei und wurde im Mai 1916 über den Schützengräben von Ypern abgeschossen.

Eine Sache lässt sich jedoch nicht so leicht erklären. An dem Tag, wahrscheinlich sogar in der Stunde, als Elgar Vaughan starb, stürzte der Turm von Elmcote Hall ein. Er stand genau hier und überragte mit seinen 55 Metern die Haupthalle – ein Monument gotischer Extravaganz. Alles, was von ihm übrig geblieben ist, sind diese Ruinen.

Die sechs weiblichen Mitglieder überlebten den Krieg, doch ohne Vaughan als Gönner starb der Zirkel schnell aus, und seine Anhänger zerstreuten sich in alle Richtungen. Alice Scott war von den sechs Frauen die, die am längsten überlebte. Sie starb vor wenigen Jahren im reifen Alter von 104 Jahren, und ich denke, das widerlegt die These eines Fluchs. Ich hatte das Glück, Alice kurz vor ihrem Tod interviewen zu dürfen, und kann sagen, dass sie absolut nichts bereute.

Elgar Vaughan hinterließ keine rechtmäßigen Erben, und der nächste Verwandte war ein Nachfahre von William Vaughan, ein gewisser Hubert Sands. Er wurde als Erbe bestimmt, trotz Gerüchten und Spekulationen über ein verschwundenes Vermögen und ein angeblich existierendes Testament. Sands wusste von dem Ruf des Gebäudes und wollte sich so weit wie nur möglich davon distanzieren; er hat es wahrscheinlich niemals betreten. Als sein Leben zu Ende ging, gab er das Haus in die Hände von Treuhändern; er verfügte aber eine seltsame Vereinbarung, dass am Haus keine größeren Renovierungsarbeiten durchgeführt werden durften, sodass Elmcote Hall in dem Zustand verblieben ist, den Sie heute vor sich sehen. Vielen Dank.«

Es gab einige Fragen; einem Pärchen musste ich deutlich machen, dass es eine wirklich schlechte Idee war, auf den Ruinen herumzuklettern, und dann war es vorbei. Richard Fox schien damit zufrieden, wie er sein Wissen zur Schau gestellt hatte, und blieb nicht länger. Ich verspürte einen kleinen Stich der Enttäuschung; es wäre schön gewesen, mein Lieblings-Thema mit jemandem zu diskutieren, der wusste, wovon er sprach. Und ich versuchte nachdrücklich, mich davon zu überzeugen, dass es absolut nichts damit zu tun hatte, dass er mindestens einen Meter achtzig groß war und einen Blick hatte, der mich unwiderstehlich an Elgar Vaughan und einen bestimmten Grünen Mann erinnerte.

Für den Rest des Tages gab es keine weiteren Buchungen, was aber nicht bedeutete, dass ich nichts zu tun hatte. Zuallererst stand noch die weitere Rodung des Dschungels auf dem Plan, was viele Stunden harter körperlicher Arbeit mit einer Machete bedeutete, und ich freute mich nicht sonderlich darauf. Außerdem war es völlig unmöglich in einem viktorianischen Kostüm zu bewältigen, was mir eine hervorragende Entschuldigung lieferte, es noch ein wenig hinauszuschieben. Der hintere Teil des Westflügels musste auch noch gesäubert werden, damit das Catering für die Hochzeit, die am Samstag gebucht war, sich dort frei bewegen konnte. Irgendwann musste ich auch die Bibliothek neu katalogisieren und anhand der Original-Liste, die nach Elgar Vaughans Tod angefertigt worden war, überprüfen, welche Bücher wirklich vorhanden waren. Heute war aber ein zu schöner Tag, um drinnen zu bleiben.

Ich saß eine Weile auf einem der großen Steinblöcke der Turmruine, ehe ich mich dazu entschied, so wie ich war ins Dorf zu spazieren. Ein wenig nervenaufreibend war es schon, denn ich würde sicher schiefe Blicke ernten, aber das ließ sich nicht ändern. Mit der Zeit würden sie mich sowieso für einsiedlerisch und exzentrisch halten. Das taten die Leute immer.

Ich lehne es ab, mich in irgendeiner Form anzupassen. Warum auch? Immerhin würde eine moderne Frau wie Madam Türkis-und-Kirschrot-Spandex zu Elgar Vaughans Zeiten genau die gleichen Blicke ernten, falls sie so ins Dorf marschiert wäre, die ich hundert Jahre später bekam. Der einzige Unterschied läge darin, dass sie es von einem objektiven Standpunkt aus gesehen verdienen würde. Viktorianische Kleider sind so viel eleganter, egal an welcher Figur.

Trotz allem fühlte ich mich sowohl aufgeregt als auch schuldig, als ich die Straße hinunterging, ganz so, als würde ich nichts weiter tragen als einen winzigen Bikini, oder als hätte ich am Strand mein Oberteil nicht wieder angezogen und wollte mir gerade Eiscreme kaufen. Abgesehen davon fühlte ich mich ganz wohl: Meine Schichten aus Baumwolle und Satin schützten mich vor dem kühlen Frühlingstag, und mein Sonnenschirm spendete mir Schatten vor dem Sonnenlicht, das mir sonst die Tränen in die Augen getrieben hätte.

Zu Elgar Vaughans Zeit bestand Elmcote aus einer Ansammlung von Hütten, die rings um die Kirche standen. Es war nach Art der angesehenen Bürger gerade groß genug, damit eben diese mit subtiler Entrüstung auf Vaughans Lebensweise reagieren konnten. Heutzutage war es ganz anders – die reinste Landidylle, immer noch hübsch auf eine sehr rustikale, wenn auch künstliche Art. Doch die kleinen, zweistöckigen Backsteinhäuschen gehörten inzwischen gut verdienenden Typen aus der Stadt. Selbst der Dorfladen wurde von einem Pärchen namens Antonia und Patrice geführt und hielt sich damit über Wasser, Dinge wie Cappuccino, Bio-Ziegenkäse und Ciabatta mit sonnengetrockneten Tomaten zu verkaufen.

Bio-Ziegenkäse und Ciabatta mit sonnengetrockneten Tomaten waren als Mittagessen in Ordnung, zumindest wenn kein gebratener Fasan mit frischer Wasserkresse und Kartoffeln aus dem Gemüsegarten zur Verfügung standen. Eine Scheibe Ziege vom Grill wäre auch schön; so hatte sich Elgar Vaughan früher seiner Opfergaben entledigt. Antonia versuchte, angesichts meiner Kleidung nicht überrascht auszusehen. Sie machte eine höfliche, aber dennoch leicht herablassende Bemerkung darüber, dass das wohl in meinem Job erwartet würde.

Es befand sich noch eine weitere Frau im Laden; sie war sehr groß, mit stark ausgeprägten Wangenknochen und einer Menge Make-up; ihr hellblauer Rock war so eng, dass es schon fast kitschig aussah. Sie ließ sich ein Pastrami-Roggen-Sandwich machen; ihr Akzent war eindeutig Ostküste, USA;

eine selbstbewusste, tiefe und lang gedehnte Aussprache. Ihr Parfüm war stark genug, um den Geruch der gerösteten Kaffeebohnen und exotischen Käsesorten zu überlagern. Ihre Stimme erinnerte mich an Richard Fox; es war das gleiche Näseln, wenn auch schärfer, ein wenig schrill. Halb im Scherz entschied ich, dass es sich bei ihr um eine hoch bezahlte Prostituierte handeln musste. Weitere Beachtung schenkte ich ihr nicht, ehe ich bis zum Ufer des Flusses weiterging. Ich fand eine Bank als idealen Platz für meine Mittagspause und beobachtete von dort aus die Schwäne und Boote, die vorbeifuhren, während ich aß und über Elgar Vaughan und Richard Fox nachdachte. Ich war nicht wirklich in der Stimmung für Gesellschaft, aber als die Amerikanerin kam und sich neben mich setzte, konnte ich nicht anders, als ihre freundliche Begrüßung zu erwidern.

»Hi, ich bin Julie; Julie Voigtstein. Sind Sie neu hier?«

Sie streckte ihre Hand aus, und ich nahm sie, überrascht von ihrem starken Händedruck. Ich antwortete ihr, und ihr Gesicht war ein einziges riesiges, angemaltes Lächeln.

»Ja, ich bin Sophie Page, die Hausmeisterin in Elmcote Hall, die Straße hinauf. Und Sie?«

»Yeah, mein Haus befindet sich neben dem Laden, gleich zwei Häuser weiter. Idyllisch.«

Ich drehte mich um, um einen Blick darauf zu werfen, und fragte mich, was ein dreistöckiges Haus mit Blick auf die Themse wohl an Miete kostete. Ich sagte mir, dass sie wahrscheinlich doch keine teure Prostituierte, sondern Börsenmaklerin oder etwas ähnlich Alltägliches war. Sich mit Fremden zu unterhalten hatte noch nie zu meinen Stärken gezählt, und ich wusste nicht, was ich sagen sollte, aber sie hatte solche Skrupel nicht.

»Es ist toll, nicht wahr? So ruhig. Dort wo ich früher

gewohnt habe, an der East Side, hieß es immer nur schnell, schnell, schnell, und das Tag und Nacht. Als ich das erste Mal herkam, dachte ich, dass ich ins West End ziehen würde, aber dann war ich hier zum Essen mit meinem Boss verabredet und plötzlich war es da: die Miete kostete gerade mal die Hälfte von dem, was ich bezahlte, und es befand sich auch noch direkt am Fluss. Ich musste es einfach haben.«

»Dann arbeiten Sie also in der Stadt?«

»Fortyseventh Securities. Das Büro in London brauchte mal einen kräftigen Tritt in den Hintern, und glauben Sie mir, ich bin genau das richtige Mädchen dafür, um ihnen den zu verpassen.«

»Das kann ich mir vorstellen. Entschuldigen Sie, ich wollte nicht unhöflich sein –«

»Ihr Engländer müsst euch immer entschuldigen. Also, was hat es mit dem Outfit auf sich? Beaufsichtigen Sie einen Themenpark?«

»Nein ... ach, eigentlich kann man es so bezeichnen. Elmcote Hall, so nennt man das Gebäude, in dem Elgar Vaughan lebte. Ich führe Touren durch das Haus und habe ein Auge auf alles.«

»Was Sie nicht sagen! Vielleicht schaue ich mal bei Ihnen vorbei. Jetzt muss ich aber los. Ich muss um zwei Uhr wieder auf der Matte stehen. Keine Ruhe den Gottlosen.«

Sie stand auf und ging in Richtung Brücke, während sie noch an ihrem Sandwich kaute. Ich konnte nicht anders, ich musste lächeln. Sie war alles, was ich nicht war: unverschämt, unglaublich selbstbewusst, auf Zack und zu allem Überfluss auch noch laut – aber es war unmöglich, sie nicht zu mögen. Allein ihre Art zu gehen – schnell und geradeaus, während ihre Absätze über das Kopfsteinpflaster am Flussufer klackerten – strahlte Sicherheit aus. Ich war mir sicher, dass sie wesentlich besser mit Richard Fox fertig geworden wäre, als es mir gelungen war.

Ich aß mein Sandwich auf, kaufte ein paar Sachen für das Abendessen sowie eine Flasche Wein, um meinen ersten Arbeitstag zu feiern, und machte mich dann auf den Rückweg zum Haus. Der kühle Morgen hatte sich in einen warmen Nachmittag verwandelt; sehr warm sogar für die Jahreszeit, denn in den Kübeln entlang des Flusses sprossen noch immer Krokusse. Ich lief langsam und dachte darüber nach, wie sehr sich die Gegend seit Elgar Vaughans Lebzeiten verändert hatte. Asphalt bedeckte nun die Straßen, es gab Autos und all das elektrische Zubehör und die Telefonleitungen, aber all das war nur oberflächlich. Vielleicht waren mehr Leute auf den kleinen verstreuten Feldern und in den Wäldern gewesen, die dort arbeiteten, wo das Land sich vom Fluss trennte, aber der Anblick wäre mit Sicherheit der gleiche gewesen. Mit dem Fluss verhielt es sich wahrscheinlich ähnlich – in einer Richtung konnte man die fernen Hügel sehen und in der anderen die winzigen, blassbraunen Spitzen von Oxford. Die Zwillings-Silhouetten gigantischer Kühltürme würden ihn vielleicht erschrecken, aber ich würde sie ihm als neue Tempel für seine Religion erklären. Das würde ihm sicherlich gefallen, da er zu Lebzeiten als Scharlatan bezeichnet worden war. Ich war mir sicher, dass er wirklich vorgehabt hatte, eine neue Religion zu gründen, die auf Vergnügen ohne Schuldgefühle setzte und den Menschen als Teil der Natur ansah und nicht als überlegene Figur. Natürlich war es noch immer so, dass einige der Dinge, die er getan hatte, oder vorgehabt hatte zu tun, seinen Lehren widersprachen, aber ich konnte damit leben.

Ich hätte sicher eine der Dreizehn sein können und wäre genauso gut, wenn nicht sogar besser, damit zurechtgekommen. Der Gedanke sandte mir wie immer Schauer über den Rücken; es war eine Mischung aus Genuss und Besorgnis. Wäre ich wirklich damit zurechtgekommen, in der Gesellschaft der zwölf anderen, Elgar Vaughan inklusive, nackt zu sein? Die Antwort war, ganz eindeutig, ja. Es gab keinen Grund sich zu schämen, da ich ein Teil von ihnen war. Ich hätte meine Nacktheit zelebriert. Hätte ich an einer Orgie teilnehmen können, ohne auf meine persönlichen Vorlieben zu achten, und hätte ich zulassen können, dass andere mich so nahmen, wie sie es wollten, und hätte ich dieses Privileg auch für mich in Anspruch nehmen können? Die Antwort hierauf war wiederum ein Ja, auch wenn mir der Gedanke einen flauen Magen bescherte. Ich würde für dieses Vorhaben einiges an Wein getrunken haben müssen, aber davon war immer reichlich vorhanden. Zu Elgar Vaughans Zeiten war der Keller angefüllt mit Weinschläuchen voller Portwein, und die Weinregale voller Flaschen standen dicht an dicht. Hätte ich es meistern können, als Hauptfigur für eines seiner berüchtigten Rituale ausgewählt zu werden? Der Gedanke faszinierte mich so sehr, dass ich mir auf die Unterlippe biss, aber ich wusste, dass die Antwort wahrscheinlich Nein lauten würde.

Sie waren ungewöhnlich gewesen, so extrem, dass selbst Aleister Crowley zweimal darüber nachgedacht hätte, sie durchzuführen. Zumindest nahm man das an. Aber ich hatte einige der Drucke gesehen, die er, inspiriert durch die Rituale, gemacht hatte, und ging davon aus, dass die abscheulichsten Gerüchte reine, ungeschönte Beschreibungen der Rituale waren. Ich hätte sie wahrscheinlich nicht durchgestanden, das musste ich mir selbst eingestehen. Aber es wäre faszinierend gewesen zuzuschauen und hätte mir sicherlich die Mischung aus Schock und Erregung beschert, die ich so liebte.

Dennoch schadete es mir nicht, darüber nachzudenken. Als ich wieder zum Haus zurückgekehrt war, ging ich zum Tempel des Baphomet; ich versuchte mir selbst einzureden, dass ich dort nur meine tägliche Inspektion durchführen wollte, aber ich wusste ganz genau, dass ich mich dort nur meinen Tagträumen hingeben wollte. Unglücklicherweise hatten die Besucher, die ich hierher gebracht hatte, mir ein wenig von dem Zauber dieses Ortes geraubt; nicht viel, gerade genug, um die Atmosphäre zu überschatten. Ich umrundete den Tempel und bewunderte Baphomet, Dionysos, den Grünen Mann, Gaia und Lilith. Aber es gelang mir einfach nicht, den Kopf freizubekommen; vor allem den Gedanken an den arroganten Richard Fox wurde ich nicht los.

Außerdem war der Tempel vom Haus aus und entlang des Kalksteinweges für jeden sichtbar und ich fand, dass ich ein wenig Privatsphäre gebrauchen konnte. Zwischen dem Dickicht aus übergroß gewachsenem Rhododendron und exotischen Bäumen, die einmal George Vaughans Baumschule gewesen waren, befand sich ein kleinerer Tempel, fast nur eine Pagode, auf die ich zustrebte. Sie war mehr klassisch als gotisch, gehörte aber ohne Zweifel zu dem Komplex, denn fünf weiße Marmorsäulen stützten das Dach. Darüber spannte sich ein wunderschöner Götterbaum und warf seinen Schatten auf die Kuppel. Innen, genau in der Mitte des kleinen Ortes, befand sich ein gedrungener, fünfeckiger Zylinder aus schwarzem Stein. Dabei handelte es sich wahrscheinlich um einen Altar, aber er gab eine hervorragende Sitzgelegenheit ab.

Er würde sich auch ganz hervorragend für andere Dinge eignen. Die Baumschule breitete sich zu beiden Seiten aus und sorgte dafür, dass man ungestört war. Niemand konnte hier hineinsehen, und niemand würde etwas bemerken. Niemand würde jemals etwas davon wissen, denn die verwilderten Büsche machten es schwer herzukommen, und ein lautloses Anschleichen war unmöglich. Ich musste mein Kleid vorne anheben, um hindurchzugelangen, und musste dennoch immer wieder Halt machen, um Zweige davon zu lösen. Hier so entlangzugehen und dabei meine bestrumpften Waden zu entblößen verschaffte mir, obwohl ich ganz allein war, ein leichtes, aber nicht unangenehmes Gefühl der Scham. Ich konnte aber nicht anders, und genau das war der Punkt – es handelte sich dabei um eine zufällige und völlig unabsichtliche Entblößung. Auch wenn es nach modernen Maßstäben nichts bedeutete, machte es doch keinen Unterschied. Hier gab es nichts, das darauf hindeutete, dass ich mich im 21. Jahrhundert befand. Meine Vorstellungskraft konnte sich ungehindert austoben; sie bevölkerte die Wälder mit Faunen und Satyrn und ließ mich die Anwesenheit des unglaublich lebensstrotzenden Grünen Mannes spüren, der sich irgendwo in den Tiefen des Waldes verbarg, furchteinflößend aber dabei so unglaublich verlockend.

Der leichte Anflug von Scham war genau das, was ich gebraucht hatte; dieser kleine, unanständige Schauder, der das Gefühl begleitete, so allein, und so jenseits meiner Zeit zu sein. Es machte wirklich keinen Unterschied. Fast hätte ich glauben können, dass Elgar Vaughan hier vorbeikommen könnte, und der einzige Unterschied zu dem sonstigen Zustand wäre, dass er eine unbekannte Frau in seinem Tempel vorgefunden hätte. Ich würde einfach behaupten, ich wäre eine Novizin.

In meiner Vorstellung bin ich bereits eine Novizin und sitze nun allein im Tempel, während ich mir ausmale, was an diesem Ort heute Nacht von mir erwartet wird. Ich bin unsicher, wahrscheinlich sogar ein wenig ängstlich, aber auch voller Vorfreude und Verlangen. Ich würde, wie Vaughan es in seinen Schriften niedergelegt hat, meinen Geist von all den Belastungen der modernen Gesellschaft reinigen, bis ich zur ursprünglichen elementaren Frau geworden wäre, Gaia und Lilith zugleich.

Elgar Vaughan liebte Geheimnisse und war immer auf der Hut vor den Obrigkeiten. Nur wenige Details seiner Rituale wurden niedergeschrieben, vor allem die Details nicht, die man als Beweise gegen ihn hätte verwenden können. Einige gab es jedoch, und ich hatte jedes Wort davon gelesen. Ich wusste, warum sie das Initiations-Ritual eingeführt hatten und warum. Nicht aus spirituellen Gründen, sondern um damit die Überneugierigen oder Menschen, die die Gruppe infiltrieren wollten, zu entmutigen. Es gab Hinweise zu den tieferen Geheimnissen; man konnte den Bildern einiges entnehmen; das reichte, um mich erröten zu lassen, als ich mich auf den Altar-Stein niederließ.

In meinen Tagträumen gehe ich ins Arbeitszimmer, denselben Raum, der jetzt nur noch eine verlassene Hülle aus zerschlagenen Backsteinen und verrotteter Wandvertäfelung ist. Damals war er in kräftigen, dunklen Farben ausgekleidet, und an den Wänden hingen verstörende Bilder und dunkle, erotische Drucke. Vaughan selbst ist anwesend, und mit ihm noch andere, die der formellen Erklärung meiner Absichten lauschen. Er selbst antwortet mir, dass ich, um aufgenommen zu werden, jedem seiner Befehle ohne zu zögern folgen muss. Ich willige ein, sicher, dass es sich dabei um einen Test handelt. Ich zittere, bin aber entschlossen.

Der erste Befehl lautet, eine Augenbinde zu akzeptieren, was ich tue. Eine andere Frau schlingt mir den dicken Streifen schwarzen Stoffs um den Kopf, während ich stocksteif dastehe und sie das Band in meinem dichten Haar befestigt, sodass ich nichts mehr sehen kann. Sie und eine andere nehmen meine Hände und führen mich die verschiedenen Stufen aus dem Haus und bis zu diesem Tempel.

Was danach kommt, weiß ich nicht zu sagen, nur dass eine Frau, die ihr Denken nicht aus der angesehenen viktorianischen oder edwardianischen Wertvorstellung befreit hat, damit nicht fertig geworden wäre. Das ist sicher, denn trotz allem, was Vaughans Kritiker sagten, handelte es sich bei seinen weiblichen Novizen nicht um Prostituierte, die sich nur aus Verzweiflung und für Geld hingaben. Jede Einzelne von ihnen war Mitglied einer Familie der führenden oder oberen Mittelschicht gewesen, was automatisch dazu geführt hatte, dass sich der Zorn des Bürgertums über Vaughans Kopf entlud.

Was hätten sie wohl mit mir getan? Es war unmöglich, es mit Sicherheit zu sagen, aber umso leichter, es sich vorzustellen. Wahrscheinlich wäre es etwas Sexuelles gewesen, Vergnügen, die wir heute für selbstverständlich erachten, doch die für ein angesehenes Mädchen zu jener Zeit zu extrem waren. Mit einem Dutzend Männern und Frauen als Zuschauer wäre es selbst für heutige Maßstäbe sehr extrem gewesen. In meiner Vorstellung muss ich vor dem Altar niederknien und Oralsex ausführen. Elgar Vaughan ist der Erste; er setzt sich vor mich und öffnet seine Hose, um seine große, glatte Männlichkeit hervorzuholen, wie sie auf so vielen Bildern dargestellt wurde, und sie ist bereits hart.

Jemand umfasst ganz sanft meine Schultern und drückt mich zu ihm herunter. Ich bin schockiert und beschämt zugleich, und meine Welt wird von seinem Duft erfüllt. Ich tue es, ich öffne meinen Mund und erwarte, dass er mit diesem prallen, heißen Penis ausgefüllt wird. Doch es kommt nicht dazu, zumindest nicht sofort. Zuerst muss ich seinen Hintern küssen, ein wundervolles schlüpfriges Detail, das er den Satanisten entliehen hat. Erst nachdem ich meine Lippen auf seinen Anus gedrückt habe, ist es mir erlaubt, seinen Schwanz aufzunehmen.

Wenn die Bilder auch nur ansatzweise der Wahrheit entsprechen, war er groß, lang, dick und glatt, so wie der Schwanz eines Mannes sein sollte; ein Schwanz, den ich anbeten, den ich verehren, lecken konnte, an dem ich saugen und reiben konnte, bis ich bereit dafür war, dass er tief in meinen Körper stieß. Nach wenigen Augenblicken habe ich mich bereits selbst vergessen, ich lutsche begierig an ihm, nicht aus Pflicht, sondern aus Lust; ich huldige ihm, bis er das Kompliment zurückgibt und er kommt; sein Sperma spritzt tief in meinen Mund.

Von dem Moment, an dem ich mich entschied, zum Tempel zu gehen, wusste ich, dass ich mich selbst befriedigen würde. Es hatte nur eine Weile gedauert, bis ich scharf geworden war. Ich wollte in der gleichen Position sein, wie in meiner Vorstellung; ich wollte auf allen vieren vor dem Altar knien und beugte mich rasch herab. Ich zog mein Kleid hoch und zitterte bereits vor Ungeduld und aus Sorge, dass mich jemand beobachten könnte, obwohl ich alleine war. Richard Fox war möglicherweise zurückgekehrt und versteckte sich in diesem Moment zwischen den Rhododendren mit einem kühlen und zynischen Ausdruck auf dem Gesicht angesichts meiner Lüsternheit. Ich zog den Rock und den Unterrock in die Höhe und öffnete den Schlitz meiner Unterwäsche, sodass mein Hintern in die kühle Luft ragte.

Meine nackte Haut prickelte. Es fühlte sich gut an, und ich konnte mich nur noch auf meine erhitzte und so nasse Spalte konzentrieren. Ich schob den Gedanken an Richard Fox beiseite; ich war zu stolz, um mich mit dem Gedanken an ihn zu befriedigen, auch wenn er es niemals erfahren würde. Stattdessen gab ich mich weiter meiner Fantasie hin. Jemand hob von hinten mein Kleid an, während ich weiter an Elgar Vaughans wunderschönem Schwanz saugte. Ich wusste nicht, warum sie mich auf diese Weise entblößten, aber ich musste es einfach hinnehmen.

Sobald Vaughan fertig war, war schon ein anderer Mann da, der seine Stelle einnahm. Ich wusste nicht, um wen es sich handelte, doch ich nahm ihn ebenfalls tief in den Mund. Mein nackter Hintern ragte nun in die Luft, und ich wusste nicht, ob sie mich ausgezogen hatten, um mich einfach nur bloßzustellen, um mich von hinten für sie verfügbar zu machen oder um mir den Hintern zu versohlen. Elgar Vaughan teilte die allgemeine Besessenheit des Viktorianischen Zeitalters, wenn es um Geißelungen ging, und Auspeitschen war an der Tagesordnung, sowohl zum orgiastischen Vergnügen als auch als Bestandteil der Rituale.

Vor lauter Angst zuckten meine Pobacken, aber ich war bereit, egal ob ich Schläge oder ein Streicheln zu erwarten hatte. Es war ein Streicheln; eine Hand schob sich zwischen meine Beine und umfasste meine Spalte; jemand rieb sie sanft und geschickt, sorgte dafür, dass ich vor lauter Ekstase hilflos aufkeuchte, während ich an dem Mann in meinem Mund saugte.

Ich tastete hinter mich und schob meine Hand an meinem Hintern vorbei, um mich selbst berühren zu können. Ich streichelte und neckte meine empfindsamsten Stellen. Sie würden es sicher nicht gerne sehen, wenn ich mich unter ihren Händen selbst zum Orgasmus brächte. In meiner Fantasie war ich noch Jungfrau, und der Mann, oder die Frau – in dieser Angelegenheit zählte meine Meinung nichts –, die mich berührten, fanden es bald heraus. Was auch immer sie zuvor mit mir vorgehabt hatten, war nun vergessen, denn mein Schicksal lag nun auf der Hand, und die Art meiner Initiation war entschieden.

Aber es brauchte seine Zeit. Jeder Mann nahm sich sein Vergnügen in meinem Mund, einer nach dem anderen, bis ich träge vor Müdigkeit war. Als der Letzte von ihnen fertig mit mir war, war Elgar Vaughan, ein kraftstrotzender Mann, wieder bereit. Sein Schwanz steckte stark und hart im Mund anderer Frauen und auch in dem eines Mannes. Mir blieb es nicht erspart, auch die Frauen zu befriedigen – das abzulehnen, hätte bedeutet, dass ich eingestehen musste, dass ich noch nicht bereit war. Ich musste sie alle lecken, meine Zunge steckte zwischen ihren Schenkeln, und mein Kopf wurde an die Stellen gepresst, die ihnen die höchste Lust bescherten, bis alle sechs gekommen waren.

Die anderen wollten meinen Körper erkunden, sie öffneten mein Kleid und entblößten meine nackten Brüste. Sie streichelten und schlugen meinen Hintern, betasteten und rieben meine jungfräuliche Spalte und spielten mit meinem Anus. Sie schlugen mich auch so hart auf den Hintern, dass mein Po brannte, aber ich war bereits so tief in meine Ekstase verstrickt, dass ich mich vor Wollust wand und sie noch härter leckte. Ihnen gefiel, wie ich reagierte, und sie wandten sich einander zu, sodass ich bald umgeben war von Lachen, Lustseufzern und ekstatischem Stöhnen.

Ich selbst stöhnte vor Lust und befand mich auf der Schwelle zum Orgasmus, während ich mich weiter meiner Fantasie hingab. Ich kniete über dem Steinaltar, meine hübsche schlichte Kleidung war zerknautscht und entblößte sowohl meine Front- als auch meine Kehrseite. Die lachenden fröhlichen Heiden standen um mich herum, und Elgar Vaughan kniete sich, seine wunderschöne, samtige Erektion in der Hand, hinter mich. Die anderen traten näher, um dabei zuzusehen, wie er mich entjungferte, bis auf die Frau, die meinen Kopf noch immer sanft auf ihren Schoß gedrückt hielt. Ich war gefangen, ihnen hilflos ausgeliefert, aber das kümmerte mich nicht. Ich war mehr als nur bereit und begierig zu beginnen; ich wand mich vor Lust, als Elgar Vaughan die Spitze seines Schwanzes an meine jungfräuliche Spalte ansetzte und, für alle zu sehen, zustieß.

Mein Schrei, als ich kam, war wahrscheinlich noch im Dorf zu hören, auf jeden Fall aber im Haus. Mir war es egal; das Bild, wie ich, über den Altar gebeugt, meine Unschuld verlor, brannte noch in meinem Kopf, und mein Orgasmus schüttelte mich und ich keuchte. Auf dem Höhepunkt meiner Ekstase versuchte Richard Fox, sich in meine Gedanken zu zwängen und Elgar Vaughan als Mann, der meine Jungfräulichkeit nahm, zu ersetzen, aber selbst das kümmerte mich nicht. Wenn er in Wirklichkeit in diesem Moment hinter mir aufgetaucht wäre und seinen Schwanz tief in mich geschoben hätte – ich wäre nicht in der Lage gewesen, ihn aufzuhalten.

2

Wieder zurück in Elmcote Hall, nippte ich an einem Glas Sauvignon und fragte mich, ob nicht hier und dort noch andere Ausschweifungen auf dem Gelände stattgefunden hatten, außer der lüsternen Art. Normalerweise riskierte ich es nicht, bei der Selbstbefriedigung überrascht zu werden, und auch wenn die Gefahr entdeckt zu werden klein war, war sie doch real gewesen. Aber ich war einfach nicht in der Lage gewesen aufzuhören. Gab es hier möglicherweise eine seltsame Aura, die mich dazu gebracht hatte, mich völlig zu vergessen und an Sex mit Elgar Vaughan und einen Mann zu denken, den ich kaum ein paar Stunden lang kannte und der mich aufs Äußerste irritiert hatte?

Es war zumindest möglich. Es gab kaum Hinweise darauf, was genau in welchem Tempel vonstattengegangen war, doch wenn auch nur ein Zehntel der Gerüchte stimmte, war es so einiges gewesen. Möglicherweise hatte einer von Elgar Vaughans weiblichen Anhängern tatsächlich ein Dutzend Männer und Frauen am Steinaltar genossen? Ich nannte ihn für mich den Baumgarten-Tempel. Womöglich hatte wirklich ein wunderschönes, wildes Mädchen aus der Zeit Edwards ihre Jungfräulichkeit auf diese Weise verloren, so wie ich es mir vorgestellt hatte, als ich kam – angetrieben von dem Ort, an dem ich mich befand, dadurch, dass ich ganz allein war und erfüllt von Ekstase?

Egal ob es stimmte oder nicht, der Gedanke gefiel mir und

wollte mir den Rest des Tages nicht so recht aus dem Kopf gehen. Es tauchten keine weiteren Leute auf, und ich verbrachte den Rest des Nachmittags in der Bibliothek damit, durch Vaughans exquisite Sammlung Bücher über Okkultismus zu blättern. Die wirklich kostbaren Bände waren fort, aber das hieß nicht, dass die interessantesten weg waren. Bald schon hatte ich mich in einen Aufsatz über Engel und Dämonen vergraben; er war so durchdacht geschrieben wie eine moderne Abhandlung über Psychotherapie oder Wirtschaftstheorie.

Dass die Zeit verging, zeigte nur die winzige Veränderung des Sonnenlichts an, das durch die hohen Buntglasfenster drang; ich hörte erst auf zu lesen, als die Sonne mich völlig in Licht tauchte und die Luft mit Dutzenden von schillernden Farben erfüllt war. Das mittlere Fenster zeigte die gleichen Figuren wie der Tempel des Baphomet, wenn auch nicht so detailliert. Während ich las, war ich in das flackernde Abbild des Dionysos getaucht, das die Seiten und mein Glas dunkelrot, leuchtend grün und blassrosa färbte.

Ich verspürte den Wunsch, den Sonnenuntergang zu betrachten und trat ans Fenster, während der große orangefarbene Ball sanft hinter dem Tempel unterging. Durch das Licht warf er einen langen Schatten durch die Allee aus Lindenbäumen, wie ein monströser Phallus, der sich zu mir vorschob. Die untergehende Sonne färbte selbst das Gras orangerot; der Schatten des Tempels berührte jetzt das Haus und rief in mir meinen Tagtraum wach, in dem ich Elgar Vaughan meine Jungfräulichkeit darbrachte.

Die Realität war deutlich nüchterner als meine Träume, man konnte immerhin nicht ewig warten und fünfundzwanzig Jahre wären eine Verschwendung gewesen, ganz zu schweigen davon, dass das Objekt meiner Begierde seit neunzig Jahren tot war. Noch immer über meine Tagträumereien lächelnd, ging ich in die Küche, um mir ein Abendessen aus Forelle und grünen Erbsen mit Bio-Brot zuzubereiten, das ich mit dem Rest des Sauvignons herunterspülen wollte. Als ich fertig gegessen und aufgeräumt hatte, war es bereits dunkel. Da sonst nichts weiter zu tun und ich sehr müde war, ging ich ins Bett.

Das stellte sich als Fehler heraus, denn ich erwachte sehr früh am Morgen; um mich herum herrschte absolute Stille und absolute Dunkelheit. Außerdem war es kalt. Am Abend war ich noch hundemüde gewesen und sofort eingeschlafen, daher erlebte ich erst jetzt die nächtliche Atmosphäre des Hauses. Die meisten Menschen hätten es wohl als unheimlich, einsam und still empfunden, mit lauernden Schatten. Ich hatte solche Probleme nicht. Ich lag still in der Dunkelheit, die kühle Luft auf meinem Gesicht. Ich wusste, dass ich lieber wieder einschlafen sollte, damit ich für die Arbeit am nächsten Tag bereit war, doch ich konnte es nicht.

Ich lag wohl gut eine Stunde so da, ehe ich eine winzige Änderung in der Dunkelheit bemerkte. Zuerst dachte ich, dass ich es mir nur einbilden würde, aber dann sah ich, dass etwas gelb Leuchtendes sich gleichmäßig bewegte. Es befand sich an der Stelle, an der einer der schweren Vorhänge ein wenig zur Seite gezogen worden war. Ich setzte mich auf und sagte mir, dass es sich dabei wahrscheinlich um die Scheinwerfer eines Autos handelte, das auf einer entfernten Straße entlangfuhr, aber ich wollte auf Nummer sicher gehen und nachforschen.

Ich hielt die Arme um den Leib geschlungen, damit mein Pyjama mich wenigstens etwas wärmte, und schielte nach draußen. Zuerst war nichts zu sehen, und ich glaubte schon, mir doch alles eingebildet zu haben, und dass es wirklich ein

Auto auf irgendeiner Straße weiter hinten gewesen war. Ich wartete, halb hoffend, dass, was immer diese Lichter verursacht hatte, wiederkommen würde, und doch wieder halb hoffend, dass es nicht wieder auftauchte.

Es kam zurück, und es war kein Auto. Ein flackerndes, doch deutlich sichtbares Licht erschien im Baumgarten. Mein Magen krampfte sich zusammen. Dort war jemand, und dieser jemand hatte eine Taschenlampe bei sich; er ging zwischen den Bäumen hindurch zum Tempel des Baphomet. Möglicherweise war es sogar mehr als eine Person. Ja, dort war eine zweite Taschenlampe zu sehen, knapp hinter der ersten. Vielleicht waren es nur Kinder bei einer Mutprobe, bei der es darum ging, nachts zum Haus von Elgar Vaughan zu schleichen, oder es waren Vandalen oder Wilderer. Wer auch immer das war, mein Job war es, sie zu verjagen. Den Mitgliedern des Treuhandfonds hatte ich im Bewerbungsgespräch versichert, dass ich dazu fähig war, aber jetzt war ich mir da nicht mehr so sicher.

Das Telefon stand an meinem Bett. Ich hätte einfach die Polizei rufen können – und mir sofort einen Ruf als dusselige Kuh eingeheimst, die sich vor ihrem eigenen Schatten erschreckte und ihnen ihre kostbare Zeit stahl. Ich würde nicht anrufen, außer ich musste. So stand ich also da und biss mir auf die Lippen, während die beiden Taschenlampen weiter auf den Tempel zusteuerten. Er war eindeutig ihr Ziel, und ich musste endlich etwas dagegen tun. Falls das Prunkstück des Anwesens während meiner zweiten Nacht als Aufpasser verwüstet werden sollte, würde es für mich nicht rosig aussehen. Ich öffnete das Fenster und lehnte mich hinaus. Ich atmete tief ein, um meine Stimme möglichst laut und gebieterisch klingen zu lassen, und die kalte Luft stach mir in die Brust. Ich hielt inne und fragte mich, was genau ich sagen sollte. »Runter von meinem Grundstück« würde dämlich klingen, außerdem handelte es sich ja gar nicht um mein Grundstück. »Verschwindet oder ich lasse die Hunde los« war eine andere Möglichkeit, aber es gab gar keine Hunde. »Ich kann euch sehen« wirkte auch falsch und »Was glaubt ihr, was ihr da macht« war, wenn man es genau bedachte, eine ziemlich dumme Frage.

Irgendetwas musste ich aber tun, denn inzwischen hatten sie den Tempel erreicht. Das Licht ihrer Taschenlampen spiegelte sich auf dem schwarzen Stein wider. Für einen Moment erkannte ich eine Gestalt; es handelte sich nicht um ein Kind, sondern um einen ausgewachsenen und ziemlich großen Mann. Ich atmete noch einmal tief ein.

»Verpisst euch gefälligst!«

Die Wirkung war verblüffend. Einer von ihnen ließ seine Lampe fallen. Ich hörte den Aufprall und das Klirren von Glas, ein Fluchen und eine weitere Stimme. Das Licht der anderen Taschenlampe erschien auf dem Lindenweg und für einen schrecklichen Moment dachte ich, sie würden kommen, um mich zu holen. Stattdessen rannten sie nicht zurück in den Baumgarten, sondern weg vom Haus. Sie kämpften sich durch das Dickicht aus Unterholz und kletterten über den Zaun.

Ich sah, wie ihr Licht sich auf den Rand des Grundstücks zu bewegte, bis sie die Straße erreicht hatten. Mein Herz klopfte laut, und mir war ein wenig schlecht, aber ich hatte es geschafft. Sie waren verschwunden.

Ich konnte nicht wieder einschlafen, stattdessen döste ich immer wieder ein. Mein Geist glitt immer wieder zu meinen Lieblingsthemen zurück, und doch zuckte ich bei jedem Geräusch aus der Ferne oder jedem aufflammenden Licht zusammen, egal ob eingebildet oder real. Es schien, als hätte sich die lokale Fauna gegen mich verschworen: Kaninchen klopften, Füchse bellten und einige Nachtvögel sangen; und als wäre das nicht schlimm genug, schien jeder Autofahrer in Oxfordshire in das Lärmkonzert einzustimmen. Für zehn, fünfzehn Minuten herrschte Ruhe, nur um kurz danach durch verschiedene Geräusche unterbrochen zu werden, sodass ich aufrecht und mit strapazierten Ohren im Bett saß. Schließlich sprang die alte Heizung an, und es wurde noch schlimmer; das uralte System gab eine gedämpfte Kakofonie aus Stößen und Stöhnen von sich, die selbst den durchschnittlichen Spiritualisten schreiend auf die Straße hinuntergetrieben hätte.

Zu diesem Zeitpunkt wurde es langsam heller, also stand ich auf und machte mir Eier und Speck zum Frühstück. Ich hatte das Gefühl, das hätte ich verdient. Es war noch immer sehr kalt, selbst mit einem Bademantel über dem Pyjama, und als ich aus der Dusche kam, hüpfte ich beim Abtrocknen auf und ab. Meine viktorianischen Kleider wirkten dadurch umso verführerischer, aber ich wollte erst einen Rundgang über das Gelände machen. Und nach der letzten Nacht fühlte sich der Gedanke, eine Machete mitzunehmen, sehr gut an.

Der Tag erforderte dicke Unterwäsche, Jeans und Pullover, darüber einen Overall und feste Arbeitsschuhe. Mein Haar hatte ich hochgesteckt und trug zusätzlich noch ein Paar schwere Arbeitshandschuhe. Im Schuppen fand ich nicht nur eine Machete, sondern auch eine Hippe, eine Sichel, eine Hacke und eine Sense. Ich nahm die Machete und die Hippe. Auf dem Lindenweg redete ich mir selbst ein, dass die beiden Werkzeuge einfach die beste Wahl für meine Arbeit waren und dass es absolut nichts mit den Herumtreibern zu tun hatte.

Nicht dass sie noch da waren, aber ihre Taschenlampe war es. Sie bestand aus schwarzem Kunststoff und bot Platz für vier Batterien; die gelbe Linse war auf dem Marmor des Tempelbodens zersplittert. Auf den ersten Blick konnte ich keinen großen Schaden feststellen, bis auf ein paar Kratzer auf der fünfeckigen Platte in der Mitte des Bodens. Ich begutachtete sie für eine Weile, entschied dann aber, dass ich mir das nur einbildete, räumte auf und machte mich an die Arbeit.

Eine Stunde später hatte sich die Sonne über die Wälder geschoben und mir war warm, ich schwitzte und bereute meine Kleiderauswahl bitterlich. Ich hatte den Pfad zu Henry Vaughans Grab freigemacht sowie einen Kreis rund um das Grab, damit die Leute die Inschriften und Verzierungen bewundern konnten. Das Entfernen der Wurzeln, das Harken und Jäten konnte warten, bis ich die richtigen Werkzeuge dafür hatte. Ich ging hinüber zur Sonnenuhr am Rand des großen Rasens; sie war von George Vaughan hier aufgestellt worden und absolut touristenfreundlich.

Während ich arbeitete, dachte ich an mein Sicherheitsproblem. Wenn hier nachts Leute über das Gelände schlichen, musste ich dafür sorgen, dass sie es sich in Zukunft anders überlegten, und das mit einem Minimum an Aufwand und auf keinen Fall mit einem Risiko für mich. Der Treuhandfonds hatte nicht genug Geld, um einen stabilen Zaun zu bauen. Mir hätte aber auch schon etwas Kleineres genügt, wie zum Beispiel Überwachungskameras. Vielleicht könnte ich ja einen Hund bekommen, ähnlich wie der Hund der Baskervilles, nur größer, aber ich sah die Schlagzeile schon vor mir: »Mrs Lowensky von gigantischem Hund gefressen.« Dennoch war es eine Option.

Als ich endlich einen Pfad bis zur Sonnenuhr freigelegt hatte, schmolz ich förmlich vor mich hin. Die Sonne stand hoch am Himmel, und der Schweiß rann in Strömen über meinen Körper. Ab und zu streifte mich ein kühler Luftzug im Gesicht, doch das war mehr Qual als Erfrischung. Am liebsten hätte ich mich ausgezogen, aber um mich herum wuchsen lauter Brombeersträucher, und ich wusste, dass ich Kratzer abbekommen würde. Eine bessere Idee war es, einfach nur meine Unterwäsche unter dem Overall zu tragen, denn wenn ich nicht bald meinen Pullover auszog, würde mich die nächste Person, die das Haus besuchte, gut durchgebraten auf dem Rasen finden.

Es befand sich niemand in der Nähe, und die einzigen Fenster, die ich sehen konnte, waren die meines Zimmers und die des zerstörten Flügels. Ich zog mich so schnell es ging aus und befürchtete dabei die ganze Zeit, dass gleich einige Hundert kameraschwenkender Touristen um die Ecke des Hauses auftauchen würden. Bald trug ich nur noch Unterwäsche und Socken. Es fühlte sich wundervoll an, nicht nur kühl, sondern auch ungezogen.

Jetzt war nicht die Zeit für Spielchen, daher zog ich mir rasch meinen Overall, die Stiefel und Handschuhe wieder an und watete zurück ins Gefecht.

Ich fühlte mich besser, auch wenn es immer noch harte Arbeit war. Nahezu nackt unter dem Overall zu sein, brachte in mir die gleichen Gefühle hervor, wie ich sie auch schon in meinem viktorianischen Kleid verspürt hatte; eine intime Verderbtheit, was mir schon immer gefallen hatte. Während ich die Machete schwang, rieben sich meine Nippel an dem rauen Stoff des Overalls. Das fühlte sich ebenfalls gut an, wurde mir aber schnell zu viel. Ich entschied mich aufzuhören, duschen zu gehen und dann ein frühes Mittagessen zu mir zu nehmen. Später konnte ich dann noch ein wenig katalogisieren. Als ich aber die Hacke und Machete bei meinen zur Seite gelegten Kleidern fallen ließ, kam mir eine bessere Idee.

Auf der Karte, die ich gesehen hatte, war ein See verzeichnet gewesen, im Zentrum des Waldgebiets, hinter der Sonnenuhr. Vermutlich war er längst ausgetrocknet oder mit Schilf überwuchert, aber möglicherweise lag er noch frei und bot ein nettes Plätzchen zum Schwimmen. Zumindest konnte ich einen Blick darauf werfen. Ich ließ meine Kleider auf dem Rasen liegen, nahm die Machete und ging los.

Die Machete war absolut notwendig. Der Pfad oder zumindest das, was davon noch übrig war, war so zugewuchert, dass ich mir meinen Weg wieder und wieder freihacken musste. Als ich endlich den flachen Grund des Tals erreicht hatte, war mir so heiß wie nie, doch ein Blick, und ich wusste, dass es das wert gewesen war. Nicht nur, dass der See noch da war, er war einfach nur wundervoll. Was einmal eine Ansammlung von Zierbäumen gewesen war, war so groß gewachsen, dass sie den Blick völlig abschirmten. Zwischen ihnen wuchs dichtes Unterholz. Ich sah Schilf, das meiste davon tot und braun, doch dazwischen schoben sich kräftige, leuchtend grüne Pflanzen hervor. Sie störten nicht, denn sie schirmten die offene Wasserstelle ab, die kühl, klar und tief aussah. Es kam noch besser: In der Mitte lag eine Insel mit einer Pagode darauf und einer Marmorbrücke, die dorthin führte. Einen Moment lang stand ich einfach nur da und betrachtete die absolut glatte Oberfläche, in der sich meine Gestalt und die Bäume um mich herum spiegelten. Es war leicht sich vorzustellen, wie Elgar Vaughans Leute sich hier aufhielten, nackt und lachend. Selbst andere, wundervolle Kreaturen konnte ich mir vorstellen: Nymphen und Dryaden und auch den Grünen Mann selbst, wie sie sich in dem kühlen, klaren Wasser vergnügten.

Ich musste einfach hineinsteigen. Der Marmor war mit grünen Algen überzogen, aber ich starrte selbst vor Dreck, also ließ ich meine Kleidung einfach dort auf den Boden fallen, wo ich gerade stand. Mein Höschen kam als Letztes dran. Ich zögerte, sagte mir dann aber, dass ich mich nicht so anstellen sollte, und ließ es fallen. Nackt, köstlich und hemmungslos nackt kletterte ich auf die Brüstung. Für einen ewig andauernden Moment streckte ich mich in dem sich brechenden Sonnenlicht, bis ich sprang.

Es war kalt, als würde man in einen Bottich voller Eis fallen; der Schock traf mich, noch bevor mein Kopf untergetaucht war. Ich keuchte und zitterte; meine Füße traten hektisch aus, damit mein Mund oberhalb des Wassers blieb, denn es war tiefer als ich gedacht hatte. Es war vielleicht kalt, aber auch unglaublich erfrischend, und ich wusste, dass es einer meiner liebsten Plätze werden würde, besonders, wenn der Sommer kam. In diesem Augenblick gönnte ich mir nur ein paar Minuten, um herumzuplanschen und auf dem Rücken dahinzutreiben und die Ruhe dieses Ortes in mich aufzusaugen. Dann stieg ich aus dem Wasser, um mich auf den Weg zurück zum Haus zu machen.

Erst als ich mich tropfnass auf die Insel zog, wurde mir klar, dass ich das Ganze nicht völlig durchdacht hatte. Ich war splitterfasernackt und triefend nass. Zwischen mir und dem Haus lagen knapp dreihundert Meter extrem steinigen Wegs und ein ausgedehnter Rasen. Ich hätte meinen Overall anziehen sollen, doch er war verschwitzt und unangenehm, also entschied ich mich, einfach bei meinen Stiefeln zu bleiben und es auf einen Versuch ankommen zu lassen.

Während ich den Pfad entlangrannte, kicherte ich vor mich

hin. Ich wich den Brombeersträuchern und Nesseln aus, die ich auf meinem Weg hierher übersehen hatte. Als ich die Sonnenuhr erreichte, gefiel mir mein kleiner Lauf sogar richtig, doch dann blieb ich abrupt stehen. Jemand stand auf dem Rasen, mit dem Rücken zu mir, direkt neben meinen Kleidern und drehte sich gerade um. Für einen schrecklichen Moment schoss mir das Blut ins Gesicht, ehe ich erkannte, um wen es sich handelte: Julie, meine aufdringliche New Yorkerin von gestern. Ich konnte mir nicht vorstellen, dass ausgerechnet sie sich an meiner Nacktheit stören würde.

Meine Wangen brannten noch immer, und es brauchte etwas Mut, um fröhlich winkend auf den Rasen zu treten und sie zu grüßen.

»Julie, hi, ich bin froh, dass du es bist.«

Sie hob die Augenbraue.

»Nette Brüste, Süße.«

»Sehr lustig. Musst du heute nicht arbeiten?«

»Nein. Migräne.«

»Oh, ich kann dir da was geben. Warte einen Moment.«

»Nein, ich brauche nichts. Gibt es hier einen Pool?«

»Nein, es gibt einen See am Fuß des Hügels. Ich habe den ganzen Tag auf dem Gelände gearbeitet und konnte nicht widerstehen. Du solltest irgendwann mal mit mir dorthin kommen.«

»Bei diesem Wetter? Man wird wirklich abgehärtet, wenn man hier aufwächst.«

»Nicht so abgehärtet. Letzte Nacht waren Eindringlinge hier, aber alles, was ich gemacht habe, war, sie vom Fenster aus anzubrüllen.«

»Eindringlinge? Oha! Hast du die Polizei gerufen?«

»Nein, ich wollte versuchen, selbst damit klarzukommen. Wieso, denkst du, das hätte ich tun sollen?«

»Nein, wenn sie abgehauen sind, hast du wohl alles richtig gemacht.«

»Hoffentlich. Eigentlich hatte ich nicht gedacht, dass das ein Problem sein würde.«

»Wahrscheinlich waren es nur irgendwelche Kinder. Ich würde mir keine Sorgen machen.«

»Nein, es waren zwei erwachsene Männer.«

»Einbrecher?«

»Nein, das denke ich nicht. Sie liefen zum Tempel des Baphomet. Das ist der dort am Ende des Lindenwegs.«

»Gibt es dort etwas Wertvolles?«

»Nicht so wirklich. Ich schätze, die Schnitzereien könnten bei einem Sammler ein bisschen was einbringen, aber nur, wenn derjenige von ihnen weiß und sie haben will. Ansonsten ist dort nichts.«

»Dann weißt du doch, was sie wollten.«

»Das sagt sich so einfach. Diese Dinger sind schwer und ein wichtiger Teil des Mauerwerks. Ich bezweifle, dass zwei Männer sie tragen könnten, und man kann sie nicht einfach so entfernen, weil dann das Dach einstürzen würde.«

»Also haben sie es sich nur angesehen, um es auszukundschaften?«

»Das ist wahrscheinlicher. Was aber bedeuten würde, dass sie wiederkommen.«

»Nicht, wenn du ihnen drohst.«

»Meinst du?«

»Sicher. Du musst einfach ein bisschen übertreiben. Druck dir einfach ein Schild aus, auf dem steht Von der Polizei überwacht oder Dieses Grundstück steht unter Videoüberwachung, laminiere es und häng es im Tempel auf.«

»Glaubst du, das funktioniert? Ich habe eher daran gedacht, mir einen Hund zu besorgen.«

»Hunde sind Nervensägen. Mit ihnen kannst du dich nicht mehr frei bewegen. Und sie stinken. Mach es nicht so kompliziert.«

Während wir uns unterhielten, streifte ich mir meinen Pullover über und sammelte rasch meine Sachen ein. Julie lächelte und ihr rot geschminkter Mund zuckte. Ich nehme an, dass ich einen ziemlich lächerlichen Anblick bot, mit meinem rosafarbenem Wollpullover, unter dem mein Hintern hervorstach, während ich meine Kleider zusammensuchte. Sie nahm mir die Hippe und die Machete ab und hielt sie so weit wie möglich von ihrem Körper weg. Ihr Gesicht zeigte dabei einen Ausdruck von tiefem Widerwillen. Dann gingen wir gemeinsam zum Haus zurück.

Ich setzte sie mit einem Glas Wein in die Küche und ging hinauf, um mir etwas Praktischeres anzuziehen. Als ich wieder herunterkam, war sie bereits in die Bibliothek gegangen und betrachtete eines von Elgar Vaughans verstörenderen Bildern. Sie öffnete den Mund, kaum dass sie mich sah.

»Das ist also der Typ, der hier gelebt hat? Gruseliger Kerl.«

Ich trat näher, um das Bild zu betrachten, und nickte. Es war eines von denen, die Elgar Vaughan selbst in Auftrag gegeben hatte, und es zeigte ihn auf einem Thron, der sich rechts von einer ziegenköpfigen hermaphroditischen Gestalt befand. Er war umgeben von Männern, Frauen, Teufeln, Engeln und dutzenden anderen seltsamen Kreaturen. Die meisten von ihnen waren nackt; einige kopulierten oder waren offensichtlich erregt. Elgar Vaughan hatte eindeutig etwas für große Schwänze, oder besser gesagt, unmöglich große Schwänze übrig gehabt. Wie die, die Aubrey Beardsley für Lysistrata gemalt hatte, nur größer. Julie amüsierte der Anblick.

»Ich bin ein paar Mal bei so etwas dabei gewesen; die Männer in New York sind aber besser bestückt. Du trägst heute gar nicht dein Scarlett-O'Hara-Outfit?«

»Nein, das ist nur für die Führungen, und heute stehen keine an. Außerdem spielt *Vom Winde verweht* während des amerikanischen Bürgerkriegs, und der fand dreißig Jahre früher statt. Die Mode änderte sich im Viktorianischen Zeitalter schneller als heute und die Leute mochten retro nicht besonders.«

»Nicht?«

Es war als Scherz gemeint gewesen, zugegeben, ein schwacher Scherz, aber dennoch ein Scherz. Ihre Antwort war jedoch todernst. Seit ich das College verlassen hatte, hatte ich keine Gelegenheit mehr gehabt, meine Leidenschaft so richtig auszuleben, und daher konnte ich nicht widerstehen, auszuholen.

»Nein. Du hast recht, wenn du denkst, dass die britische und amerikanische Mode sich ähnlich entwickelt haben, bis auf wenige Unterschiede. So war es auch im Rest von Europa, zumindest in einem Großteil davon. Dennoch änderte sich die Mode in jedem Jahr und war dabei nicht so flexibel wie heute. Außerdem folgte sie dabei immer wieder bestimmten Mustern. So wurden beispielsweise die Reifröcke aus der Zeit des Bürgerkriegs immer größer und sperriger, weil die führenden Modeikonen ihrer Zeit immer voraus sein mussten.«

»Nicht anders als heute.«

»Irgendwann waren die Reifröcke so gigantisch geworden, dass man sie nicht mehr tragen konnte, also kehrte man zurück zu Röcken, die keinen Reifrock brauchten. Das hatte es so schon einmal mit dem Panier gegeben, später wiederholte sich dieser Kreis Ende des 19. Jahrhunderts mit der Tonüre. Die s-förmige Figur, die ich hatte, wird durch ein

Korsett geformt; so etwas trug man zu Zeiten König Edwards VII. Für Scarlett O'Hara wäre so etwas völlig inakzeptabel gewesen, wahrscheinlich sogar bizarr. Um es mal mit modernen Standards auszudrücken: Stell dir eine Frau in den Siebzigern vor, die eine Hüfthose trägt, damit man ihren String sieht. Die Leute hätten sie für seltsam gehalten. Das ist einer der seltsamen Aspekte von Mode: Heute wie damals sehen Leute Stile als unvergänglich an, auch wenn sie genau wissen, dass sie bald aus der Mode kommen werden. Die Menschen waren damals unglaublich starr, was das anbetraf. Sieh nur, selbst auf dem Bild von Elgar Vaughans Orgie gibt es einige, die angezogen sind, und zwar nach der neuesten Mode, trotz all ihrer Bemühungen, die Zwänge der Gesellschaft zu sprengen. Bei den Hippies war es ganz genauso.«

Sie nickte. »Du kennst dich bei dem Thema wirklich aus.«

»Das hoffe ich doch. Ich habe meine Doktorarbeit über Vaughan geschrieben. Mein Interesse an Mode ist mehr ein Hobby.«

Sie beäugte ein Detail auf dem Bild, dass ich selbst immer schon bewundert hatte: zwei Gestalten, männlich und weiblich, die vollständig angezogen waren und die gewaltige Erektion einer dritten Gestalt bewunderten. Dabei handelte es sich um einen Satyr, mit dem Torso eines Mannes, aber mit dem Unterleib und dem Kopf eines Ziegenbocks. Der Künstler hatte es geschafft, einen Ausdruck von Stolz auf das Gesicht des Bockes zu legen, während die Frau gleichzeitig amüsiert und erregt aussah. Der Mann leckte zögerlich an dem monströsen Penis, als wollte er seinen Geschmack kosten.

»Dieser Vaughan, war der schwul?«

»Ja und nein, zumindest nicht im modernen Sinne. Elgar

Vaughan hätte sich selbst niemals als homosexuell angesehen. Er hätte diesen Gedanken für lächerlich gehalten. Nein, Vaughans Sexualität war, wie seine Religion, geprägt von griechischen und römischen Konzepten, sowie von real existierenden und erdachten heidnischen Ritualen und Ideen der französischen Freigeister des 18. Jahrhunderts. Für ihn war nur wichtig, körperliches Vergnügen zu genießen, und zwar ohne jeden Vorbehalt. Ob einer seiner Partner männlich oder weiblich war, machte für ihn ebenso wenig einen Unterschied wie, sagen wir mal, ob sie blond, brünett, klein oder groß, schwarz oder weiß waren.«

»Einige Leute machen aus dem letzten Punkt heute immer noch ein Drama.«

»Ihr Pech. Elgar Vaughan sah Leute, die sich nur auf ein Geschlecht festlegten, genauso.«

»Solche Typen habe ich schon getroffen.«

In ihrer Stimme schwang ein leises Lachen mit, was mich freute. Viele Menschen werden bei diesem Thema schnell schnippisch, selbst, wenn es sie selbst nicht betrifft. Ich begann, Julie trotz ihrer aufdringlichen Art zu mögen. Sie machte es einem leicht, mit ihr zu reden; sie nahm einem das Gefühl von Befangenheit und legte nicht jedes einzelne Wort auf die Goldwaage, was eine ungewöhnliche Kombination war.

Ich fragte sie, ob sie Lust auf eine Tour durch das Gebäude und die Gärten und ein anschließendes Mittagessen hätte, und sie willigte ein. Alles, was ich zusammenkochen konnte, war Pastete auf Toast mit ein wenig Salat, aber sie aß es, als hätte ich ihr einen großen Gefallen getan. Als wir fertig waren, unterhielten wir uns bereits wie alte Schulfreundinnen, und ich nahm ihre Einladung an, einmal gemeinsam mit ihr in London am Wochenende einen Klub zu besuchen. Normalerweise war das nicht mein Ding, aber mit ihr würde es sicherlich Spaß machen.

Julie brach gegen fünf Uhr auf, und ich begleitete sie zurück ins Dorf, um noch einige Einkäufe zu erledigen. Ich fühlte mich ein bisschen schuldig; obwohl ich den Morgen über hart gearbeitet hatte, hatte ich den Nachmittag doch mit Julie vertrödelt. So gesehen war Julie ein Besucher wie jeder andere auch, auch wenn sie keinen Eintritt bezahlt hatte und ich ihr das Haus gezeigt hatte; also hätte es schlimmer sein können, aber als ich zurückging, nahm ich mir vor, mich in Zukunft professioneller zu verhalten.

Ich hatte mir etwas zum Abendessen gekauft sowie ein paar Sachen für den Kühlschrank und mehr Wein – diesmal drei Flaschen –, daher hatte ich, als ich endlich wieder zurück war, das Gefühl, dass mir gleich die Arme abfallen würden. Gerade als ich die Sachen abgestellt hatte, um die Tür zu öffnen, merkte ich, dass jemand hinter mir auf mich zukam. Er war sehr groß und hatte ein Gesicht wie ein Raubvogel – Richard Fox. Er war der Letzte, den ich hier sehen wollte.

Auf seinem Gesicht spielte wieder dieses herablassende Lächeln, als er näher kam.

»Hallo, Sophie. Sind Sie heute nicht passend gekleidet?«

Ich ignorierte die Spitze und setzte mein unbeteiligtes professionelles Gesicht auf.

»Ich fürchte, ich mache gerade zu.«

»Gut, dann sind sie ja frei und können mit mir zum *Engel* kommen.«

»Zum *Engel*? Ich habe mein Abendessen bereits, vielen Dank.«

»Was, Sie wollen alleine essen, wenn Sie mit dem bestaussehenden Mann, den Sie jemals getroffen haben, ausgehen und sich bewirten lassen könnten? Das glaube ich Ihnen nicht.«

Es war nicht leicht, eine passende Antwort auf so viel Arroganz zu finden, daher ging ich einfach hinein. Er folgte mir jedoch, noch ehe ich die Einkaufstüten absetzen und die Tür hinter mir schließen konnte. Kurz liebäugelte ich mit dem Gedanken, ihn einfach hinauszuwerfen, was aber möglicherweise hätte schiefgehen können. Mir blieb nicht viel anderes übrig, also begann ich, die Tüten auszuräumen. Er setzte sich an eine Tischecke, nahm eine der Weinflaschen, die ich gekauft hatte, und runzelte die Stirn.

»Ein Nero d'Avola? Machen Sie Pasta?«

»Ich habe eine Taube.«

»Dann wollen Sie nicht diesen Wein dazu; er ist viel zu schwer und grob. Tauben brauchen einen guten Burgunder, möglich wäre auch ein Barolo, falls Sie auf Italienisch bestehen.«

»Hören Sie, Mr Fox –«

»Nein, ich kann nicht erlauben, dass Sie Taube mit diesem Wein essen. Ich führe Sie aus, in den *Engel*. Natürlich müssen Sie sich noch umziehen; in diesen Breitengraden sind die Leute zuweilen recht spießig, finde ich. Sie haben doch mit Sicherheit irgendwo ein kleines Schwarzes versteckt? Haben das nicht alle Frauen?«

»Hören Sie, Mr Fox –«

»Vielleicht auch etwas in Rot, etwas, das Ihnen etwas von einem Vamp verleiht. Dieser Look würde Ihnen stehen, vor allem mit Ihrem wundervollen Haar.«

»Hören Sie, Mr Fox –«

»Nicht, dass Ihnen die Jeans nicht stehen würden. Sie

sehen wundervoll aus in Jeans. Ich habe gesehen, wie Ihr kleiner runder Po sich bewegt hat, als Sie vor mir die Straße entlanggegangen sind, und ich muss sagen, ich habe selten einen hübscheren gesehen.«

»Mr Fox! Würden Sie bitte für einen Moment den Mund halten? Hören Sie zu: Sie sind nicht der Mann meiner Träume. Sie sind nicht der bestaussehende Mann, den ich jemals getroffen habe. Sie sind nicht einmal nahe dran. Sie sind arrogant, hochnäsig, unsagbar eingebildet und insgesamt einfach unausstehlich. Außerdem lege ich keinen Wert auf Bemerkungen zu meinem Körperbau, noch dazu von einem völlig Fremden. Würden Sie jetzt bitte die Güte haben zu gehen.«

Er stellte die Flasche zurück und gab ein langes, zufriedenes Seufzen von sich.

»Ah, Temperament! Exzellent, ich liebe einen kleinen Kampf! Aber lassen Sie uns loslegen, und genug mit dem Geplänkel. Ich habe keinen Tisch reserviert, das heißt, wir müssen früh da sein, um noch einen vernünftigen Tisch zu bekommen.«

»Mr Fox, das wird nicht funktionieren. Könnten Sie jetzt bitte einfach gehen?«

Er machte keine Anstalten sich zu bewegen und antwortete nicht sofort. Stattdessen schüttelte er den Kopf und betrachtete die übrigen zwei Flaschen Wein, ehe er nachdenklich antwortete.

»Ist es nicht seltsam, was die Konventionen verlangen? Ich meine, dass eine Frau immer das Gefühl hat, es einem nicht zu leicht machen zu dürfen, selbst wenn beide, sie und der jeweilige Mann, genau wissen, was sie wollen. Oder liegt es an der modernen Zeit, was denken Sie? Möglicherweise war es bei den Höhlenfrauen auch schon so? Bei Ihnen überrascht es mich aber, immerhin haben Sie Vaughan studiert. Ich dachte, dass Sie intelligenter wären.«

Ich atmete tief ein und schwor mir, nicht darauf hereinzufallen.

»Würden Sie jetzt bitte gehen.«

Er stand auf.

»Na schön, wenn Sie darauf bestehen, Teenager-Spiele zu spielen. Aber wäre es nicht viel erwachsener und auch einfacher, wenn Sie einfach Ihren natürlichen Gefühlen nachgeben würden?«

»Mr Fox, ich merke, dass Sie Schwierigkeiten haben, das zu akzeptieren, aber ich fühle mich nicht zu Ihnen hingezogen.«

»Ach, Unsinn. Schauen Sie mich an, ich bin einsneunzig groß, gut gebaut und bin mit einer schroffen Männlichkeit ausgestattet, die Sie so schnell nicht noch einmal finden. Können Sie wirklich sagen, dass Sie nicht beeindruckt sind?«

»Mr Fox, ich verstehe, dass das ein Schock für Sie ist, aber trotz Ihrer persönlichen Überzeugung brauchen Frauen, und ich im Besonderen, ein wenig mehr als nur ansprechende physische Attribute. Persönlichkeit wäre für den Anfang ein guter Punkt.«

»Sie hören sich an, als würden Sie aus der *Cosmopolitan* zitieren. Kommen Sie schon, Sophie, ich weiß, Sie sind klüger als das. Sie wissen ebenso gut wie ich, dass der Grund, aus dem Sie mich zurückweisen, der ist, dass es Ihren Stolz verletzten würde, wenn Sie meine Einladung ohne Tamtam akzeptieren würden. Und das nur, weil unsere lächerliche Gesellschaft Frauen verurteilt, die ihren natürlichen Gefühlen nachgeben. Was wollen Sie, dass ich tue? Was würde Ihnen gestatten, nicht Ihr Gesicht zu verlieren? Soll ich Ihnen ein Liedchen im Falsett trällern, bis Sie endlich nachgeben? Oder sollte ich Sie wie John Wayne über meine Schulter werfen und hinaustragen? Wo wir gerade von John Wayne sprechen – ich gehe mal davon aus, dass Sie es nicht schätzen würden, wenn ich Sie über's Knie legen und Ihnen eine ordentliche Tracht Prügel verabreichen würde? Nein, Sie würden nur davonrennen und etwas von Übergriffen und Sexismus schreien.«

Für einen Moment wusste ich nicht, was ich sagen sollte; seine Aussagen waren einfach zu arrogant, um etwas darauf zu erwidern. Die letzte Aussage war sogar beleidigend, auch wenn sie unangenehm nah an meinen Fantasien vom Vortag war. Ich errötete. Ich musste irgendetwas sagen, denn es lag ein Körnchen Wahrheit in dem, was er sagte, aber genau das machte mich noch dickköpfiger. Mein erster Gedanke war, ihm zu sagen, dass ich einen Freund oder sogar einen Verlobten hatte, aber ich wusste, dass das keinen Unterschied machen würde. Es gab noch eine Möglichkeit, die einfach funktionieren musste. Ich antwortete mit so viel Kälte in der Stimme, wie ich aufbringen konnte: »Tatsächlich, Mr Fox, ist der Grund, warum ich nicht mit Ihnen ausgehen will, abgesehen von Ihrem unaussprechlichen Verhalten, der, dass ich eine Lesbe bin. Ich bevorzuge Frauen und die wenigen Minuten in Ihrer Gesellschaft haben mich wieder daran erinnert, warum das so ist, also vielen Dank.«

»Gern geschehen, ich helfe immer gerne. So, hm, wenn Sie also eine ›Lesbe‹ sind, gibt es keinen Grund, warum Sie nicht mit mir zum *Engel* kommen sollten. Falls Sie es möchten, können wir uns auch die Rechnung teilen.«

Er war völlig unbeeindruckt und machte mich damit wieder sprachlos. Außerdem merkte ich schon an der Art, wie er ›Lesbe‹ aussprach, dass er mir nicht glaubte. Das Einfachste war wohl, einzuwilligen und mitzugehen, was ich wahrscheinlich sowieso getan hätte, wenn er mich von Anfang an höflich gefragt hätte, aber ich hatte mich selbst in die Ecke gedrängt. Während er weitersprach, kam mir ein Gedanke.

»Sie freuen sich doch sicherlich über eine Gelegenheit, über Elgar Vaughan zu diskutieren, egal wie abstoßend ich auch sein mag.«

Ich nickte. »Ok, ich gehe mit Ihnen in den *Engel*, aber nur, wenn Sie daran denken, dass es sich dabei nicht um ein Date handelt.«

Er hob leicht die Hände, als ob allein die Vorstellung lächerlich wäre, dass er jemals andere Absichten gehabt hätte.

»Gut. Ich wusste, dass Sie Vernunft annehmen würden.«

»Wenn Sie es sagen. Würden Sie jetzt bitte draußen warten, bis ich mich umgezogen habe?«

Die arrogante Art war nur eine Maske gewesen, so wie ich es vermutet hatte, denn er ließ ohne Protest zu, dass ich ihn durch die Tür hinausscheuchte. Ich musste mich offensichtlich umziehen und das aus drei Gründen. Erstens war ich gute eineinhalb Kilometer mit schweren Einkaufstüten in beiden Händen gelaufen, und ich war verschwitzt. Zweitens hatte er recht, was den *Engel* anging, und auch wenn mich die Meinung anderer Leute nicht interessierte, musste ich das Gerede nicht unbedingt herausfordern. Und drittens hatte ich damit eine gute Ausrede, um ihn in der rasch abkühlenden Abendluft warten zu lassen, während ich mich umzog.

Ich besaß nicht bloß ein kleines schwarzes Kleid, sondern zwei: ein samtenes und eines aus chinesischer Seide. Außerdem besaß ich auch noch ein rotes Kleid, was mir so viel von einem Vamp verlieh, wie er es sich nur wünschen konnte. Keines der Kleider kam in Frage. Sollte ich das genaue

Gegenteil von dem machen, was er mir gesagt hatte? Während ich duschte, überdachte ich mein Dilemma. Was ich brauchte, war eine zufriedenstellende Mischung, vielleicht ein Rock und eine Bluse?

Ich duschte in aller Ruhe, trocknete mir dann das Haar und legte einen Hauch von Make-up, aber kein Parfüm auf. Dann zog ich schlichte, bequeme Unterwäsche an; er würde sie mit Sicherheit nicht zu Gesicht bekommen, und begutachtete meine Röcke und Blusen. Meine erste Wahl ließ mich wie eine junge Sekretärin wirken, die zweite wie Mary Poppins. Beide waren unpassend. Mittlerweile lag jeder Rock, den ich besaß, auf dem Bett, selbst ein paar knielange Röcke im Schottenkaro, die ich selten trug, da die Leute mich damit immer für ein Schulmädchen hielten.

Für einen Moment war ich in Versuchung, sie mit einer weißen Bluse, einer Schleife, Kniestrümpfen und Pumps anzuziehen, nur um so zu tun, als wäre Fox ein Lehrer, der seine ›Nichte‹ ausführt, und ihn damit in Verlegenheit zu bringen. Leider würde das nicht funktionieren. Er war dafür nicht alt genug, das Team vom *Engel* war meine erste Wahl, wenn es um Catering für das Haus ging, und ich hatte den unguten Verdacht, dass Fox dieses Theater auch noch genießen würde.

Außerdem war es zu kalt. Die Fenster waren bereits beschlagen und es sah so aus, als würde in der Nacht Frost kommen. Also entschied ich mich für Strumpfhosen, eine Hose und einen Rollkragenpullover mit einem Paar Stiefel. Damit blieb ich nicht nur warm, sondern auch geschützt, wie durch eine Rüstung. Der Eindruck wurde noch verstärkt, als ich meinen langen Mantel anzog. Zufälligerweise war er vollkommen schwarz.

Richard Fox stand am Geröllhaufen, der einmal der Turm

gewesen war. Sein Atem bildete weiße Wölkchen in der kühlen Abendluft. Er sah auf seine Uhr.

»Ist es heutzutage normal, seinen Freund fünfundvierzig Minuten lang warten zu lassen? Aber das war es wert. Hübsch. Sehr düster. Passt zu Ihnen.«

Ich ignorierte ihn und machte mich auf den Weg die Straße hinunter. Er umrundete den Geröllhaufen und ging in eine komplett andere Richtung. Für einen Moment war ich verwirrt, denn wenn man seiner Richtung folgte, war der Weg zum *Engel*, der sich am Fluss befand, länger. Ich folgte ihm einige Schritte und erkannte da erst, dass er sein Auto, einen großen schwarzen BMW, dort geparkt hatte. Die Lichter blitzten auf, als er die Zentralverriegelung öffnete. Ich nickte.

»Hübsch. Sehr phallisch. Passt zu Ihnen.«

Er grinste und stieg ein. Ich folgte ihm rasch und war froh, dass wir fuhren, nachdem ich den ganzen Tag herumgelaufen war. Aber dann fiel mir etwas auf.

»Sie sagten, Sie wären hinter mir hergelaufen, als ich die Straße entlanggegangen bin.«

»Oh, ich war schon eine ganze Weile hier und habe auf Sie gewartet.«

»Oh. Warum habe ich Sie dann nicht gesehen, als ich durch das Tor gekommen bin?«

»Weil ich Mitglied eines satanischen Kultes bin, der es sich zum Ziel gemacht hat, Elgar Vaughan wieder auferstehen zu lassen. Ich habe mich in den Wäldern versteckt, in der Hoffnung, dass Sie mich zu seinem geheimen Grab führen würden.«

»Sehr witzig. Nein, ernsthaft, wieso?«

»Die Antwort darauf ist zu banal, als dass ich Sie damit belästigen würde.«

»Sagen Sie es mir trotzdem.«

»Ich musste pinkeln, also bin ich in den Wald gegangen. Als ich wieder herauskam, waren Sie bereits die halbe Auffahrt hochgegangen.«

»In Ordnung. Sie hätten sowieso Ihre Zeit verschwendet, wenn Sie Elgar Vaughans Grab gesucht hätten. Es befindet sich in irgendeiner Ecke auf einem unbekannten Feld irgendwo im Ausland.«

»Es handelt sich dabei wohl eher um ein großes Loch.«

»Sehr geschmackvoll.«

Er lachte leise und startete den Motor. Der *Engel* war nur wenige Autominuten entfernt. Er befand sich am Flussufer, etwa einen Kilometer vom Dorf gelegen. Während er fuhr, sprachen wir nicht, und meine Gedanken wanderten zu meinem Lieblingsthema, das aber auch sehr düster war – zu Elgar Vaughans Tod und dem Ende seines Traums. Nach mindestens einem, wenn nicht mehreren komplizierten Ritualen hatte er wirklich geglaubt, unsterblich zu sein, wahrscheinlich noch in dem Moment, in dem er abstürzte. Es fiel mir schwer, daran zu denken, und mich überkam ein Schauer, als Fox in die Flussstraße einbog.

»Ist Ihnen kalt?«, fragte er und sah mich verwundert an.

»Nein«, fauchte ich empört, unwillig, mir irgendeine Blöße zu geben.

Der *Engel* lag direkt vor uns, ein dunkler Umriss gegen den abendlichen Himmel. Er existierte bereits seit mehr als fünf Jahrhunderten und bestand in seiner jetzigen Form seit knapp hundertfünfzig Jahren. Mir gefiel die Vorstellung, dass Vaughan hier eingekehrt war. Möglicherweise war er genauso auf das Restaurant zugegangen, wie Richard Fox und ich, in seinem schwarzen Grand Sport mit einer seiner weiblichen Anhängerinnen an seiner Seite, wie beispielsweise Alice Scott. Sie war meine einzige wirkliche Verbindung zu ihm, auch wenn es mir nie ganz gelungen war, das Mädchen mit den strahlenden Augen, das auf den wenigen erhaltenen Fotos des Sabbat Aceras zu sehen war, in der alten Frau, die ich getroffen hatte, wiederzuerkennen.

Ich schob die düsteren Gedanken beiseite, während wir auf den Parkplatz fuhren, aber meine Stimmung hatte sich verändert. Mein ursprünglicher Plan, das teuerste Essen auf der Karte zu bestellen, damit Richard sofort das Interesse an mir verlor, erschien mir sinnlos und wie die Reaktion eines trotzigen Kindes. Er brachte mich aus der Fassung, aber vielleicht hatte er recht. Das Leben ist zu kurz für Blödsinn.

Von diesem Moment an wusste ich, dass ich mit ihm schlafen würde, und dass es meine eigene Entscheidung war. Ich brauchte jemanden, der mich festhielt, und ich wollte mit ihm schlafen, aber vor allem wollte ich, dass er mich festhielt. Er musste diesen Wandel gespürt haben, denn auf dem Weg ins Restaurant gab er keine nervenden Bemerkungen mehr von sich. Was die Tische anging, hatte er auch recht gehabt; die meisten waren entweder besetzt oder reserviert. Zum Glück kannten die Kellner mich wegen des Arrangements für das Catering für das Haus, was mir das Gefühl gab, jemand Besonderes zu sein, und man gab uns den letzten freien Tisch am Fenster, von dem man auf die ölig-schwarze Oberfläche der Themse blicken konnte. Das Wasser war so ruhig, dass zwei Lichter vom gegenüberliegenden Ufer sich als perfekte Abbilder und nicht verschwommene Konturen im Wasser spiegelten.

Ich ließ ihn bestellen. Man hätte das durchaus als Zeichen der Unterwerfung verstehen können, doch er sagte nichts dazu. Die Gerichte waren leicht: Jakobsmuscheln, angerichtet auf ihrer Schale mit Champagner, und als nächsten Gang Wachteln, gefüllt mit weißem Trüffel. Das alles wurde von einem alten, weichen Claret begleitet. Das Essen war köstlich und milderte, zusammen mit dem Wein, meine Laune etwas. Wir ließen das Dessert aus, und von diesem Punkt an war klar, was passieren würde. Wir sagten nichts, und es waren auch keine Worte nötig.

Wir ließen das Auto stehen und schlenderten, nun Arm in Arm, den Hügel hinauf bis zum Tor von Elmcote Hall und die Auffahrt entlang. Der Boden lag weiß und frostüberzogen vor uns und glitzerte leicht im Licht der Mondsichel. Er führte mich an der Haustür vorbei, aber das war gar nicht nötig, denn wir beide wussten genau, wohin wir gingen. Das gefrorene Gras knirschte unter unseren Schuhen, als wir stumm den Lindenweg entlanggingen. Ich biss mir auf die Unterlippe – ich war nervös und zugleich absolut sicher.

Wir zögerten nicht. Als wir den Tempel des Baphomet erreicht hatten, traten wir einfach in das rabenschwarze Innere. Ich spürte, wie sein Griff stärker wurde, und er zog mich hinein, zog mich näher, bis ich auf den Zehenspitzen stand und unsere Münder sich trafen. Seine Lippen drückten sich kalt gegen meine, doch seine Zunge war heiß. Einen Moment lang hielten wir einander fest, wir küssten uns, mein Gesicht zu seinem erhoben, ehe der Druck seiner Hände sich sanft verlagerte und mich wieder hinunterdrückte.

Ich wusste, wie es sein sollte, so, wie Vaughan seine Anhänger empfangen hatte: ich auf den Knien, gebeugt in Anbetung und Vergnügen, denn es war ein und dasselbe. Er wusste es ebenfalls, sonst hätte er mich nicht weiter hinuntergedrückt, aber es war nicht einfach nachzugeben. Selbst als ich auf dem kalten, harten Marmorboden auf die Knie ging, schrie eine winzige Stimme in meinem Kopf, dass ich unmöglich tun konnte, was er da von mir verlangte, dass es sich für eine moderne Frau nicht gehörte, dass es unglaublich entwürdigend für mich als Frau war.

Doch es fühlte sich richtig an, und was hätte ich sonst tun können, außer auf dem fünfeckigen Symbol im Zentrum des Baphomet-Tempels zu knien, zu Füßen eines Mannes, der möglicherweise die Reinkarnation von Vaughan selbst war? Er zögerte nicht. Ich wartete, zitternd und auf Knien, während er erst seinen Mantel und dann seine Hose darunter öffnete und sie mit einer brüsken Handbewegung herunterschob. Er war so stattlich, wie ich es mir nur hätte wünschen können.

Noch zögerte ich, doch nur für eine Sekunde. Dann tat ich es: Ich schob mein Gesicht zwischen die straffen muskulösen Backen seines Hinterns und setzte einen zarten Kuss auf seinen Anus. Er lachte auf und hätte in diesem Moment auch Elgar Vaughan oder Baphomet selbst sein können. Sein Penis war durch die kühle Luft kalt und faltig, füllte meinen Mund noch nicht aus. Ich schob mich näher und legte die Hände auf seine weichen Pobacken. Meine Finger pressten sich in sein Fleisch, während ich an seinem Schwanz lutschte, der in meinem Mund bereits begann, hart zu werden.

Ich hatte es getan, ich hatte den Anus eines Mannes geküsst, im Tempel von Baphomet, etwas, das ich mir schon unzählige Male vorgestellt hatte. Nun musste ich mit dieser Tat leben, ich hatte mich seinem Willen unterworfen, musste akzeptieren, was immer er verlangte, und mir nehmen, wonach es mich verlangte. Auch wenn es altmodisch war; wenn er meine Brüste wollte, konnte er sie haben; wenn er meinen Hintern wollte, konnte er ihn haben oder was auch sonst immer ihm an mir gefiel. Was mir an ihm gefiel, war, ihn in meinem Mund zu haben. Es war nicht nur sein schöner Schwanz, der so dick und lang und gerade und glatt war, wie ich es mir gewünscht hatte. Aber ich wollte mehr. Ich nahm seine schweren Hoden in die Hand und schob sie mir in den Mund. Ich saugte gierig daran und rieb seine steinharte Erektion mit der Hand.

Er atmete tiefer, unterbrochen von kleinen seltsamen Lauten der Lust, und ich hörte auf. Ich wollte, dass er die Kontrolle übernahm und seinen Samen nicht einfach so in meinem Mund vergoss. Aber meine Sorge war unbegründet. Er sank zu Boden und seine großen, starken Hände drückten meinen Körper nieder, aber nicht auf den Rücken, wie ich es erwartet hatte, sondern nach vorn auf alle viere. Ich ließ es zu, ich ließ ihn meinen Körper ohne Gegenwehr führen, bis ich in einer kriechenden Position direkt auf dem Fünfeck kniete, den Hintern in die Höhe gestreckt und die Knie gespreizt. Mein Mantel wurde hochgezogen, der Bund meiner Hose wurde sanft umfasst und heruntergeschoben; mein Slip folgte, und ich lag entblößt in der kalten Nachtluft.

Ich konnte ein Seufzen nicht unterdrücken. Ich erinnerte mich, wie ich tags zuvor in der gleichen entblößten Position gekniet hatte, für jeden von hinten zu nehmen, und wie ich mir vorgestellt hatte, wie sein wunderschöner Penis in mich stieß, während ich es mir selbst machte. Jetzt war es echt, und ich konnte nicht mehr warten. Sobald ich den sanften Druck seiner Erektion zwischen meinen Pobacken spürte, reckte ich den Hintern in die Höhe. Für einen Moment erfüllte mich die schreckliche Vorahnung, dass er mich anal nehmen wollte, doch dann schob sich sein Schwanz tiefer und stieß in mich.

Seine Hände legten sich auf meine Hüften, und er begann, in mich zu stoßen, sanft, gleichmäßig und langsam. Er stieß bis zum Anschlag zu, ließ mich das unvergleichliche Vergnügen erleben, wie es war, wenn meine Spalte vollständig von einem dicken Pfosten ausgefüllt war. In meinem Kopf sammelten sich Bilder davon, was wir taten, wie ich kniete, wie sein Schwanz wohl dabei aussah. Wir fickten immer schneller und fester, und dabei wurden auch die Bilder in meinem Kopf lebendig.

Es war unglaublich, reine Ekstase, wie ich im Tempel kniete und von hinten genommen wurde, nachdem ich seinen Arsch geküsst und an seinem Schwanz gelutscht hatte. Ich gab mich hin, wie ich mich dem Teufel selbst hingeben würde. Von dem Augenblick an, an dem ich aufgegeben hatte, hatte er mich auf die perfekte Art und Weise behandelt, war stark und sicher gewesen. Er hatte mich für diesen entscheidenden Kuss im Tempel auf die Knie gezwungen, damit ich mich mit seinem Schwanz und seinen Eiern vergnügen konnte, er nahm mich von hinten, hart und tief, jetzt noch härter und tiefer, er rammte seinen Schwanz in mich mit wahnwitzigem Tempo und sein schwerer Hodensack schlug dabei gegen mich.

Ich warf den Kopf zurück, als der Orgasmus mich überkam, ich keuchte und rieb mich selbst genau in dem Augenblick, in dem er ekstatisch aufschrie, und wir kamen gemeinsam in blinder Ekstase, die ewig anzuhalten schien. Die Verbindung zwischen unseren Körpern war ein glühend heißer Fleck in der kühlen Luft, die uns umgab, auf meiner bloßen Haut, auf dem Marmorboden des Baphomet-Tempels,

in Elgar Vaughans Tempel, wo Richard Fox und ich gefickt hatten.

3

Er hielt mich die ganze Nacht lang im Arm. Nachdem wir zwei meiner drei Flaschen Wein getrunken hatten, hatten Richard und ich uns in meinem Bett zusammengekuschelt. Wir hatten bis in die frühen Morgenstunden geredet und Sex gehabt – viel Sex. Als ich erwachte, war er weg, und es war fast Mittag. Ich spürte einen leisen Stich, als hätte man mich verlassen, doch er verblasste rasch. Er hatte seine Gefühle deutlich erklärt; er gab nicht vor, unsterblich in mich verliebt zu sein. Als ich dem, was er wollte, zustimmte, stellte er ein ehrliches, nahezu kindliches Vergnügen darüber zur Schau. Es ging um reinen Sex, aber ich war schon immer der Meinung gewesen, dass man zuerst Sex haben sollte. Wie sonst sollte man eine Beziehung führen, wenn man den anderen nicht genau kannte?

Ich machte mir weniger Sorgen darum, ob er wieder kommen würde, sondern eher darum, was passieren würde, wenn er zurückkäme. Es war eine Sache, über Elgar Vaughans Rituale zu sprechen; mich hatte das so sehr erregt, dass ich ein zweites Mal gekommen war, während ich es mir selbst machte und er beschrieb, was er mit mir vorhatte. Er war nicht mehr arrogant, aber sehr grob und sehr deutlich. Ich hatte das Gefühl, noch einmal mein erstes Mal zu erleben, und das erregte mich und machte mir gleichzeitig Angst.

Zum Glück gab es viel zu tun, denn sonst hätte ich womöglich den ganzen Tag im Bett verbracht, jeden Moment von dem, was passiert war, noch einmal in meinem Kopf durchgespielt und es mir selbst gemacht. Doch da am Samstag eine Hochzeit anstand, stand das außer Frage. Ich musste den Catering-Service anrufen sowie die Leute vom Festzelt-Verleih, verschiedene Würdenträger und einiges mehr. Als ich das erledigt hatte, blieb noch genug zu tun, beispielsweise sollte die Küche aufgeräumt sein und es sollten nicht überall Flaschen herumstehen.

Die Arbeit hielt mich aber nicht vom Tagträumen ab; sei es über reale oder ausgedachte Ereignisse. Nachdem ich etwas, von dem ich lange Zeit nur geträumt hatte, wirklich getan hatte, fiel es mir schwer zu glauben, dass es wirklich passiert war. Als ich das erste Mal von Hexen gelesen hatte, die den Hintern des Teufels küssen mussten, hatte ich dabei ein Gefühl von Ungezogenheit empfunden, das für mich das Herzstück des Sex bildete. Mir wurde oft gesagt, dass das typisch britisch sei, aber ich konnte meine Gefühle nicht ändern. Es zu versuchen wäre in etwa so gewesen, als würde ich mir meine Haare abschneiden, nur damit sie einem möglichen Haarstil ähnelten, der einem gemähten Rasen glich. Diese Vorstellung hatte mich seither immer begleitet. Symbolisiert wurde sie für mich durch einen Holzdruck aus dem 17. Jahrhundert, auf dem eine vollbusige weibliche Gestalt hinter einem gehörnten Teufel mit einem gabelförmigen Schwanz kniete. Ihr Gesicht hatte sie gegen seinen schmalen Hintern gepresst, und auf seinem Gesicht lag ein verzerrter Ausdruck lüsterner Verzückung. Jetzt hatte ich es auch getan, beziehungsweise hatte es so genau getan, wie es machbar war, denn ich hatte nie zuvor einen Mann getroffen, der einem Teufel näher kam als Richard Fox.

Das war die Realität, aber in meiner Fantasie ging ich noch viel weiter. Die Ähnlichkeit zwischen Richard und Elgar

Vaughan war bemerkenswert. Er hatte mir erklärt, und den Grund dafür sehr banal klingen lassen, dass es wahrscheinlich die Ähnlichkeit zwischen Vaughan und ihm gewesen war, die mein Interesse an ihm geweckt hatte. Das hielt mich aber nicht von wilden Spekulationen ab; meine Gedanken flogen wie von selbst dahin, während ich über das Gelände lief und versuchte, alles gleichzeitig ordentlich und verlassen aussehen zu lassen.

Elgar Vaughan starb im Alter von sechsunddreißig Jahren, was etwas älter war als Richard jetzt. Das letzte Mal wurde er – beziehungsweise sein Flugzeug – gesehen, als er in einen Kampf mit dem Fliegerass Oswald Boelcke verwickelt war. Vaughan war abgeschossen worden und irgendwo im Niemandsland, nordöstlich von Ypern, abgestürzt, und das war es dann. Seine Leiche wurde nie gefunden, aber das war nichts Außergewöhnliches.

Was, wenn er nicht gestorben wäre? Was, wenn die Rituale erfolgreich gewesen waren und sein Alter bei etwa dreißig bewahrt hatten, was auch zu der Zeitabfolge passen würde? Es wäre seltsam, niemals zu altern, während die anderen um einen herum es taten, und außerdem wäre es lästig geworden, sich ständig erklären zu müssen. Möglicherweise hatte er seine Chance in den Unruhen des Krieges genutzt, was nicht sonderlich schwer gewesen wäre. Vielleicht war er auch in Kriegsgefangenschaft gelandet und hatte eine andere Identität angenommen? Möglicherweise bedeutete der Einsturz des Turmes, dass eine Art Energieaustausch stattgefunden hatte, um sein Leben zu erhalten?

Natürlich war der Gedanke lächerlich, aber die Vorstellung machte mir Spaß und ließ die Ereignisse der vergangenen Nacht in einem noch spezielleren Licht erscheinen. Was, wenn ich mich dem echten Elgar Vaughan hingegeben hatte, einem

Mann, der einen Pakt mit dem Teufel oder, wie er es gesehen hatte, einen Pakt mit einer heidnischen Gottheit eingegangen war? Allein der Gedanke daran ließ mich den ganzen Morgen lächeln. Nach dem Mittagessen zog ich mich um, um eine Busladung japanischer Touristen in Empfang zu nehmen. Meine zweite Führung lief wesentlich besser als meine erste.

Eine etwas profanere Tatsache war, dass Richard wie Julie Voigtstein ein New Yorker war, der in der Stadt arbeitete, was auch sein modernes Auto und seinen sorglosen Umgang mit Geld erklärte. Seine Faszination für Elgar Vaughan und das okkulte Element im Heidentum waren etwas, das er sorgfältig verborgen hielt, und das machte ihn umso attraktiver für mich. Er hatte meine Abschlussarbeit gelesen, was mit der Grund dafür war, dass er sich von Elmcote Hall so angezogen fühlte und, wie er es selbst ohne Schönfärberei bezeichnete, dafür, dass er ›entschlossen war, mir die Kleider vom Leib zu reißen‹.

Er war ohne Zweifel ein arroganter Bastard, aber das war ein Wesenszug, den man bei der Sorte selbstbewusster Männer, die mir gefielen, häufig fand. Seine übrigen Qualitäten und Fehler würde ich ohne Zweifel im Laufe der Zeit noch kennenlernen, aber zumindest war er ehrlich zu mir gewesen, und das wusste ich zu schätzen. Er war sogar etwas zu ehrlich gewesen, denn er hatte mir ohne jede Scham einige der Rituale beschrieben, die er mit mir durchführen wollte. Viele der Details reichten aus, damit ich mir allein beim Gedanken daran auf die Lippen biss.

Ich wusste, dass Richard heute Nacht nicht zurück nach Elmcote Hall kommen konnte und erwartete ihn daher auch nicht. Nach nur einer Nacht mit ihm fühlte ich mich einsam ohne ihn hier, und ich zuckte wieder bei jedem Geräusch zusammen, aus Angst, dass die Eindringlinge zurückgekommen waren. Doch nichts geschah, und als ich am Morgen hinausging, um den Tempel zu inspizieren, deutete nichts darauf hin, dass jemand sich daran zu schaffen gemacht hätte. Ich begutachtete selbst die fünf Schnitzereien, doch sie waren unverändert. Ich kam zu dem Schluss, dass es einen Kran, einen Lastwagen und diverse fähige Arbeiter mit einer Menge Zeit bräuchte, um sie zu stehlen. Es war einfach nicht möglich.

Der Rest des Tages verlief in einer Art kontrolliertem Chaos. Zuerst kamen die Männer mit dem Festzelt an, die eine halbe Stunde damit hantierten, ehe ihnen auffiel, dass das Ding gut dreißig Zentimeter breiter war als der Lindenweg. Dann kam ein Wichtigtuer vom Gesundheitsamt, der darauf bestand, dass ich den Schutthaufen absperrte und wohl dachte, dass der Turm erst kürzlich eingestürzt war. Danach kamen die Caterer an, die mit einer Ausstattung wie bei einer Schule oder einem Krankenhaus gerechnet hatten. Dann kam der Trauzeuge, der jedem im Weg stand, während er versuchte, die Organisation an sich zu reißen.

Schließlich gab es nichts mehr, was ich tun konnte, also zog ich mich auf mein Zimmer zurück, bis mir einfiel, dass ich die Bibliothek offen gelassen hatte. Das Hochzeitspaar genoss wahrscheinlich die romantische Atmosphäre des Gebäudes, aber das bedeutete nicht zwangsweise, dass die gute alte Tante Phoebe es gut finden würde, wenn sie bei ihrer Suche nach der Toilette plötzlich vor einem ziegenköpfigen Teufel stand, der Möpse wie Melonen besaß, und einen Schwanz, der selbst einen Elefanten beschämt hätte. Ich ging wieder hinunter und korrigierte meinen Fehler. Ich schnappte mir eine

Flasche Champagner von einem der Caterer, der gerade vorbeilief, und wollte wieder die Treppe hinaufgehen, als ich bemerkte, dass eine Frau auf mich zukam. Es war Julie.

In meiner Begeisterung über die Nacht mit Richard hatte ich völlig vergessen, dass ich mit ihr ausgehen wollte, auch wenn sie eher so aussah, als wäre sie für die Hochzeit und nicht für einen netten Abend in der Stadt gekleidet. Sie trug ein rosafarbenes Kostüm mit Rock, das an der Taille sehr eng geschnitten und extrem auffällig war, besonders mit den dazu passenden hochhackigen Schuhen und einem riesigen breitkrempigen Hut. Einer der Kellner kam sogar auf sie zu und sah sie höflich, aber auch verwirrt an. Ich ging auf sie zu.

»Es ist in Ordnung, das ist eine Freundin von mir. Hi, Julie. Es tut mir leid, ich habe dich ganz vergessen!«

»Mach dir nichts draus. Was hat es mit dem steifen Kerl hier auf sich?«

»Sch! Es findet eine Hochzeit statt, das ist eines der Dinge, die wir hier anbieten. Ich weiß, ich habe gesagt, dass ich mit dir ausgehe, und ich habe mich wirklich darauf gefreut, aber ich kann hier nicht weg, ehe alles vorbei ist, und das wird nicht vor Mitternacht sein. Es tut mir leid, ich –«

»Entspann dich. Ich liebe Hochzeiten. Mischen wir uns unters Volk.«

»Nein, das können wir nicht. Wir sind nicht eingeladen, und alles hier ist abgezählt, bis hin zu jeder einzelnen Serviette, vertrau mir.«

Sie hob eine dünne Augenbraue.

»Auch die Flasche *Cordon Rouge*, die du da in der Hand hast?«

»Guter Einwand. Komm mit hoch. Ich hab dir etwas Wichtiges zu erzählen.«

Wieder schoss die Augenbraue in die Höhe.

»Ach ja?«

Ich antwortete nicht, sondern griff mir rasch ein paar schlanke Champagnergläser und lief in mein Zimmer. Es war eine Erleichterung, die Tür hinter mir zu schließen, und ich schob den Riegel vor. Ich brauchte dringend ein wenig Privatsphäre und jemanden, der mich nicht als Quelle allen Wissens oder für jedes Problem Verantwortlichen ansah, eingeschlossen den zu harten Boden, in den sich die hölzernen Pfosten für das Zelt nicht hineinschlagen ließen.

Julie trat ans Fenster und sah hinaus auf den Lindenweg, der jetzt von einem etwas deformierten Festzelt blockiert wurde. Ich warf mich auf das Bett und bearbeitete den Verschluss der Champagnerflasche. Ich entfernte die Folie und drehte den Korken ab. Als sich mit einem Mal eine Fontäne des Prickelwassers über meine Vorderseite ergoss, bedauerte ich es, die Treppen so schnell hinaufgerannt zu sein.

»Scheiße! Jetzt sieh dir das an!«

»Das passiert.«

Sie nahm ein Handtuch und wischte das meiste des Champagners weg, doch der hatte bereits meine Bluse und meinen BH durchnässt. Ich zog alles aus, trocknete mich ab und streifte mir dann meinen Bademantel über, ehe ich zurück zum Bett ging, wo Julie geduldig wartete. Ich machte es mir gemütlich, füllte die Gläser und lehnte mich zurück, während Julie sich auf das Bettende setzte.

»Also? Was gibt es Neues?«

»Neu ist, dass ich eine Nacht mit heißem Sex mit dem Mann, von dem ich dir erzählt hatte, Richard Fox, hinter mir habe.«

»Das arrogante Schwein?«

»Genau der, er ist nur nicht – okay, das ist er, zumindest so was in der Art, aber er hat auch eine nette Seite. Er ist wirklich zärtlich zu mir, im Bett meine ich, oder eher – draußen im Tempel, dem am Ende des Lindenwegs, da haben wir es zum ersten Mal getan.«

»Scharf! Erzähl weiter, ich will alle Details wissen.«

Ich errötete, doch etwas sagte mir, dass, egal, was ich getan hatte, es nichts Neues für sie sein würde, bis auf den rituellen Kontext. Ich wusste noch immer nicht so recht, was ich sagen sollte, und unwillkürlich versuchte ich, mein Verhalten zu erklären.

»Wir – also, es gibt diese Sache, die die Hexen gemacht hatten, beziehungsweise, die von ihnen erwartet wurde. Es gehörte zu den Dingen, die man ihnen vorwarf, ein Zeichen der Hingabe zum Teufel oder einer heidnischen Gottheit. Sie mussten, uhm, seinen Hintern küssen.«

Ihre Augenbrauen schossen in die Höhe, fast bis an den Haaransatz.

»Seinen Hintern küssen?«

Ihre Stimme war voller Missbilligung, falscher Missbilligung. Mein Gesicht war sicher rot wie eine Kirsche, aber sie erwartete mehr und wartete stumm und amüsiert mit einem spitzbübischen Ausdruck auf ihrem Gesicht.

»Ja, seinen Hintern küssen, so richtig, weißt du? Das war genau das, was es so wundervoll gemacht hat. Er wusste es einfach, ganz so, als ob er meine geheimsten Fantasien gekannt hätte.«

»Deine Fantasien, in denen du dem Teufel den Arsch küsst? Ich hätte dich nicht für ein böses Mädchen gehalten, zumindest nicht so böse.«

Ich lächelte, geschmeichelt und gleichzeitig peinlich berührt.

»Das Äußere kann täuschen.«

»Na, das stimmt. Los, weiter, du hast also den Arsch dieses Typen geküsst. Auf die Backe oder hast du ihn richtig geleckt?«

»Bitte? Ich verstehe nicht, was du meinst.«

»Geleckt, hast du sein Arschloch geleckt?«

Wenn ich bisher kirschrot gewesen war, so war ich nun dunkelviolett, doch ich nickte.

»Du dreckiges Stück!«

Es war keine Beleidigung, mehr ein Kompliment, und sie redete mit einer so lächerlich theatralisch verstellten Stimme, dass ich kichern musste. Ich würde ihr nicht erzählen, dass ich nicht so weit gegangen war, wie sie glaubte, weil es offensichtlich das war, was sie wollte, und außerdem brauchte ich ihre Zustimmung dafür nicht. Mir hätte es auch nichts ausgemacht, wenn ich es getan hätte. Ich trank den Champagner aus und füllte unsere beiden Gläser wieder auf, ehe ich fortfuhr.

»Der Typ, der hier gelebt hat, Elgar Vaughan, ließ seine Anhänger das Gleiche tun – als Zeichen ihrer Hingabe und sogar ihrer Unterwerfung und als Teil ihrer Initiierung. So hat es sich für mich auch angefühlt, und es war etwas Besonderes, es im Tempel zu tun. Ich schätze, das hört sich für dich ziemlich dämlich an, oder?«

»Was immer dich auf Touren bringt, Schätzchen.«

Sie verstand es nicht, aber sie verurteilte mich auch nicht, also redete ich weiter.

»Er drehte sich um und brachte mich dazu, ihn in den Mund zu nehmen. Er war groß, sehr groß und unglaublich glatt, wie das Bild, das wir uns letztens angesehen haben … naja, nicht wirklich, aber es fühlte sich genau so an, als ob ich mich mit meinem ganzen Körper an ihn lehnen und mich einfach – einfach in ihm verlieren könnte.«

Mir lief ein leichter Schauer über den Rücken, als ich geendet hatte, und wieder stellte ich mir Richards wunderbaren Schwanz in Händen und Mund vor.

»Du magst sie groß, oder?«

Ich nickte.

»Ich auch. Die einzigen Menschen, die sagen, dass Größe nicht zählt, sind Kerle mit kleinen Schwänzen. Lass mich dir eines sagen, Süße, Schwänze sind wie Steaks. Wenn du eins bestellst und nur so ein mickriges kleines Teil bekommst, bist du zu Recht enttäuscht. Du willst ein großes, saftiges Stück, selbst wenn du weißt, dass du es nicht ganz aufessen kannst.«

Ich lachte. Das Bild gefiel mir, genau wie die Vorstellung, einen Mann wie eine Mahlzeit zu bestellen und ihn einfach wieder zurückgehen zu lassen, wenn er mir nicht gefiel.

»Also hast du ihm einen geblasen? Sonst nichts?«

»Oh nein. Es war eiskalt, ansonsten hätten wir noch viel mehr gemacht, aber nachdem ich ihm einen geblasen hatte, drückte er mich auf die Knie.«

»Du magst das, nicht wahr?«

»Auf allen vieren zu sein? Ja, ich schätze schon.«

»Nein. So wie du gesagt hast ›Ich musste‹ und ›er brachte mich dazu‹. Du magst es, keine Wahl zu haben, oder?«

»Vielleicht. So was in der Art. Nicht unbedingt gezwungen zu werden …«

»Oh nein, nicht, dass er dich zwingt, eher so, dass er so geil auf dich ist und du so geil auf ihn bist, dass er es einfach tun muss, und du kannst dich einfach nicht zurückhalten.«

»Genau so ist es! Das ist vielleicht nicht jedermanns Sache, aber ich mag es, und mit Richard war es genau so. Er ist so stark, und er drückte mich einfach hinunter, auf alle viere, zog mich aus und –«

Ich atmete tief aus und dachte daran, wie es sich angefühlt hatte, die ganze dicke Länge von Richards Schwanz von hinten reingeschoben zu bekommen. Julie nickte.

»Von hinten. Ich mag das. Sag mal, glaubst du, dass wir noch eine Flasche Champagner stibitzen können?«

»Ich denke, das können sie verschmerzen, nach dem ganzen Stress, den sie mir den Nachmittag über gemacht haben. Ich meine, es ist Frühling – ist es etwa meine Schuld, dass es heute kalt ist?«

»Du sagst es, Mädchen.«

Ich zog mir rasch ein Oberteil an, und kichernd wie ein paar Schulmädchen auf dem Weg zu einem Mitternachtssnack gingen wir die Treppe hinunter. Der Empfang war in vollem Gange, die meisten Gäste befanden sich im Festzelt, nur ein paar Caterer waren da. Ich lenkte sie mit einer Frage ab, bis wann morgen aufgeräumt sein würde, und in der Zeit klaute Julie nicht nur eine, sondern zwei Flaschen aus dem Sortiment, das gut zugänglich auf zwei Wägelchen an der Tür aufgebaut war. Wir kicherten noch mehr als zuvor, während wir die Treppe hinaufrannten, und ich schloss hinter uns ab. Julie öffnete eine Flasche Champagner.

Wir stellten uns ans Fenster, von wo aus wir in das Festzelt sehen konnten. Natürlich sahen wir nicht alles, aber doch einige der Tische und den Bereich, der als Tanzfläche dienen sollte. Einige Paare drehten träge ihre Kreise. Dazwischen gab es ein oder zwei wildere oder betrunkenere Gäste, die zu einer Musik tanzten, die es offensichtlich nur in ihrem Kopf gab und die nicht aus den Lautsprechern kam. Julie lachte.

»Ihr Briten! Ihr habt wahrscheinlich die schlechtesten Tänzer der Welt.«

»Das ist nicht wahr!«

Die Antwort entfuhr mir ganz automatisch, denn angesichts der Mätzchen der Hochzeitsgäste war das Niveau der Tänzer ganz offensichtlich furchtbar. Es war schwer vorstellbar, dass irgendjemand sich zu einem größeren Clown machen könnte als der große, dürre Mann mit der pinkfarbenen Krawatte, der entweder versuchte, einen Breakdance hinzulegen, oder sich nicht mehr auf den Beinen halten konnte. Julie bohrte weiter.

»Oh doch, ist es! Ich meine, schau dir diese Leute an! Mit der Musik ist es das gleiche, ihr kopiert sie nur von uns. Was hörst du so?«

Ich überlegte einen Moment lang und versuchte eine meiner Lieblingsbands zu finden, die eindeutig nicht amerikanisch war. Ich konnte schlecht zugeben, dass ich Nirvana mochte, aber das brachte mich auf eine Idee.

»Der Hellfire Club? Out of Wedlock? Coffinwood?«

»Ach ja?«

»Siehst du, du hast keine Ahnung, wovon du da sprichst.«

Sie zuckte mit den Achseln.

»Wie auch immer. Am Ende beruht doch alles nur auf Elvis.«

Mich kümmerte es nicht, und ich wollte keinen Streit anzetteln, also nahm ich noch einen Schluck Champagner. Ich hob die Flasche vorsichtig an die Lippen, um einem weiteren Missgeschick vorzubeugen. Julie nahm mir die Flasche ab, und für eine Weile standen wir einfach nur da und sprachen nicht, bis auf einige Kommentare zu den Tanzenden oder das immer offensichtlichere Balzverhalten der jüngeren Gäste, die, wie wir auch, immer betrunkener wurden.

Erst als die ersten Taxen ankamen und die Hochzeitsgesellschaft sich langsam auflöste, verließen wir unseren Platz am Fenster. Ich ging hinunter, um nachzusehen, ob alles glattlief, aber die Caterer hatten alles unter Kontrolle, und ich war im

Weg. Ich stahl eine weitere Flasche Champagner, ging wieder die Treppe hinauf und klopfte an die Tür, damit Julie mich hineinließ.

Sie warf sich aufs Bett, und ich öffnete, wesentlich vorsichtiger diesmal, die Flasche. Ich schenkte uns ein und legte mich neben sie. Ich fühlte mich ein wenig verrucht und nicht nur ein bisschen erregt. Über Richard zu sprechen hatte mich heiß gemacht – und nicht nur mich.

»Also erzähl mal, wie ist dieser Richard-Typ noch so? Habt ihr sonst noch irgendwas getrieben?«

»Ja, natürlich, wir haben eine Menge gemacht. Aber nicht draußen, das war zu kalt. Wir sind ins Haus gegangen, haben getrunken und geredet – und wir haben Sex gehabt und mehr Sex und noch viel mehr Sex. Hier im Bett, und sogar über den Küchentisch gebeugt. Das war allerdings heftig.«

»Wie oft?«

»Insgesamt vier Mal, bevor wir eingeschlafen sind. Er hat Ausdauer, ohne Zweifel, aber das letzte Mal – das letzte Mal brauchte er doch länger. Er befahl mir, nackt auf dem Boden umherzukriechen, sodass er zusehen und wieder hart werden konnte. Ich musste auch seine Eier lecken.«

Ich streckte mich auf dem Bett aus und wünschte, dass Richard hier wäre und mich wieder dazu bringen würde, diese Dinge zu tun, hier, direkt vor Julie. Vielleicht würde er auch uns beide ficken. Sie wäre sicher nicht abgeneigt, zumindest konnte ich mir vorstellen, dass sie mitmachen würde, aber ich konnte mich nicht entscheiden, ob die Vorstellung mich eifersüchtig machte oder noch mehr erregte. Julie schlug mir gegen das Bein.

»Du schmutziges Mädchen! Er mag also deinen Arsch?«

»Ja, er liebt meinen Hintern. Er begehrt alles an mir, aber einige der Sachen, die er machen will ...«

»Oh ja, was denn?«

»Alles Mögliche, Dinge, die Vaughan angeblich gemacht haben soll, wie mich auspeitschen und – ihn mir in den Hintern schieben.«

»Ganz schön versaut! Magst du so etwas?«

»Ich weiß es nicht. Ich habe es noch nie gemacht. Ich habe nichts dagegen, es mit ihm auszuprobieren, aber ich habe Angst, dass es wehtun könnte.«

»Du musst es nur richtig machen; lass dir Zeit, langsam und entspannt.«

»Hast du es schon einmal gemacht?«

»Sicher. Es ist ziemlich cool.«

Sie ging ganz locker mit etwas um, das so schmutzig war, dass ich es bisher für eine meiner dunkelsten Fantasien gehalten hatte. Für Richard war es aber nur der Anfang, und ich war mir sicher, dass einige seiner wilderen Ideen selbst Julie schockieren würden.

»Da ist noch mehr. Er will, dass andere Leute zuschauen und möglicherweise sogar mitmachen. Ich denke, ich komme damit zurecht – nur, es sollte niemand sein, der dafür bezahlt wird. Lieber ein Freund, jemand, der es versteht.«

»Ist das eine Einladung?«

Es war keine Einladung gewesen, zumindest nicht bewusst, und sofort lief ich wieder rot an, trotz des Champagners. Sie lachte, als sie mein Gesicht sah.

»Hey, alles in Ordnung, ich wollte mich nicht aufdrängen.«

»Nein, das hast du nicht. Ich meine – es ist so – also, wenn jemand zuguckt, dann würde ich mir wünschen, dass du es wärst.«

»Danke. Das ist wirklich süß.«

»Ich meine, wer weiß? Lass uns das nicht jetzt entscheiden, ja?«

»Alles klar. Also, was gefällt diesem geilen Schwein sonst noch so, hm?«

»Alles und jeder, glaub mir. Zum Beispiel will er mich in die Kirche mitnehmen und mir dabei zusehen, wie ich es mir auf dem Altar mit einer dieser riesigen Kerzen selbst mache.«

»Ganz schön versaut. Wirst du es machen?«

»Ich denke nicht.«

»Bist du religiös?«

»Nein, das ist es nicht. Aber eine Menge Kirchen sind heutzutage mit Videoüberwachung ausgestattet.«

Sie lachte und trank ihren Champagner aus. Ich füllte ihr Glas wieder auf und fragte mich, ob ich mich traute, ihr Richards extremere Fantasien zu erzählen oder sogar meine eigenen. Sie verurteilte mich nicht, aber jeder hatte eine Grenze. Ich wollte gerade etwas sagen, als ihr Handy klingelte. Sie fluchte, wühlte in ihrer Tasche, zog es heraus, ließ es fallen und schaffte es schließlich doch, es ans Ohr zu drücken. Das erste Wort, das sie sagte, war ›nein‹, und das in einer ernsten, geschäftsmäßigen Stimme, die ganz anders war als ihr übliches vorlautes Mundwerk. Dann wandte sie sich mir zu.

»Einen kleinen Moment, Süße, bin gleich wieder da. Es geht um die Arbeit.«

Ich lehnte mich entspannt in die Kissen zurück, als sie sich zur Tür bewegte, und war recht froh über die Unterbrechung. Es gibt Dinge, die behält man besser für sich oder teilt sie nur mit den vertrautesten Liebhabern. Besser gesagt, es gab Dinge, die man nur für sich behielt und mit niemandem teilte. Dazu zählten einige der Dinge, die ich aus Elgar Vaughans Ritualen kannte, vor allem von den Zeichnungen dazu, sowie auch einige der Dinge, die Richard Fox vorgeschlagen hatte.

Julie brauchte eine Ewigkeit am Telefon und schien sich in einer ernsten und sehr hitzigen Diskussion zu befinden. Offensichtlich hatte es eine Krise gegeben, deren Auflösung nicht bis Montag warten konnte. Das war die Kehrseite eines Jobs mit hohem Druck. Mir war es aber egal, Hauptsache sie regelte das und kam zurück, damit wir weiterreden konnten. Mir war warm, ich war entspannt und fühlte mich angenehm betrunken. Das Champagnerglas wog seltsam schwer in meiner Hand, und ich war eingeschlafen, noch bevor mir die Augen zugefallen waren.

Als ich erwachte, war es dunkel und fast totenstill. Für einen Moment war ich verwirrt, bis mir wieder einfiel, dass ich in meinem Bett lag und es mitten in der Nacht war. Dann überkam mich leichte Panik, als mir die Hochzeit wieder einfiel, und die Dinge, die ich noch hätte tun müssen, sobald sie geendet hatte. Ich murmelte vor mich hin und schwang die Beine über die Bettkante – da bemerkte ich erst, was noch nicht richtig war.

Ich trug nur noch meinen Slip. Die Nachtluft streifte kühl meine Beine und meine Brüste. Irgendwer, wahrscheinlich Julie – hoffentlich war es Julie gewesen –, hatte mich ausgezogen und ins Bett gelegt. Ich konnte mich nicht daran erinnern, dass sie es getan hatte, aber es war nichtsdestotrotz peinlich für mich. Schlimm genug, dass ich betrunken eingeschlafen war, aber es war absolut beschämend, von einer Frau bis auf den Slip ausgezogen zu werden, die ich erst wenige Tage zuvor kennengelernt hatte, vor allem, da ich eigentlich noch hätte arbeiten müssen.

Ich schluckte das peinliche Gefühl herunter und sagte mir, dass Julie nur getan hatte, was sie für das Beste hielt. Vielleicht schlief sie selbst ja so, das konnte ich nicht wissen, und sie fühlte sich mit Sicherheit nicht peinlich berührt beim Anblick des Körpers einer anderen Frau. Viel wichtiger war die Frage, was mit der Hochzeit gewesen war. Ich musste hinuntergehen und nachsehen.

Als ich versuchte aufzustehen, merkte ich, dass ich noch immer betrunken war. Es war seltsam, denn mein Kopf war völlig klar, nur mein Gleichgewicht bereitete mir Probleme. Ich schaffte es schließlich, das Licht anzumachen, und fand meine Kleidung im Wäschekorb wieder. Mittlerweile klapperten mir vor Kälte die Zähne, und ich zog mich so rasch und so warm wie möglich an.

Ich verfluchte mich selbst, während ich die Stiefel anzog, und als ich endlich meine Uhr fand, sah ich, dass es bereits 3:30 Uhr war, die dunkelste Zeit der Nacht. Das war zwar besser als hinunterzugehen und dort noch auf ein paar betrunkene Gäste zu treffen, die dort noch herumhingen, aber immer noch nicht gut. Ich öffnete die Tür und stellte sofort die Heizung an, sodass mein Zimmer warm sein würde, wenn ich zurückkam. Dann stakste ich hinunter, um das Chaos zu begutachten.

Das Erste, was ich fand, war ein Zettel von Julie auf dem Küchentisch, den sie unter ein Salzfässchen gesteckt hatte. Sie schrieb, dass sie so weit Ordnung geschaffen hatte, wie sie konnte, und die Caterer ›entlassen‹ hatte, bevor sie mich ins Bett gebracht hatte. Mein Ärger wandelte sich sofort in Dankbarkeit. Was sie nicht getan hatte, war sauber zu machen, was bedeutete, dass der Empfangssaal ein einziges Chaos war. Nicht, dass ich es von ihr erwartet hätte, außerdem würden die Caterer am nächsten Morgen wiederkommen. Sie hatte wahrscheinlich auch nicht abgeschlossen, und das musste getan werden. Sonntags tauchten die Leute von der Stiftung gerne unangekündigt auf, und wenn sie sahen, dass das Haus weit offen stand, wären sie nicht sonderlich glücklich.

Das Offensichtlichste war das Haupttor. Nicht, dass es irgendeinen Unterschied machte, ob es zu war, denn es gab kein Schloss, und wer immer hinein wollte, konnte durch den Zaun schlüpfen, aber es musste dennoch geschlossen werden. Ich trat in die klare, eisige Nacht hinaus, der Himmel über mir bildete eine Kuppel aus sternenbedecktem Schwarz. Der Umriss des Gebäudes schnitt die Kuppel ab. Ich sah die ausgefransten Ränder der Wälder und eine dünne Mondsichel. Ich schwankte leicht, als ich die Auffahrt entlanglief, aber die Nacht war zu schön und ich zu betrunken, um die Kälte wirklich zu spüren. Mein Atem hing wie das Abbild eines dürren Gespenstes in der Luft, und ich fühlte den knirschenden, gefrorenen Boden unter meinen Füßen.

Ich schloss das Tor und lächelte die grotesken schwarzen, gehörnten Ziegenköpfe aus Eisen an, die mich anstarrten. Sie waren mittlerweile zu alten Freunden geworden. Endlich war der vereiste Riegel auf seinem Platz, und ich drehte mich um, um noch langsamer zurück zum Haus zu gehen. Ich stellte mir vor, wie es ausgesehen haben musste, als der Turm noch stand – ein großer phallusartiger Schaft aus Stein, erbaut aus reinem Trotz. Elgar Vaughan hatte ihn unzählige Male auf diese Weise angesehen, aber für ihn war er mehr als nur das Zeichen seiner Vorfahren. In seiner Vorstellung gab es keinen Zweifel, keine Andeutungen, nur noch glorreiche Darstellung, lüstern und lebendig, wie sein wundervoller Grüner Mann.

Das Tor für die Dienstboten stand nicht offen, zumindest soweit ich wusste, also musste es noch abgeschlossen sein. Beide Türen mussten noch geschlossen werden, aber das konnte warten. Ich wollte nicht ins Haus zurückgehen, noch nicht. Daher überquerte ich die Auffahrt und ging zum Lindenweg bis zu dem Platz, an dem das Festzelt stand. Es war offen, und innen leuchtete gedämpftes Licht. Ich hätte mir gewünscht, dass es Richard oder Elgar Vaughan gewesen wären, oder ein seltsamer Nachtgeist aus den Wäldern, der gekommen war, um mich auf dem kalten Boden zu nehmen. Stattdessen handelte es sich nur um ein paar Kerzen, die irgendjemand vergessen hatte. Sie beleuchteten die zwei Tischreihen, die noch immer dort standen und auch noch nicht abgeräumt waren; jedes Glas darauf reflektierte die Flammen.

Ich ging die Tischreihe entlang und blies die erste Kerze aus. Die zweite Kerze hob ich an ihrem schwarzen schweren Torso auf. Die beiden Wärmestrahler waren ausgestellt, die Kabel dazu führten hinter das Zelt bis zu den stummen Generatoren. Ich sagte mir selbst, dass ich sie ohnehin hatte überprüfen wollen, doch ich wusste bereits, wohin mein Weg mich führen würde. Hinter dem letzten Tisch schlüpfte ich durch einen Vorhang wieder hinaus, hinein in die Nacht. Die Linden umgaben mich von beiden Seiten. Ich ging weiter, umgeben vom Licht der Kerze, das die Wälder um mich herum noch schwärzer erscheinen ließ.

Ich erreichte den Tempel und wusste, was ich tun wollte: Ich wollte das Erlebnis mit Richard noch einmal durchspielen, wie ich nackt und auf meinen Knien in der Mitte des Tempels gekauert hatte, meine kalte Haut auf dem kalten Marmor, und wie ich mich selbst in die Ekstase getrieben hatte. Nicht sofort, nicht, ehe ich nicht völlig in dem Echo von Elgar Vaughans Lebenswerk aufgegangen war, von dem ich so sehr ein Teil sein wollte. Ich hob die Kerze höher und starrte die Baphometfigur an. Sie sprach so deutlich von Elgar Vaughans Glaube, und doch war sie in vielerlei Hinsicht unvollendet.

Er oder sie besaß einen Ziegenkopf, ja, und Hörner und Flügel. Auf der Stirn war ein Drudenfuß zu sehen, er oder sie besaß sogar Brüste, wenn auch nur kleine, runde Brüste, die Brüste einer Jungfrau, nicht die großen und schweren Halbkugeln, die ich ihm gegeben hätte. Der Schlangen-Stab, der sich aus seinem Schoß erhob, war ebenfalls falsch, ein scheuer Euphemismus für das, was dort eigentlich hätte sein sollen, nämlich ein großer, erigierter Penis. Ich umrundete den Tempel und hielt die Kerze in die Höhe, um die Figuren von Lilith und Gaia zu bewundern. Ich ging weiter und stand schließlich vor dem Grünen Mann. Mein Magen verkrampfte sich, als ich meine Augen an dem weidete, was er anzubieten hatte.

Mein Mund öffnete sich leicht, und ich schluckte und wünschte mir, dass ich ihn in mir aufnehmen könnte, als plötzlich eine Windbö die Kerze erfasste. Mit einem Mal stand ich in völliger Dunkelheit, und vor meinen Augen tanzten gelbe und grüne Lichtflecke, die langsam verblassten. Ich erkannte die Sterne und einen schwarzen Umriss, der sich vor ihnen abhob. Er türmte sich über mir in einer unmöglichen Größe auf, eine riesige, halb menschliche Figur, unglaublich männlich. Seine zerklüftete Gestalt hob sich vor den Sternen scharf ab, seine Arme waren ausgestreckt, um mich zu fassen, und direkt über mir ragte sein monströser, unglaublich lebendiger erigierter Schwanz auf.

Ich schrie auf und rannte los, stürzte Hals über Kopf am Tempel vorbei ins hohe Gras. Für einen schrecklich langen Augenblick glaubte ich wirklich, holzige harte Finger zu spüren, die meinen Körper umfassten, an mir zerrten und meine Kleidung in Fetzen rissen, die mich in die Höhe hoben und mich auf seine baumstammgroße Erektion drückten. Selbst als ich wieder zu Verstand kam, drehte ich mich um, um sicherzugehen, dass ich nur die Umrisse eines toten Baumes gesehen hatte und nicht den Grünen Mann in seiner primitivsten und maskulinsten Form.

Mein Herz schlug mir bis zum Hals, während ich wieder auf die Füße kam, meine Finger prickelten noch immer, und mir war flau im Magen. Ich zwang mich zu lächeln und über meine eigene Dummheit zu lachen, aber es war nicht einfach, das Bild aus meinem Kopf zu verbannen. Es waren nur eine, höchstens zwei Sekunden vergangen zwischen dem Erlöschen der Kerze und meiner Erkenntnis, dass es nicht real war, aber ich wusste, dass ich es niemals vergessen würde.

Ich machte mich auf den Rückweg zum Haus und zitterte dabei noch immer. Jeder Gedanke daran, es mir selbst zu machen, war fort, genauso wie mein Mut. Während ich ging, war ich mir sicher, dass mir jemand folgte, aber ich drehte mich nicht um. Meine Finger hielten noch immer den durchgebrochenen Kerzenstiel umklammert, und falls Richard, oder irgendjemand sonst, mir in diesem Moment einen Streich hätte spielen wollen und hinter den Linden hervorgesprungen wäre, hätte ich ihm wahrscheinlich den Schädel eingeschlagen.

Erst als ich wieder drinnen war, beruhigte ich mich. Ich fühlte mich ein bisschen dumm, wenn auch verängstigt, und brauchte dringend einen Drink. Es war genug Alkohol da, aber Champagner reichte dafür nicht aus, also machte ich mir einen Kaffee mit einem großen Schuss Brandy darin. Ich nippte daran, während ich hinauf in mein Zimmer ging, und hielt die Kerze noch immer fest umklammert. Es war dumm, sich vor etwas zu fürchten, das absolut unmöglich war, auch wenn ich mir wünschte, dass es echt wäre. Ich hätte mich selbst völlig unterworfen.

Ich trat ans Fenster und zog den Vorhang zur Seite, um

nach draußen in die Nacht zu sehen. Die Wälder zeichneten sich schwarz vor dem Himmel ab, die Äste wirkten wie nach oben gereckte Finger, die mich packen wollten. Ich hatte schon immer sehr sensibel auf die Atmosphäre des Hauses reagiert, doch jetzt war meine Reaktion noch stärker, und zum ersten Mal begann ich wirklich zu verstehen, was Elgar Vaughan anbetete, und nicht nur, was er erschaffen hatte.

Vielleicht war es doch real. Vielleicht hatte meine Reaktion – Angst anstelle von Hingabe – den Bann gebrochen. Vielleicht war es auch meine Ungläubigkeit gewesen. Möglicherweise war er noch immer dort draußen und ging in den Wäldern um, enttäuscht von mir, doch immer noch hungrig nach mir. Die Vorstellung jagte mir einen Schauer über den Rücken, und ich entfernte mich vom Fenster, um mich aufs Bett zu setzen. Unsicher biss ich mir auf die Lippen. Er war zu groß, unfassbar groß. Ich hatte mir immer einen Schwanz gewünscht, den ich in den Armen halten konnte, wie ich den Körper eines Mannes halten würde.

Nein, eine Gottheit konnte jede Form annehmen, die sie wollte, jede Form, die ich wollte, und ich sollte keine Angst davor haben. Was ich hätte tun sollen, war, zurück in die Wälder zu gehen. Dort, und nur dort, würde ich mich nackt als Opfer darbieten, kniend auf dem Laub, mit emporgereckten Hüften, damit er mich nehmen konnte. Er wäre dort in den Wäldern, gierig darauf mich zu nehmen, willenlos der Gier ausgesetzt, mich endlich zu haben. Seine Hände, wie Efeuranken würden sie mich umfassen, meine Hüften packen, meinen Körper umfassen, um mich festzuhalten, bis ich hilflos wäre, und er würde in mich stoßen, tief in mich, so unfassbar tief.

Ich lag in der warmen Sicherheit meines Zimmer auf dem Bett, aber in meinen Gedanken war ich draußen in den Wäldern, splitternackt und unfähig, den Grünen Mann davon abzuhalten, mich zu nehmen. Er jagte mich, er fing mich ein und fickte mich, um mich zu schwängern. Ich öffnete meine Jeans und zog sie aus, mein Slip folgte, rutschte mir über die Knöchel, bis ich völlig offen dalag. Die Kerze kam dorthin, wo sie hingehörte, in mich. Sie war viel zu klein im Vergleich zu dem, woran ich dachte, aber sie reichte mir für den Zweck – mich auf wundervolle Weise ausgefüllt zu fühlen.

Er war bei mir, als ich begann, mich selbst zu streicheln, er lag auf mir und war tief in mich vergraben, dann war er hinter mir, als ich mich umdrehte und ein wenig höher auf das Bett kroch. Ich stellte mir mich selbst vor, in dem Moment, nach dem ich hingefallen war und versuchte fortzukriechen. So musste es sein, eine Jagd. Eine Jagd, die ich niemals gewinnen konnte und auch nicht gewinnen wollte. Und doch musste ich gejagt werden, ich musste gefangen werden und hinfallen, auf meine Knie, bis er hinter mir stand, über mir thronte mit Haut aus Rinde und Haaren aus Efeu, so stark und so lebendig.

Ich versuchte fortzukriechen, doch die Efeu-Finger packten meinen Körper und zogen mich zurück. Sein Schwanz berührte mich, ein Schaft, so hart wie Holz, lang und glatt und oh, so, so groß, unfassbar groß, groß genug, um meinen ganzen Körper daran zu schmiegen, groß genug, um darauf zu reiten. Und doch passte er perfekt in mich, und ich fragte nicht wie, Hauptsache ich konnte ihn tief in mir spüren, bis zum Anschlag in mir. Seine Finger krümmten sich auf mir, wie Efeu auf dem Grab von Henry Vaughan, und er hielt mich fest, absolut hilflos, während ich mit einer Wildheit aufgespießt wurde, die nur ein Dämon aufbringen konnte.

Es war perfekt, und ich hielt dieses Bild fest, als mein Höhepunkt begann, das Bild von mir selbst auf allen vieren, wie ich noch immer versuchte wegzukriechen, wie er mich einfing und mit seinem wundervollen unfassbar großen Schwanz ausfüllte und hart fickte, bis er mich mit seinem Samen ausfüllte und schließlich zwischen den Blättern liegenließ.

4

Am Morgen fühlte ich mich besser als ich mich eigentlich hätte fühlen sollen, wahrscheinlich, weil ich nachts noch an der frischen Luft gewesen war. Das war mein Glück, denn die Leute vom Festzeltverleih kamen vor den Caterern an, nur um festzustellen, dass sie nicht mit dem Abbau beginnen konnten, ehe noch nicht aufgeräumt worden war. Ich half so gut wie möglich aus und glättete die Wogen, bis die Caterer ankamen. Ich sammelte Müll ein und suchte nach verloren gegangenen Gläsern; zwei davon fand ich in der Mitte des Lindenwegs an einem Baum.

In der Nacht hatte es Frost gegeben, und der Rasen war eine blass grün schimmernde Decke, auf der sich jeder Fußabdruck abzeichnete, inklusive meinen, die zum Tempel und wieder zurück führten. Sie waren nicht die Einzigen. Zwei weitere Spuren führten zwischen den Linden hindurch, dorthin, wo der Tempel sich befand. Meine erste Vermutung war, dass sie von Eindringlingen hinterlassen worden waren, und ich fragte mich, wie kurz ich davor gewesen war, in meinem betrunkenen Zustand einfach in sie hineinzurennen. Dort, wo ich die beiden Gläser gefunden hatte, waren keine Fußabdrücke zu sehen, das hieß, dass der Frost erst aufgekommen war, nachdem die Gäste gegangen waren.

Ich stellte die Gläser ab und machte mich auf den Weg zum Tempel; dabei folgte ich den Fußspuren und tat mein Bestes, um wie Sherlock Holmes zu denken. Beide Abdrücke waren größer als meine. Einer gehörte eindeutig zu einer Frau, der vordere Teil bildete ein gerades Dreieck und am hinteren Teil zeigte sich ein tiefes Loch, das der Absatz hinterlassen hatte. Der andere gehörte eindeutig einem männlichen Besitzer. Er war größer und hatte ein deutliches Profil. Wahrscheinlich handelte es sich dabei um Arbeits- oder Wanderstiefel. Beide Spuren lagen nebeneinander, aber nicht allzu nah beieinander.

Die einleuchtendste Erklärung war, dass ein Pärchen nach dem Ende der Hochzeit zum Tempel gegangen war, gerade als der Frost aufgekommen war und nachdem das andere Pärchen seine Gläser hatte stehen lassen. Wahrscheinlich hatten sie einen privateren Ort gesucht, um reden zu können oder vielleicht sogar um Sex zu haben, auch wenn es ziemlich kalt gewesen war; das konnte ich aus eigener Erfahrung sagen. Die Spuren führten zu den Stufen des Tempels, und im Innern fand ich zwei Gläser und eine Champagnerflasche, in der sich noch ein Rest befand.

Ich bückte mich, um die Sachen aufzuheben. Meine Vorstellungen erheiterten mich, und ich war erleichtert. Es ging nichts Verdächtiges vor sich, nur Sex, möglicherweise zwischen dem großen und stattlichen Trauzeugen und einer der Brautjungfern. Beide waren ein gutes Stück größer als die Braut gewesen, was mich amüsiert hatte, denn selbst in ihren Kleidern hatte es gewirkt, als würden sie sie bewachen. Die Erinnerung ließ mich lächeln – sowohl die Erinnerung daran, als auch die Erinnerung daran, wie es war, in einem Kleid, das einfach hochgeschlagen wurde, Sex zu haben –, und ich wollte mich gerade auf den Rückweg machen, als ich doch stehen blieb.

Die Kratzer, die von den Männern, die ich verscheucht hatte, verursacht worden waren, waren noch immer auf dem fünfeckigen Bodenstück in der Mitte zu sehen. Um genau zu sein, waren sie sogar noch deutlicher zu sehen als zuvor. Es gab sogar eine Einkerbung, etwa drei Zentimeter lang, als hätte jemand versucht, ein Brecheisen in den Spalt zu schieben. Es gab keinen Zweifel: Jemand hatte versucht, die fünfeckige Bodenplatte anzuheben, und die Einzigen, die dafür in Frage kamen, waren meine beiden Besucher aus der Nacht zuvor.

Um ehrlich zu sein, war es beängstigend. Ich war, allein und betrunken, um vier Uhr nachts hier gewesen. Das hieß, sie waren entweder vor oder nach mir hier gewesen. Mir wurde flau, als ich mir vorstellte, wie ich in den pechschwarzen Tempel ging, um mit mir selbst zu spielen, und sie dort überrascht hätte. Ich schüttelte den Kopf und versuchte den Gedanken beiseitezuschieben. Ich durfte jetzt nicht in Panik verfallen, ich musste herausfinden, was hier vor sich ging, und warum.

Ein Gedanke schlich sich in meinen Kopf, aber ich verwarf ihn sofort wieder, weil er einfach lächerlich war. Dennoch, jemand wollte die Platte anheben, wahrscheinlich wegen der falschen Vorstellung, dass sich darunter etwas Wertvolles befand. Gerüchte gab es genug, vor allem darüber, was mit dem Großteil des Vermögens passiert war.

Ich wusste es, denn ich hatte ausgerechnet, was es ihn gekostet haben mochte, diesen Ort für fünfzehn Jahre zu unterhalten, all diese Tempel zu bauen und gemeinsam mit seinen Anhängern ein solch ausschweifendes Leben zu führen. Nicht nur das, zu diesem Zeitpunkt wurde das ursprüngliche Geschäft, die Quelle des Vaughan-Vermögens, bereits als Firma geführt. Dennoch war es genau diese Art von Spekulation, in die Verschwörungstheoretiker nur zu gerne ihre Fänge gruben.

Beim Gedanken daran fühlte ich mich ein wenig besser. Aus den Dieben mit den kalten Mienen, die hinter den Schnitzereien her waren, wurden in meiner Vorstellung ein Mann mit Vollbart und ein albern aussehendes Mädchen. Dennoch blieb es ein Problem, vor allem, da ich mir zu neunundneunzig Prozent sicher war, dass die ersten Eindringlinge beides Männer gewesen waren, während das zweite Paar ein Mann und eine Frau waren. Wenn aber vier Personen involviert waren, war es wahrscheinlicher, dass es sich um Leute handelte, die einer Verschwörungstheorie nachjagten.

Es gab nur einen Ort, an dem man alles zu einer Verschwörungstheorie fand, und das war das Internet. Ich hatte aber keine Internet-Verbindung. Ich besaß nicht einmal einen Computer. Im College hatte ich ihn anfangs die ganze Zeit benutzt, aber die Informationen über Elgar Vaughan hatten sich bald erschöpft. Das meiste, was ich fand, war falsch, und auf meinem Weg zurück zum Haus ging ich im Geiste durch, welches der vielen Gerüchte und falschen Vorstellungen Leute dazu bringen könnte, die Mittelplatte im Baphomettempel anheben zu wollen.

Schon nach wenigen Schritten sah ich etwas, das meine Stimmung aufhellte – Richard Fox, der auf mich zukam und das gleiche überlegene Lächeln zeigte, dass mich zu Anfang so an ihm geärgert hatte. Jetzt war es anders. Wir waren Liebhaber, und er war die Person, die ich am meisten sehen wollte. Ich war stehen geblieben und küsste ihn, als er bei mir ankam. Ich wollte ihm zeigen, was ich gefunden hatte.

»Richard, hi. Ich will dir etwas zeigen. Komm mit in den Tempel.«

»Sollten wir das, mit den ganzen Leuten hier?«

»Nicht deswegen. Du bist besessen, Richard, aber ich beschwere mich nicht. Hier, schau dir das an, jemand hat letzte Nacht versucht, die Bodenplatte anzuheben.«

Er bückte sich, runzelte die Stirn und fuhr mit dem Finger über den Kratzer im Marmor, während ich ihm erzählte, was ich wusste und was ich vermutete. Dem Ausdruck auf seinem Gesicht nach hätte es mich nicht überrascht, wenn er eine Lupe hervorgeholt oder mit einer Pinzette winzige Objekte in einen Umschlag gesteckt hätte. Aber er richtete sich wieder auf.

»Wer auch immer das getan hat, meint es ernst. Offensichtlich glauben sie, dass sich etwas Wertvolles unter der Platte befindet. Vielleicht sollten wir sie anheben und nachsehen?«

»Nein. Ich soll auf diesen Ort aufpassen, nicht ihn demolieren. Ich habe die Pläne gesehen. Darunter ist ein massives Fundament. George Vaughan hatte es angelegt, weil er eine Pagode bauen wollte, aber er hat die Arbeit nie beendet. Elgar Vaughan hat den Boden direkt auf das Fundament gelegt.«

»Oh. Ich meine, mich zu erinnern, dass in deiner Doktorarbeit etwas stand, etwas, das du aus dem Interview mit Alice Scott hattest. Vaughan soll seine wichtigsten Papiere – und möglicherweise noch mehr – unter dem zentralen Stein des Tempels versteckt haben, ehe er in den Krieg zog.«

Ich zögerte, ehe ich antwortete.

»Ja, aber nicht dort. Das hier ist der Tempel des Baphomet. Der Sabbat-Aceras-Tempel befand sich unter dem Turm und ist jetzt von einigen hundert Tonnen Geröll begraben.«

»Könnte jemand das falsch interpretiert haben?«

»Nur wenn sie es nicht richtig gelesen haben. Ich erkläre die Begriffe schon in meiner Einleitung. Oder wenn sie nur den Aufsatz gelesen haben, den mein Doktorvater und ich veröffentlicht haben. Aber selbst da ist eine Karte dabei.«

»Ich verstehe. Okay, also, was wissen wir. Irgendjemand,

und das sind mindestens zwei Personen, wollen die Bodenplatte anheben. Wahrscheinlich, weil sie darunter etwas von Wert vermuten. Kann es sein, dass du falsch liegst? Könnte Elgar Vaughan einen Hohlraum unterhalb des Steins gegraben oder den Boden etwas höher angesetzt haben, um so einen Hohlraum zu schaffen? Lass uns nachsehen.«

Er ging hinaus, und ich folgte ihm. Er bückte sich, um den Ring aus hohem Gras, der um den Tempel herum wuchs, in Augenschein zu nehmen. Er riss das Gras aus und brachte damit die bleichen Steine am Fuß des Gebäudes zutage, auf denen der schwarze Granit lag. Beide Steinarten trennte nicht mehr als knappe drei Zentimeter Zement. Er kicherte.

»So viel zu dieser Theorie. Ich finde immer noch, dass wir den Stein anheben sollten.«

»Nein, auf keinen Fall. Er ist fest eingelassen, und wir würden ihn auf jeden Fall beschädigen. Was auch ein Beweis dafür ist, dass sich nichts darunter befinden kann. Wie hätte Vaughan die Platte anheben sollen, ohne sie zu zerstören? Ich bin mir sicher, dass darunter nichts ist.«

Er nickte einsichtig.

»Es gibt noch etwas, das ich dir zeigen will. Komm mit nach hinten.«

Er folgte mir zum Grünen Mann und wartete geduldig, während ich versuchte herauszufinden, wie es mir gelungen war, diesen völlig normal aussehenden, abgestorbenen Baum in meinen riesigen, übergroß ausgestatteten Waldgeist zu verwandeln. Zuerst konnte ich es nicht erkennen, aber als ich mich ein wenig zur Seite bewegte, sah ich ihn: die Arme ausgestreckt, seine Erektion, die über mir aufragte. So schnell, wie ich ihn gesehen hatte, war er auch wieder verschwunden. Ich drehte mich zu Richard um.

»Stell dich dorthin. Sag mir, was du siehst.«

Ich trat zur Seite, damit er sich auf meinen Platz stellen konnte, und verwundert blickte er ins Laubdach hinauf. Der Baum hob sich gegen den Himmel ab, und es war schwierig, nicht nur die Details der Rinde und den Efeu, sondern die ganze Form zu erkennen. Nach einer Weile schüttelte Richard den Kopf.

»Nichts.«

»Gar nichts? Sieh noch einmal hin. Vielleicht musst du auch ein wenig in die Knie gehen.«

Er versuchte es, schüttelte aber wieder den Kopf. Ich machte es ihm nach.

»Vielleicht liegt es daran, dass du ein Mann bist.«

»Was denn?«

»Dass du den Grünen Mann nicht sehen kannst.«

»Welchen Grünen Mann? Vaughans aber nicht, oder?«

»Nein. Nicht den von Vaughan. Ich meine den abgestorbenen Baum, mit dem Efeu an der Spitze. Als ich gestern Nacht hier draußen war, um nach dem Rechten zu sehen, blies der Wind meine Kerze aus und ich dachte wirklich, er wäre gekommen, um mich zu holen.«

»Der Grüne Mann? Elgar Vaughan in der Form des Grünen Mannes?«

»Ich wollte dir das nicht zeigen, um über theologische Feinheiten nachzugrübeln. Siehst du dort den stützenden Ast? Kannst du ihn dir als knapp zweieinhalb Meter langen Penis vorstellen?«

Er lachte.

»Das würde dir gefallen, nicht wahr?«

»Ich hatte Angst! Aber – ja, mich hat die Vorstellung später zum Höhepunkt gebracht. Kannst du ihn wirklich nicht sehen?«

»Jetzt, da du es gesagt hast, möglicherweise, aber von

alleine wäre ich da niemals drauf gekommen. Wie du schon sagtest, man muss zuvor schon daran gedacht haben.«

»Und das hattest du nicht?«

Er grinste. »Ich wäre der Grüne Mann.«

Ich nickte, und wir traten hinter dem Tempel hervor.

»Also, was, denkst du, soll ich wegen der Eindringlinge tun? Ich sollte es wirklich den Verwaltern erzählen, aber es wird nicht gut aussehen, weil ich die Stelle gerade erst angetreten habe. Was meinst du?«

»Behalt es lieber für dich. Streu ein bisschen Dreck drüber und falls sie es doch bemerken, sag, dass es schon so gewesen ist.«

»So in etwa hatte ich es geplant. Falls es Gerüchte dazu gibt, ist es gut möglich, dass wir im Internet etwas finden. Hast du einen Zugang?«

»Natürlich. Willst du mit mir nach London kommen?«

»Das würde ich sehr gerne, aber ich muss abwarten, bis hier alles wieder aufgeräumt ist. Ich muss sonntags auch bis sechs hier sein. Am Montag habe ich frei.«

»Dann komm heute Abend mit mir zurück.«

»Was, wenn sie wiederkommen? Sie scheinen sehr entschlossen zu sein.«

Ich biss mir wieder auf die Unterlippe, hin- und hergerissen zwischen Pflichtgefühl und den Möglichkeiten, die sich mir durch Richards Angebot, mit zu ihm nach Hause zu kommen, boten. Wobei im Netz nach Verschwörungsfanatikern zu suchen die am wenigsten verlockende war. Wer auch immer es war, sie hatten es bereits zweimal versucht und waren zweimal gescheitert. Beim ersten Mal, weil ich sie gestört hatte, und beim zweiten Mal, weil sie, wahrscheinlich, einfach nicht in der Lage gewesen waren, es zu tun. Sie hatten ein Brecheisen benutzt, und beide waren recht groß gewesen, zumindest ließen die Fußabdrücke darauf schließen. Es hatte bereits begonnen zu tauen, aber die Abdrücke waren noch immer sichtbar, und mir kam eine Idee.

»Stell deinen Fuß dorthin, Richard, auf den Abdruck, der von einem Mann stammt.«

Er zögerte nicht und stellte seinen Fuß auf den männlichen Abdruck. Er passte nicht. Er berührte nicht einmal die Seiten.

»Was zur Hölle?! Welche Schuhgröße hast du?«

»Sechsundvierzig.«

»Und wie groß bist du? Etwa einsfünfundachtzig?«

»Einsneunzig.«

»Scheiße! Seine Füße müssen ... ich weiß nicht, sie müssen riesig sein! Ihre sind auch nicht wirklich klein!«

»Na also, dann müssten sie doch einfach zu erkennen sein.«

Er machte Witze, aber es stimmte. Es war aber umso beängstigender, sich eine Frau vorzustellen, die einsachtzig groß war. Ganz zu schweigen von dem Mann, neben dem Frankensteins Monster wie ein Zwerg wirkte und der im Dunkeln auf dem Gelände herumlungerte. Ich war ebenfalls hier draußen gewesen, und es sah ganz danach aus, als wäre meine Angst vor dem Grünen Mann gar nicht so weit hergeholt gewesen. Mit einem Mal hatte ich eine Entscheidung getroffen. Sollten sie doch versuchen, die Platte anzuheben, bis ihnen die Arme abfielen. Ich hatte nicht vor, gegen gigantische Eindringlinge zu kämpfen.

»Okay, ich komme mit dir zurück, aber erst später. Oder so etwas in der Art.«

»Perfekt. Ich führe dich dann wieder in den *Engel*, fülle dich ab und hab selbst die ganze Nacht lang Spaß mit deinem Körper.«

»Klingt gut.«

Den Rest des Tages verbrachte ich mit Arbeit und mit dem Versuch, meine eigene Entscheidung vor mir zu rechtfertigen. Eigentlich hätte ich die Leute vom Treuhandfonds und die Polizei informieren sollen, aber ich glaubte nicht, dass das irgendetwas bringen würde, vor allem nichts, was mir irgendwie helfen würde. Die Stiftungs-Leute würden womöglich einen Hausmeister einstellen, was ich absolut nicht wollte, oder ersetzten mich vielleicht ganz. Die Polizei würde vorbeikommen, einen Blick auf die Sache werfen und mich, wenn ich Glück hatte, eine Anzeige machen lassen.

Es war besser, einfach gar nichts zu tun und zu hoffen, dass die aufgaben oder es tatsächlich schafften, die Platte anzuheben, am besten, ohne einen größeren Schaden zu verursachen. Darunter würden sie nichts finden. Außerdem gab es andere Dinge, um die ich mir Sorgen machen musste. Die Hochzeit hatte eine Menge Unordnung hinterlassen, aber das war gar nichts im Vergleich zu dem, was die Festzelt-Leute verursacht hatten – überall lagen Erdhaufen, und der Boden war voller Löcher.

Außerdem erhielt ich einen Anruf, ob das Haus an diesem Nachmittag offen sei, und ich erwiderte, dass dem so war. Ich beauftragte Richard mit einer Aufgabe, die zu seiner Männlichkeit passte – ich schickte ihn mit ein paar Gartenwerkzeugen nach draußen und ging hinauf, um mich umzuziehen. Ich mache Dinge gerne ordentlich, also zog ich das volle Programm durch: Make-up, Haare, Strapsstrümpfe, Stiefel, eine Kombination aus Höschen und Unterhemd, Korsett, Unterrock – weiter war ich noch nicht, als Richard heraufkam.

»Hi, Sophie, ich habe einige Gläser gefunden, am … hmmm, wie köstlich, komm zu Papa.«

Er trat auf mich zu, und es war offensichtlich, was er wollte.

»Richard, nein! Es kommen Leute.«

»Ja. Wir.«

»Nein!«

Ich versuchte, ernst zu bleiben, doch ich konnte das Lachen nicht ganz aus meiner Stimme verbannen. Ich wich vor ihm zurück, um das Bett herum, doch er packte meine Handgelenke. Er setzte sich auf die Bettkante und zog mich mit sich. Ich fürchtete, dass er mich auf die Knie zwingen wollte, und gab ein gespieltes alarmiertes Quietschen von mir. Mir entfuhr ein weiteres, diesmal nicht gespieltes, Quietschen, als ich merkte, dass er etwas anderes vorhatte. Er wollte mich nicht auf meinen Knien, sondern auf seinen.

»Richard, nein! Das ist nicht witzig!«

»Oh doch, das ist es. Zumindest für mich.«

»Du Bastard! Lass los! Nein!«

Es gab nichts, was ich tun konnte, er war einfach zu stark und ich konnte nicht aufhören zu kichern. Er zog mich in eine durch und durch beschämende Haltung auf seinen Schoß. Mein Hintern ragte in die Luft und meine Arme lagen hinter meinem Rücken. Ich protestierte lauthals und meinte es auch so.

»Au! Richard, nein! Du tust mir weh, Richard!«

»Oh, entschuldige. Ist das besser?«

»Ja – nein! Nein, das ist nicht besser! Lass mich runter, du Ochse!«

Er kicherte kaum hörbar und seufzte glücklich, als er nach dem Saum meines Unterrocks griff. Ich strampelte mit den Beinen, merkte aber, dass ich dabei nur idiotisch aussah. Also hörte ich auf damit und freundete mich mit dem Gedanken an, ein Spanking zu bekommen.

»Du bist ein Perversling, Richard Fox, weißt du das?«

»Oh, natürlich. Aber willst du es denn anders?«

»Nein, aber das hier ist wirklich entwürdigend. So etwas macht man heutzutage nicht mit einer Frau.«

»Das mag stimmen, aber in diesem Punkt hatten unsere Vorfahren eindeutig den richtigen Riecher. Und wenn du darüber nachdenkst, wirst du einsehen, dass, wenn du das absolut authentische viktorianische Lebensgefühl erfahren willst, ein Spanking ab und zu unbedingt dazugehört. Lass uns mal sehen, wie authentisch du bist.«

Während unseres Gesprächs hatte er meinen Unterrock halb angehoben, aber nun zog er ihn ganz hoch und entblößte damit den Saum meines Höschens; bei diesem Anblick schnalzte er vor Freude mit der Zunge.

»Höschen! Exzellent! Ich habe gewusst, dass du mich nicht enttäuschen wirst. Und was für hübsche Spitze.«

»Die sind noch originalgetreu. Sei vorsichtig.«

Meine Stimme klang mehr als nur ein bisschen beleidigt, aber es war unmöglich, sich nicht auch ein wenig stolz zu fühlen. Nie zuvor war ich einem Mann begegnet, der auch nur im Ansatz viktorianische Unterwäsche wirklich zu schätzen gewusst hätte. Er begann, mich zu berühren, mit einem Finger streichelte er mich sanft durch die lose Baumwolle, die meinen Hintern bedeckte, und antwortete mir dabei.

»Das werde ich sein, auch wenn ich dasselbe nicht für das versprechen kann, was sich darunter verbirgt.«

Ich versuchte, ihm zu antworten, aber alles, was ich herausbekam, war ein kleines Schluchzen, als seine Finger zwischen die hinteren Falten meines Höschens tauchten. Er fand den Saum und zog es weit auf, sodass mein Hintern entblößt wurde. Seine Hand begann mein Fleisch zu streicheln, und ich dachte, dass er jetzt beginnen würde, doch er streichelte mich nur sehr zärtlich und redete dabei.

»Wundervoll, wie ein Pfirsich ... nein, eine Nektarine, weil deine Haut so weich ist, wie Sahne. Was ist nur so reizend an einem hübschen Po, so unwiderstehlich? Ich schätze, es ist die Form, die Art, wie der Spalt dazwischen ein anderes, verführerisches Teil der weiblichen Anatomie nachahmt, das, wie es der Zufall will, so herrlich zwischen deinen Schenkeln hervorlugt. Ja, köstlich, in der Tat ...«

Während er sprach, folgte sein Finger einer unsichtbaren Linie zwischen meine Hinterbacken und lenkte mich ab, so wie seine Worte meine Frustration vorantrieben, bis ich kurz davor war, zu platzen.

»Tu es einfach, du Bastard.«

Er lachte, erhob die Hand, und im nächsten Augenblick wünschte ich bereits, ich hätte den Mund gehalten und ihn einfach weitermachen lassen mit seinem Gefummel. Es stach furchtbar, und sofort trat ich um mich und wehrte mich, egal, ob es entwürdigend war oder nicht. Er empfand es offensichtlich als lustig, denn er lachte lauthals, während er mich versohlte. Ein wahnsinniges, gackerndes Gelächter, das erst aufhörte, als die Klingel läutete. Was nicht hieß, dass er aufhörte, mich zu versohlen.

»Besucher. Ignorier sie einfach, sie können sich selbst beschäftigen.«

Irgendwie fand ich meine Stimme wieder.

»Richard, nein! Hör auf, sie werden uns noch hören.«

»Dann mach nicht so einen Lärm.«

»Ich kann nicht anders. Hör jetzt auf!«

Er hielt inne und ließ mich los, sodass ich auf einmal auf dem Boden landete, was ihn zu neuem Gelächter reizte. Ich stand auf und verkniff es mir mit einiger Mühe, ihm eine runterzuhauen und begann rasch, mich zu sortieren. Die Klingel läutete zum zweiten Mal.

»Du bist ein richtiges Schwein, Richard.«

»Das sagen mir die Mädchen immer.«

Ich warf ihm einen düsteren Blick zu und strich meinen Unterrock glatt. Mein Hintern fühlte sich heiß an und prickelte. Das Gefühl war wundervoll, aber gleichzeitig auch unglaublich frustrierend. Ich brauchte Sex, unbedingt.

»Musste das sein? Ich sagte, dass Besucher kommen, und jetzt muss ich sie mit einem warmen Hintern herumführen. Wie peinlich ist das denn?«

»Perfekt! Ich werde an dich denken, während ich ein oder zwei der schlüpfrigeren Bilder des alten Vaughans studiere, damit ich bereit bin.«

»Meinetwegen, aber jetzt kannst du hinuntergehen und sie hereinlassen, damit ich mich fertig anziehen kann. Ernsthaft, sieh dir nur an, was du mit meinem Haar angestellt hast!«

Er kicherte noch immer vor sich hin, während er zur Tür ging. Hastig versuchte ich, meine Haare und mein Make-up zu richten, streifte mir das Kleid über und rannte nach unten. Ich versuchte noch immer, mich zu richten, als ich das Erdgeschoss erreichte. Zwei Minuten später stand ich auf der Auffahrt, wo Richard, gelassen und einwandfrei, einer Gruppe von Leuten die Besonderheiten des Hauses erklärte. Ich kam dazu, und er drehte sich zu mir um. Ich lächelte, war mir aber sicher, dass jeder der sechs respektabel und wissbegierig wirkenden Besucher wusste, dass ich gerade noch übers Knie gelegt worden war.

Die Gruppe bestand aus den Mitgliedern eines örtlichen Historikerverbands, und auch wenn sie nicht viel über Elgar Vaughan wussten, kannten sie doch die Geschichte des Hauses und der Gegend hier. Eine alte Dame war besonders interessant, denn sie hatte ihr ganzes Leben in der Nähe des Hauses gelebt und konnte sich daran erinnern, als Kind hier gespielt zu haben. Richard begleitete uns bei unserer Tour über das Gelände und fand sie ebenso interessant wie ich. Er begann sofort, ihr Fragen zu stellen.

»Hat sich hier viel verändert?«

»Oh nein, nichts Nennenswertes. Man konnte nicht hineingehen, das war aber auch schon alles. Es gab damals einen Hausmeister; soweit ich weiß schon seit dem Zweiten Weltkrieg. Er hat uns mit einem Stock verjagt, ja, das hat er, und sobald er uns sah, drohte er uns allerlei Dinge an. Wir haben sie ihm geglaubt. Nicht, dass uns das abgehalten hätte. Wir kamen nur umso öfter her, hauptsächlich waren wir unten am See. Ist der jetzt öffentlich zugänglich?«

»Ich habe den Pfad freigemacht, aber es ist noch immer schlimm überwuchert.«

»Zu meiner Zeit sind wir immer von hinten reingekommen, damit wir nicht gesehen wurden. Meistens wollten wir einfach nicht zu nah ans Haus.«

Richard antwortete ihr mit leichter Belustigung in der Stimme: »Weil es dort spuken sollte?«

»Oh nein, wegen des Hausmeisters. Ich sage Ihnen, er war ein ziemlich mutiger Bursche, der sogar nachts hier herumstromerte. Man sagte, dass man Vaughan und seine Kumpane unter dem Schutthaufen des Turmes singen hören konnte.«

»Wie steht es mit den Wäldern? Irgendwelche riesigen Baum-Männer?«

Ich warf ihm einen scharfen Blick zu, aber sie lachte nur.

»Nichts dergleichen, nein, aber die Schnitzereien haben mir ganz schön Angst eingejagt. Haben mir aber auch so einiges beigebracht.«

Sie lachte über ihren eigenen Scherz, der schmutziger war, als ich ihn ihr zugetraut hätte, und als wir um die Ecke des Hauses bogen, wechselte die Unterhaltung zum Zustand der Gartenanlagen. Ich setzte die Tour fort, war aber nicht mit ganzem Herzen bei der Sache. Was mich beschäftigte, war die Frage, wer nachts auf dem Gelände herumschlich, und was sie sich davon erhofften, die Steinplatte anzuheben.

Angesichts Richards Bemerkung zu meiner Doktorarbeit war es gut möglich, dass sie die falsche Platte hatten, aber das war eine Überlegung, die ich auf keinen Fall weiterverfolgen wollte. Nicht, dass ich irgendetwas hätte tun können, ohne die Hilfe eines Teams von Bauarbeitern. Der Tempel des Hauses lag eindeutig und sicher verschüttet und würde es auch bleiben. Dank der Regierung und der Statuten des Treuhandfonds würde der Turm eine Ruine bleiben.

Paranoid zu sein ist wirklich einfach. Ich konnte nicht einmal Richard völlig von meinem Verdacht freisprechen, denn auch wenn sein Fußabdruck nicht zu dem des Mannes der gestrigen Nacht passte – zumindest passten seine Schuhe nicht dazu –, konnte er in die Sache verwickelt sein. Vielleicht bestand sein Job darin, mich aus dem Weg zu schaffen, indem er mich verführte? Das bedeutete, dass sie wussten, dass es die falsche Platte war, was wiederum hieß, dass es möglicherweise kein weiteres Suchen im Tempel des Baphomet mehr geben würde.

Richard war nicht der einzige Verdächtige. Jeder andere, der sich jemals mit Vaughan beschäftigt hatte, kam in Frage, jeder, der meine Arbeit oder meine Aufsätze gelesen hatte, meinen Doktorvater mit eingeschlossen. Ich konnte nicht einmal automatisch die Leute vom Treuhandfonds ausschließen und auch sonst niemanden, Julie eingeschlossen. Wenn ich Richards Füße ausmessen konnte, musste ich wohl auch ihre ausmessen. Immerhin war sie groß genug, und sie hätte auch die Gelegenheit gehabt. Möglicherweise hatte sie mich gefragt, ob wir tanzen gehen, damit ihr Komplize ungehindert in den Tempel gehen konnte, aber die Hochzeit hatte ihren

Plan vereitelt. Möglicherweise hatte sie gar nicht vorgehabt, tanzen zu gehen, sondern sollte mich betrunken machen, damit sie selbst ohne Störung in den Tempel konnte. Möglicherweise hatte sie mir auch etwas ins Glas getan, denn ich war sofort umgekippt.

Nein. Mein Kopf spielte wieder verrückt; die Vorstellung war ebenso absurd, wie der Gedanke, dass Richard Elgar Vaughan sein könnte. Julie war eine erfolgreiche New Yorker Businessfrau und wusste nichts über Elmcote Hall, bis auf das, was ich ihr erzählt hatte. Die Wahrheit war, dass ich eigentlich keine wirklichen Verdächtigen hatte und nur darauf hoffen konnte, dass meine Online-Suche mir mehr bringen würde.

Als wir mit dem Gelände fertig waren, beschwerte sich die Gruppe über die Kälte und gab hoffnungsvolle Bemerkungen über Tee von sich. Ich kam der Aufforderung nach und servierte ihn im Empfangsraum des Westflügels. Dort konnten sie die Vaughan-Familienbilder bewundern anstatt der Bilder in der Bibliothek. Als sie sich verabschiedeten, dämmerte es bereits, und ich ließ mich dankbar in der Küche nieder, mit dem Gefühl, meine Arbeit für heute getan zu haben. Richard machte mir sogar Kaffee, ehe er sich hinsetzte. Die Beine ausgestreckt und den Stuhl nach hinten gekippt, grinste er mich an.

»Woran denkst du?«

»An dich, wie du so wundervoll britisch mit den Besuchern umgegangen bist, während du die ganze Zeit ein Paar roter Pobacken unter deinem Rock hattest. Ich frage mich, was sie wohl gedacht hätten, wenn sie es gewusst hätten?«

»Ich hatte das ganz vergessen.«

»Oh nein, das hast du nicht. Ich konnte genau sehen, dass du dich nicht auf den Job konzentriert hast.«

»Nein, wirklich. Ich dachte an die Leute im Tempel.«

»Was, heißt das etwa, ich muss dich wieder anwärmen?«

»Nein, musst du nicht. Mir geht es gut, vielen Dank, und ich hätte gerne eine Stunde Ruhe und ein gemütliches Glas Wein im *Engel* und dann etwas zu essen. Danach kannst du mit mir tun, was immer du willst.«

»So ein Angebot könnte einen Mann dazu verführen, sein Essen einfach herunterzuschlingen. Sehr ungesund.«

»Dann mach es nicht. Halte dich zurück.«

»Das war eigentlich nicht das, was ich im Sinn hatte.«

»Nicht?«

»Nein. Wie hieß es noch so schön in dem Film *Personal Services?* Oh ja, dass es am besten ist, den Mann abspritzen zu lassen, ehe man ausgeht, weil er sich dann Zeit beim Abendessen lässt. Das ist vollkommen richtig, auch wenn es außer Acht lässt, dass einige sowohl vor als auch nach dem Abendessen abspritzen können. Wundervolle Umschreibung übrigens.«

»Du bist ein Hund.«

»Mir ist ein Ziegenbock lieber, wenn du mich schon mit einem Tier vergleichen musst.«

»Wie du willst. Du bist ein Ziegenbock, ein Satyr.«

»Schon besser. Warum kriechst du nicht auf Knien zu mir, nimmst einen Schluck Kaffee und schiebst ihn damit hinein?«

Er hatte, noch während er redete, seinen Hosenstall geöffnet und zog seinen Penis heraus. Ein Mann, der komplett bedeckt ist, bis auf die Stelle, die wirklich zählt, hat etwas Besonderes an sich. Mein Magen verkrampfte sich ein wenig, aber ich antwortete mit einer erhobenen Augenbraue.

»Und was soll ich damit machen?«, fragte ich und deutete auf seine anstößige Auslage.

»Wie ich bereits sagte, bin ich nicht pingelig, wenn auch mit kleinen Ausnahmen, wenn dir das lieber ist. Beispielsweise denke ich, dass du den oberen Teil deines Kleides bis zur Taille abstreifen solltest. Das würde mir gefallen.«

»Das glaube ich, dass dir das gefallen würde. Aber mal im Ernst, ich muss mich umziehen.«

»Umziehen? Nein, Sophie, das kannst du mir nicht antun! Ich will dich, so wie du bist, jetzt oder später.«

»So kann ich doch nicht in den *Engel* gehen«, erwiderte ich.

»Warum nicht? Was könnte dich respektabler aussehen lassen als das?«

»Für die Leute dort wird es aber nicht so aussehen, oder? Selbst wenn ich so gehen könnte.«

»Das solltest du, aber zuerst solltest du jetzt her zu mir kommen. Wenn du willst, kannst du dir vorstellen, dass ich Elgar Vaughan bin und du eine Anhängerin oder gar ein Hausmädchen. Auf die Knie, Sophie, das ist ein Befehl.«

Ich verzog das Gesicht, aber er hatte mich. Ich raffte meinen Rock und den Unterrock und ging vorsichtig auf die Knie. Er rutschte ein wenig auf dem Stuhl vor und spreizte die Beine. Er bot sich mir dar, und ich kroch über den Boden auf ihn zu. Als ich ihn erreicht hatte, streckte er die Hand aus, griff mir sachte ins Haar und drückte mein Gesicht auf seinen Schoß. Ich schloss die Augen, mein Mund war ausgefüllt, und meine unzüchtigen Gefühle erfüllten mich vollkommen.

Der Gedanke, ein Dienstmädchen oder sogar nur eine einfache Hilfe zu sein, die gezwungen wurde, dem Herrn des Hauses den Schwanz zu lutschen, gefiel mir. Ich hätte sicherlich Angst vor Elgar Vaughan gehabt und hätte seinen Schwanz in den Mund genommen, wie er es von mir verlangt hätte. Den anderen Kultisten, männlich und weiblich, hätte das sicherlich gefallen. Natürlich hätte ich es auch genossen, und ich hätte die Kontrolle über mich verloren, doch meine Gefühle wären zwiespältig und sehr intensiv gewesen. Er war gerade dabei, richtig hart zu werden, und sagte: »Jetzt den Kaffee. Mach schon.«

Mein Kopf wurde an den Haaren zurückgezogen, nicht fest, aber nachdrücklich. Ich hätte ohnehin keinen Widerstand geleistet. Er hielt den Kaffeebecher in der Hand und hielt ihn mir an die Lippen, während ich mich aufrichtete. Ich trank einen Schluck, heiß und süß, wie er es mochte, und hielt ihn vorsichtig fest, während ich zu meiner Aufgabe zurückkehrte. Er gab ein angenehmes Seufzen von sich und kitzelte meinen Nacken, was Schauer über mein Rückgrat tanzen ließ. Wieder stellte ich mir vor, dass ich eine Haushaltshilfe wäre, die schmutzige Tricks zur Unterhaltung des Hausherrn vorführen musste, und mein Körper verriet mich.

Ich konnte wirklich nichts dagegen tun, die Lust bemächtigte sich meiner, während ich genoss, was ich mit Richard tat. Ich erinnerte mich daran, wie er mich versohlt hatte, daran, wie er einfach davon ausging, dass ich seine Befehle ausführte, sanft und doch stark, und immer hatte er alles unter Kontrolle. Ich griff hinter mich, schob meine Röcke ganz hinauf und zog den Schritt meines Höschens beiseite, sodass ich von hinten völlig nackt war. Richard lachte wissend, als er es sah, was mein hilfloses Verlangen noch einmal steigerte. Meine Hand vergrub sich unter meinem Unterrock, und ich spielte mit mir selbst. Meine Lust stieg rasant an.

Ich schloss die Augen und war mit einem Mal das Hausmädchen, kniend auf dem Küchenboden, mit meinem nackten und rotgefärbten Po, den ich durch das Spanking erhalten hatte, und lutschte am Penis meines Meisters. Ich hielt das Bild fest, während die ersten köstlichen Schauer stärker und immer stärker wurden. Richard kam, wie ich auch, und wir erlebten einen wundervollen Moment perfekter, ungehemmter Intimität. Erst als es wirklich vorbei war, zog er mich auf seinen Schoß und nahm mich in die Arme. Mein Kopf lehnte an seiner breiten Brust. Dann sagte er etwas.

»Das ist doch viel besser, nicht wahr? Jetzt können wir in aller Ruhe zu Abend essen.«

Das Essen war sogar noch besser als beim letzten Mal: Es gab Austern und Steinbutt, dazu Champagner. Zum Abschluss aßen wir absolut köstliche Schokoladentorte. Richard musste den Weg nach London fahren, also trank ich die Flasche fast allein aus und war dementsprechend angenehm betrunken. Ich verlor mich in Tagträumereien, während wir durch die dunkle Landschaft auf die Autobahn zufuhren. Ich dachte an das, was wir getan hatten, und an das, was wir noch tun würden. Einige meiner dunkelsten und geheimsten Fantasien hatten wir bereits verwirklicht, und Richard war durchaus in der Lage, seine eigenen Vorstellungen einfließen zu lassen. Er eröffnete mir damit einen Weg zu Orten, die ich niemals zuvor in Betracht gezogen hatte.

Ich fühlte mich sogar ein wenig schuldig, wegen meiner Hausmädchenfantasie, denn Elgar Vaughans außergewöhnlich hoher Verschleiß an Dienern war einer der Hauptgründe für den Skandal, der das Haus umgab, auch wenn keiner von ihnen, soweit ich wusste, behauptet hatte, sexuell belästigt worden zu sein. Die Gründe waren eher die gewesen, dass die Bediensteten morgens herunterkamen und eine Ziege im großen Saal vorgefunden hatten, ganz zu schweigen von dem nächtlichen Gelächter, den Lustschreien und im Allgemeinen »unheiligen Vorgängen«. Mit sechs willigen und freizügigen weiblichen Anhängern hatte er wahrscheinlich kein Bedürfnis danach, sich am Personal zu vergreifen. Möglicherweise hielt er es sogar für unmoralisch. Bei Elgar Vaughan konnte man da nie sicher sein.

Außerdem ging es niemanden, außer vielleicht Richard, etwas an, was in meinem Kopf vor sich ging. Niemand wurde verletzt, also warum sollte ich mich auf jugendfreie Fantasien oder Verhalten beschränken? Nein, ich konnte Richards Hausmädchen sein oder über seine Knie gelegt werden oder von dem Grünen Mann durch die Wälder gejagt werden. Es fand in meinem Kopf statt und war allein meine Sache.

Ich wollte wissen, wo Richard lebte, denn ich wusste nichts über ihn, während er schon eine ganze Menge über mich wusste. Da er in der Stadt arbeitete, ging ich davon aus, dass er ganz gut verdiente, aber ich hatte nicht mit einer Penthousewohnung in Soho gerechnet. Sie lag direkt am Golden Square, komplett mit Dachterrasse. Es war erstaunlich, so über Londons Dächer blicken zu können, nur Meter oberhalb des geschäftigen Gewusels der Straßen. Man fühlte sich förmlich über den Dingen.

Richard machte uns einen Kaffee, und ich sah mich um. Sein Geschmack überraschte mich. Da ich davon ausging, dass er hin und wieder Kollegen zu sich einlud, hatte ich nicht erwartet, dass seine Wände voller Elgar-Vaughan-Bilder waren, aber ich fand nicht einmal den Hauch eines Hinweises auf seine Leidenschaft. Als ich ihn danach fragte, lachte er nur.

»Oh nein, die Wohnung gehört mir nicht. Sie gehört einem Freund von mir, er ist Anwalt. Er ist gerade in New York, ich bin hier, also erschien es uns sinnvoll, einfach zu tauschen, anstatt sich den Ärger anzutun, eine passende Unterkunft zu suchen und sie dann auch noch bezahlen zu müssen.«

»Ich verstehe. Ich dachte schon, dass es ein wenig, ich weiß nicht, spartanisch aussieht?«

»Das täuscht. Bruce ist schwul, aber er will es niemandem mit Bildern oder Ähnlichem ins Gesicht reiben. Er zieht es so wie ich vor, seine dunklen Geheimnisse geheim zu halten.«

Er grinste mich an und begann die Kaffeebohnen zu mahlen. Ihr köstlicher bittersüßer Duft erfüllte schon bald die Luft. Ich wartete, bis er sein Ritual beendet hatte. Es hatte etwas von Kunst und war wesentlich eleganter als meine Technik. Selbst angewärmte Tassen gehörten dazu. In jede wanderte ein kleiner Löffel brauner Zucker, auch wenn ich ihn normalerweise ohne trank. Ich sagte aber nichts und musste zugeben, dass es köstlich schmeckte.

Mit dem Kaffee in der Hand führte er mich ins Arbeitszimmer, und wir setzten uns vor den Computer. Wieder übernahm er sofort die Regie, öffnete eine Suchseite und fütterte sie mit Angaben. Die Ergebnisse waren erstaunlich. In den vier Monaten seit der Veröffentlichung meiner Abhandlung hatten sich Leute vom trockensten Historiker bis hin zu Anhängern der extremsten Kulte für das Thema Elgar Vaughan interessiert. Die Anzahl der Suchergebnisse war zwar immer noch deutlich kleiner als die zu Crowley, aber sie war fast so groß wie die für Samuel Liddell Mathers. Eine beeindruckende, wenn auch leicht alarmierende Anzahl nannte auch meinen Namen.

Meist wurde ich als Co-Autor der Abhandlung genannt, und in einigen Fällen konnte man auch nachlesen, dass ich in Elmcote Hall wohnte, obwohl ich erst vor Kurzem dort eingezogen war. Viele erwähnten mein Interview mit Alice Scott, und einige deuteten an, dass wichtige Papiere und möglicherweise eine nicht weiter benannte Art von Vermögen irgendwo versteckt lagen, aber mehr war nicht zu finden.

Einige waren ungewöhnlicher – sie bezeichneten mich als Anhängerin Vaughans, als Hexe und »bekennende Heidin«, was auch immer das heißen mochte. Es gab sogar einen Priester aus Cincinnati, der mich eine »blasphemische Teufelsanbeterin« nannte, was ein wenig übertrieben war, denn ich hatte gerade erst mit solcherlei Dingen begonnen. Nur wenige hatten etwas von Verschwörungstheorien. Vor allem ein Treffer, der behauptete, dass Vaughans Kult wieder auflebte, und dass eine »seltsame, langhaarige Frau undefinierbaren Alters« in Elmcote Hall eingezogen war.

»Was meinen die mit undefinierbarem Alter? Unverschämtheit!«

»Ich denke, sie spielen damit darauf an, dass du eine der ursprünglichen weiblichen Anhänger bist. Lass mich mal versuchen herauszubekommen, wie die Adresse dieses Anbieters ist.«

Die Seite wurde von jemandem aus Wisconsin betrieben, was es eher unwahrscheinlich machte, dass diese Leute versucht hatten, die Bodenplatte anzuheben. Sie waren auch nicht besonders geheimnisvoll, sie hatten eine Menge Fotos auf ihrer Seite, auf denen man sie sah, wie sie heidnische oder in ihren Augen satanistische Vorgänge untersuchten. Besonders große Männer waren nicht darunter und keine Frauen. Wir fanden auch keine anderen hilfreichen Hinweise, weder auf irgendwelchen Webseiten noch in Foren.

Dennoch hatte Richard Spaß. Der Inhalt der Seiten amüsierte und faszinierte ihn. Drei Tassen Kaffee später wurde mir langweilig, und wir fanden kaum noch Hilfreiches. Ich hatte nichts Neues über Vaughan oder die Eindringlinge herausgefunden. Ich musste Richards Schritt zusammendrücken, damit die Botschaft endlich ankam, und als er sich zurücklehnte, grinste er breit.

»Weißt du was, wir sollten den Sabbat Aceras wieder aufleben lassen, wir könnten ein Vermögen verdienen.«

»Jetzt werd nicht sarkastisch. Wie meinst du das?«

»Es gibt endlose Möglichkeiten. Zum Beispiel gefällt dir die Vorstellung, beim Sex beobachtet zu werden. Wie würde es dir gefallen, mir einen zu blasen, wie du es vorhin gemacht hast, nur dass diesmal eine Gruppe von Frauen und Männern dabei zuschauen würde? Wir könnten Geld –«

»Richard! Auf keinen Fall!«

»Ich dachte, es gefällt dir, beobachtet zu werden?«

»Aber nicht für Geld! Außerdem müssen es die richtigen Leute sein. Wenn wir dafür Geld verlangen, käme nur ein Haufen perverser alter Männer. Schlag dir die Idee gleich wieder aus dem Kopf.«

»Hmm, schade. Wir hätten sogar eine Webseite dafür machen können, mit Webcams im Tempel und – okay, schon gut, ich verstehe ja, was du meinst.«

Meine Schuhspitze drückte gegen sein Kinn, doch trotz seines schmerzverzerrten Gesichts lachte er noch immer und fuhr, amüsiert von meiner Reaktion, fort: »Okay, keine perversen alten Männer und keine Webcams, ich verspreche es. Ich würde wahrscheinlich sowieso gefeuert werden, allerdings könnte ich natürlich auch eine Ziegenbock-Maske tragen …«

»Ich würde ebenfalls gefeuert werden.«

»Ja, das wollte ich sagen, deinen Treuhändern würde das wohl nicht gefallen. Wie sehen sie Elmcote Hall? Hochzeiten sind dort erlaubt, aber wie sieht es mit heidnischen Ritualen und Festivals aus?«

»Ich glaube nicht, dass sie ein Festival erlauben würden. Für die meisten ist es eine Verantwortung, ein Stück kulturelles Erbe. Nur wenige von ihnen sind daran interessiert, mehr Geld zu verdienen als sie für die Instandhaltung brauchen.«

»Und wie oft tauchen sie dort auf?«

»Offiziell? Zweimal im Jahr. Inoffiziell können sie jederzeit auftauchen, wie es ihnen gerade passt.«

»Aber wahrscheinlich nicht mitten in der Nacht?«

»Nein. Das ist eine gute Idee, Richard. Ehrlich gesagt gefällt mir der Gedanke, aber es müssen die richtigen Leute dabei sein – ich wähle sie aus.«

»Klingt fair. Aber willst du es wirklich machen? Wirklich, direkt vor ihnen?«

»Ja. Das ist ein zentraler Bestandteil, wenn wir Elgar Vaughans Führung folgen wollen, und das müssen wir. Es macht mir ein wenig Angst, aber ja, ich werde es machen.«

5

Richards Vorschlag hatte mich verunsichert. Es war eine Sache, über die ich früher bereits nachgedacht und über die ich fantasiert hatte, aber niemals den Mut gefunden hatte, sie in der Wirklichkeit auszuleben. Die Organisation stellte kein Problem dar. Im Kopf ging ich immer wieder genau durch, was ich tun würde, und welchen Tempel ich wofür nutzen würde, doch meine Gedanken wurden immer wieder von meinen Fantasien verdrängt. Hermaphroditen kamen darin vor, mystische Kreaturen, Dämonen und noch mehr – ihre Anzahl war riesig und das, was sie, vorzugsweise mit mir, taten, war unfassbar.

Meine wirkliche Sorge galt den Leuten von der Stiftung. Technisch gesehen verstieß ich nicht gegen den Vertrag, zumindest solange die Mitglieder des Kultes die vier Pfund fünfzig Eintritt zahlten, oder eine vergünstigte Jahreskarte für fünfundzwanzig Pfund erstanden. Dennoch verletzte ich damit Hubert Sands' ursprüngliche Vereinbarung, dass das Haus nicht für unangemessene Zwecke genutzt werden sollte, was, wenn auch vage, heidnische und/oder satanistische Sex-Orgien mit einschloss.

Es musste heimlich vonstattengehen, und das bedeutete, dass wir bei der Auswahl der Teilnehmer besonders sorgfältig vorgehen mussten. Richard wollte dreizehn und glaubte, dass jeder, der Elgar Vaughans Kult in irgendeiner Form anhing, in Ordnung wäre. Ich wusste, dass ich das, was er von mir wollte, nicht würde umsetzen können, wenn die Zuschauer nicht attraktiv waren. Er konnte das nicht wirklich nachvollziehen, aber das war wohl ein Männerding. Zum Glück akzeptierte er meine Entscheidung, und auch wenn dreizehn die angemessene Anzahl war, konnten wir nicht hoffen, gleich für den Anfang so viele Personen zusammenzubekommen. Nicht einmal Elgar Vaughan hatte das geschafft.

Richard war bemerkenswert zielstrebig und eifrig dabei, alles vorzubereiten. Mir ging es nicht anders, auch wenn der Gedanke, ihn in den Mund zu nehmen, während andere uns zusahen, ausreichte, um meine Knie weich werden zu lassen. Das und die anderen Möglichkeiten, die er aufgeworfen hatte, erregten mich unglaublich stark.

In den kommenden Tagen war ich während der Arbeit ständig zwiegespalten zwischen Sorge und Erregung, die erst wieder abflaute, wenn ich mich selbst zum Höhepunkt gebracht hatte.

An einem Mittwoch machte ich es mir selbst im Tempel des Baphomet. Ich kniete und war so geil, dass ich erst danach bemerkte, dass sich wieder jemand an der fünfeckigen Bodenplatte zu schaffen gemacht hatte. Diesmal hatten sie versucht, ihre Tat zu vertuschen, indem sie Erde darauf gerieben hatten, um die Kratzer zu verbergen, so wie ich es auch getan hatte. So wie es aussah, hatten sie versucht, einen Keil in den Spalt zu treiben, waren damit aber gescheitert. Es war mit Sicherheit laut gewesen, also hatten sie es wahrscheinlich Sonntag Nacht versucht, als ich bei Richard gewesen war.

Die Entdeckung erschreckte mich. Ich sah über meine Schulter und erwartete halb, dass hinter mir ein Zwei-Meter-Mann aufragen würde, seine Hand um seine Erektion gelegt, während seine Komplizin danebenstand und mich mit wissendem Blick beobachtete. Aber dann entspannte ich mich wieder. Ich hatte Richard gesagt, dass sich unter der Platte unmöglich irgendetwas Dickeres als ein paar Blätter Papier befinden konnte, also konnte ich ihn mit Sicherheit als Verdächtigen ausschließen.

Auf dem Weg zurück zum Haus kam mir der Gedanke, dass die Platte selbst möglicherweise hohl war. Der einzige Weg, das herauszufinden, wäre, mit einem Hammer den ganzen Boden abzuklopfen. Ich fand jedoch keinen Unterschied zwischen der fünfeckigen und den anderen Bodenplatten.

Abermals spielte ich mit dem Gedanken, mir einen Hund zuzulegen, aber dagegen sprach, dass ich nicht einfach nach Battersea fahren und einen monströsen sabbernden Hund kaufen konnte, der dann einfach frei auf dem Gelände herumlief. Der Hund von Elmcote Hall. Die Idee funktionierte höchstens, wenn das Tier mich als Frauchen anerkennen würde, und das konnte ich mir nicht vorstellen. Als Alternative könnte ich mir einen Welpen kaufen, der später zu einem monströsen geifernden Hund werden würde, aber im Augenblick würde mir das nichts nützen. Der Welpe von Elmcote Hall klang nicht wirklich furchteinflößend, und ich konnte mir nicht vorstellen, dass sich ein Zwei-Meter-Mann davon beeindrucken lassen würde.

Ich dachte auch über Überwachungskameras nach. Die Kontrolle über ein Überwachungssystem läge völlig in meiner Hand, und ich könnte dafür sorgen, dass nur das gefilmt wurde, was ich für richtig hielt. Es verstieß gegen meine Prinzipien, aber ich sagte mir, dass ich kein Problem damit hätte, wenn die Eindringlinge einfach ihrer Leidenschaft im Tempel nachgehen wollten oder vielleicht sogar das eine oder andere

Opfer bringen wollten. Das Problem waren die Sachbeschädigungen.

Julie rief mich am Montag an, um sich nach mir zu erkundigen und mich damit aufzuziehen, dass ich eingeschlafen war. Sie jammerte auch darüber, wie langweilig das Leben im Dorf war, und dass ich die einzige Person vor Ort war, mit der man Spaß haben könnte. Ich lud sie ein vorbeizukommen, und sie stieg gleich darauf ein. Julie brachte eine Flasche schweren Rotwein mit, die wir uns teilten, und wir redeten bis spät in die Nacht.

Am Samstag kam Richard zurück, rief aber erst Donnerstag an. Er hatte eine Liste mit möglichen Zuschauern zusammengestellt, allesamt Leute aus passenden Internetgruppen. Damit die Sache möglichst geheim blieb, kamen wir überein, dass wir die Leute nicht nach Elmcote Hall einladen sollten, da es sonst sicherlich Probleme mit denen geben würde, die wir zurückwiesen. Das bedeutete, dass wir die Leute besuchen mussten. Er hatte acht Personen ausgesucht, was entweder bedeutete, dass er viel Arbeit in die Suche gesteckt hatte, oder dass er nicht allzu wählerisch war. Zwei der acht waren weiblich und beide bevorzugten ein Zusammentreffen mit anderen Frauen.

Ich stimmte zu, auch wenn ein Restrisiko blieb. Möglicherweise stellte sich heraus, dass Davinia oder Lilitu zweihundert Kilo schwere Männer mit einer Vorliebe für Äxte waren. Richard war begeistert, und als er das nächste Mal vorbeikam, hatte er weitere fünf Kandidaten gefunden, darunter eine dritte Frau. Er brachte Fotos mit. Nachdem ich meiner zweiten Busladung Besucher an diesem Tag das Gebäude gezeigt hatte, setzten wir uns in die Küche und sahen uns die Bilder an. Die Ausdrucke lagen auf dem Tisch verstreut, und wir hatten eine Flasche Sauvignon vor uns. Einige der Bilder waren beeindruckend, andere weniger, doch als Richard die letzten vorlegte, riss ich die Augen auf.

»Ich dachte mir, dass die hier dich mehr interessieren würden.«

»Er ist riesig! Wenn das eine normale Tür ist, dann muss er mindestens, sagen wir, zwei Meter groß sein.«

»Fast zwei Meter zehn, schätze ich, wenn ich mir die Backsteine in der Wand so ansehe. Die haben eine Standard-Größe.«

Ich nickte. Männer dieser Größe sah man nicht jeden Tag. Er konnte ohne Frage der riesige Eindringling von neulich sein. Er war nicht nur groß, sondern auch breit, mit Beinen wie Baumstämme, einer riesigen Brust und ausladendem Bauch. Auf dem Kopf trug er wirres, gelblich braunes Haar inklusive Bart. Seine Kleidung war leger, regelrecht schlampig. Er trug ausgeleierte Jeans, eine Lederjacke und ein Sweatshirt mit dem Schriftzug einer Band, der unter dem Bart verschwand. Er trug auch eine Menge Schmuck, Ringe, ein Piercing in der Augenbraue und diverse Ketten um den Hals. Mein Blick lag aber auf seinen Füßen und den schweren groben Arbeitsstiefeln, die durchaus die passende Größe zu den Fußabdrücken hatten, die ich auf dem Rasen gefunden hatte.

»Wer ist das?«

»Er nennt sich selbst Magog, wie der Riese. Zumindest ist das sein Name im Internet. Ich wollte nicht zu sehr nachfragen aus Angst, dass er Verdacht schöpfen könnte.«

»Richtig so. Was wissen wir also noch?«

»Eine ganze Menge. In Internetforen, die sich mit dem Okkulten vergangener Zeit beschäftigen, gibt es eine Menge Postings von ihm. Sein Interesse an Vaughan scheint er aber erst vor Kurzem entdeckt zu haben. Er verrät nicht, was er hier will, aber ich bin mir sicher, das ist unser Mann.«

»Nun, ich hoffe, es gibt nicht noch einen davon.«

»Was sollen wir also tun?«

»Ich schlage vor, dass wir ihn aufnehmen.«

»Ihn aufnehmen? Du machst wohl Witze!«

»Keinesfalls. Schau dir den Typ an. Wäre es dir lieber, er wäre auf unserer Seite oder auf der anderen?«

Ich betrachtete das Bild, doch meine Gedanken waren ganz woanders. Anstatt mich zu fragen, ob ich ihn mit dem Schaden an der Bodenplatte konfrontieren sollte oder nicht, dachte ich darüber nach, wie es wäre, halb nackt zu Richards Füßen zu kauern, während ein Mann wie dieser mich beobachtete. Mein Magen verknotete sich, und ich konnte nicht anders als zu nicken. Abwesend fuhr Richard fort: »Ich wusste, du würdest das verstehen. Wir könnten möglicherweise sogar den Stein anheben, um unseren guten Willen zu demonstrieren und um zu beweisen, dass darunter nichts ist.«

»Wie? Wir dürfen ihn nicht beschädigen, und außerdem wüsste er dann, dass wir wissen, dass er das war.«

»Macht das denn einen Unterschied?«

»Naja ... ich schätze nicht.«

»Was das Anheben angeht, darüber habe ich mir schon Gedanken gemacht. Der Stein ist passgenau eingesetzt worden, das heißt, ohne Mörtel. Wenn es also geplant war, ihn anzuheben, dann kann er auch angehoben werden. Klingt das logisch?«

»Ich schätze schon.«

»Also, entweder ist die Platte einzementiert, in dem Fall können wir ohnehin nichts machen, oder sie ist es nicht, was bedeuten würde, dass wir sie anheben können, und zwar mit einer Saugvorrichtung. Man kann so etwas mieten.«

»Ich schätze, es ist einen Versuch wert.«

»Absolut. Ich informiere Magog also, okay?«

»Okay. Was ist mit seiner Freundin, die mit den hochhackigen Schuhen?«

»Es gibt ein oder zwei Hinweise auf eine Freundin, aber die scheint selbst nichts zu posten, zumindest habe ich nichts gefunden. Aber das sollte in Ordnung gehen. Immerhin wissen sie schon von Elmcote Hall.«

»Das ist wahr.«

»Was ist mit den anderen?«

Unter den übrigen neun Männern gab es nur zwei, die ich in Betracht gezogen hätte. Die anderen sieben passten einfach nicht. Richard hatte sich bemüht, nach meinem Geschmack zu urteilen, denn sie alle waren recht groß, aber ihnen fehlte eine gewisse Qualität, die ich nur schwer definieren konnte, und die er nicht begriff. Auch wenn mir nur die Bilder zur Verfügung standen, um sie einzuschätzen, so fehlte ihnen doch eine gewisse Präsenz, oder eine gewisse Aura, wodurch sie nicht in Frage kamen. Die Informationen, die Richard gesammelt hatte, bestätigten mich nur in meiner Entscheidung.

Selbst bei den letzten zwei war ich nicht sicher, aber ich musste zugeben, dass sie immerhin passend genug erschienen, um sie zumindest kennenzulernen. Einer, der sich selbst nur Magnus nannte, war ein ergebener Crowley-Anhänger, auch wenn er Richards Informationen nach nur wenige seiner theoretischen Vorstellungen in die Tat umgesetzt hatte. Er war sehr groß und dünn mit dunklen, durchdringenden Augen mit einem verstörenden Blick. Er machte mich, wie Magog, ein wenig beklommen, aber ich konnte ihn mir problemlos im Baphomettempel vorstellen.

Der andere war eindeutig faszinierend, ein extrovertierter, direkter Mann namens Nathan. Auf seinem Foto posierte er neben einem Landrover auf seiner Farm in Lincolnshire. Vom Körperbau her entsprach er genau meinem Typ: groß, gut gebaut, mit einer rauen Note, die einen direkt ansprach. Er erschien mir passend, weil er geweihte Opfergaben in den Wäldern darbrachte, um eine gute Ernte zu erbitten. Das war eine sehr frühe Form des Heidentums, die Einschläge des Autors Saki aufwies, der ein Zeitgenosse von Elgar Vaughan gewesen war und ihn nachweislich mindestens einmal getroffen hatte. Nathan erwähnte Saki sogar in einigen seiner Postings, was ein weiterer Pluspunkt für ihn war.

Die drei Damen waren schwieriger einzuschätzen. Davinia war einfach nicht von dieser Welt; sie war groß, sehr schlank, mit Haaren, die länger waren als meine. Sie reichten ihr bis auf die Schenkel. Ihr Glaube konzentrierte sich auf Mutter Erde, und sie fertigte kleine Steinfigürchen an, ähnlich denen, die man in alten heiligen Stätten gefunden hatte. Sie waren überaus weiblich mit riesigen Brüsten, dicken Bäuchen und einem prallen Hintern. Das exakte Gegenteil zu ihrer Figur. Sie lebte im tiefsten Cornwall, bei Helston, und wäre da nicht ihre Obsession mit Fruchtbarkeit und Schwangerschaft gewesen, hätte ich sie gleich wieder als zu sehr graue Maus aussortiert.

Lilitu war gruselig, zumindest wenn man sie ernst nahm. Sie verglich sich nicht mit Lilith, Adams erster Frau, sondern mit der babylonischen Dämonin und sah auch so aus. Auf ihrem Bild sah man blasse Haut, schwarz gefärbte Haare, aufwendiges schwarzes und grünes Make-up und Finger, die mit filigranem Silberschmuck bedeckt waren. Sie wirkte unecht, doch sie wusste eine Menge über Elgar Vaughan, und es fiel mir leicht, sie mir als enthusiastische Anhängerin vorzustellen.

Die Dritte, Sarah, war relativ normal. Sie war Wicca und Kräuterfrau, glaubte aber auch, dass die vorchristlichen Feste wieder eingeführt werden sollten. In ihrer Vorstellung davon spielte Nacktheit eine große Rolle, wenn auch aus dem Grund, dass man damit die Fesseln der Moral abstreifte, nicht aus sexuellen Gründen. Das allein reichte nicht aus, aber ihr Bild sah vielversprechend aus. Sie war dreißig, vielleicht auch ein paar Jahre älter, mit dichtem, kastanienbraunem Haar und einem heiteren, mütterlichen Gesicht. Um ihren Hals lag eine lange Kette, der Anhänger daran lag zwischen ihren Brüsten und hatte die Form des klassischen Grünen Mannes.

Sarah war am einfachsten zu erreichen, sie lebte nur wenige Kilometer den Fluss entlang in Whitchurch, folglich wollten wir sie als Erste aufsuchen. Ich fuhr am Montag hin, nach einem Wochenende voller wildem, leidenschaftlichen Sex mit Richard, während dem wir versucht hatten, es in jedem von Elgar Vaughans Tempeln zu treiben. Im Artemisschrein wären wir fast entdeckt worden. Wir entkamen nur, weil ich ihn gerade ritt und dabei Lorna Meadows entdeckte, die Sekretärin des Treuhandfonds, als sie über den Rasen auf den Schrein zukam. Hätte er mich, wie sonst auch, von hinten genommen, wäre sie direkt in uns hineingelaufen, und ich schwor mir, in Zukunft vorsichtiger zu sein.

Das bedeutete auch, nicht zu viel zu verraten, bis ich mir sicher sein konnte, und ich überlegte, wie ich das anstellen sollte, während mein Regionalzug durch das Themse-Tal ratterte. Ich stieg in Pangbourne aus und überquerte den Fluss. Sarahs Geschäft lag etwas außerhalb ein Stück den Hügel hinauf und war leicht zu finden. Die Auslage im Schaufenster zeigte alles mögliche, von Küchenkräutern bis hin zu Puppen aus Maiskolben. Die Sachen hatten eine heidnische Bedeutung und hatten nichts mit dem Okkulten zu tun. Ich begann, an meiner Wahl zu zweifeln, schob die Tür auf und fand Sarah hinter ihrer Theke sitzend vor.

»Hi, Sarah. Ich bin Sophie Page. Hat Richard Fox Ihnen mein Kommen angekündigt?«

»Ja. Kommen Sie doch herein und setzten Sie sich. Möchten Sie Tee?«

Ich sagte ja und setzte mich in einen Weidensessel an die Seite, während sie ging, um den Tee zuzubereiten. Bald kam sie mit zwei großen Tassen zurück. Darin war etwas Heißes, das nach Blüten roch und einen leicht bitteren Geschmack hatte, den ich nicht einordnen konnte. Sie erklärte mir, was es war und wie sie verschiedene Kräuter für verschiedene Anlässe mischte, unter anderem auch Weihrauch, was mir gefiel. Weihrauch war etwas, das Elgar Vaughan in großen Mengen benutzt hatte, was mir erlaubte, auch etwas zu dem Gespräch beizutragen anstatt nur zuzuhören, und schließlich zu dem entscheidenden Thema zu kommen.

»... ich bin mir sicher, es wäre perfekt. Feiern Sie Samhain in einer Gruppe?«

»Oh ja, natürlich. Es gibt viele gut organisierte Feste. Das Wichtigste ist, dass alle zusammenarbeiten. Deshalb glaube ich auch, dass wir den Glauben jedes Einzelnen akzeptieren müssen, um ein Schisma zu vermeiden. Gehören Sie der National Association an?«

»Ah, nein.«

»Oh, Sie müssen sich einschreiben, unbedingt. Warten Sie kurz, ich hole die Formulare.«

Zwanzig Minuten später ging ich wieder, um zwanzig Pfund ärmer und um eine vollbezahlte Mitgliedschaft in der

National Association of Natural Worship reicher. Über Elgar Vaughan hatten wir nicht ein einziges Mal gesprochen. Sarah war eine nette Frau, die an schwesterliche Liebe, Nacktheit ohne Scham, freie Liebe und an viel Weihrauch glaubte. Die Vorstellung, mich im Gebet am Altar des Baphomet zu sehen, hätte sie sicherlich schrecklich schockiert, von den schmutzigen Details des Gebetes mal ganz abgesehen.

Ich wusste nicht, was ich mit dem Rest des Tages anfangen sollte, außerdem wollte ich es nach diesem Rückschlag noch einmal versuchen. Cornwall war unmöglich zu erreichen, doch Lilitu lebte in London, und ich konnte in etwa einer Stunde dort sein. Ich hatte ihre E-Mail-Adresse und war in Pangbourne an einer Bibliothek vorbeigekommen, also warum sollte ich es nicht einfach mal versuchen? Es klappte sogar. Sie war nicht nur online, wir tauschten auch Nachrichten über Crowleys berüchtigte sizilianische Farm aus, und sie schrieb, dass sie sich über einen Besuch von mir freuen würde.

Gegen Mittag stand ich vor ihrer Wohnung in einem riesigen anonymen Häuserblock in Gospel Oak. Ich zögerte nur kurz und ging dann hinauf und bemühte mich tunlichst, die Atmosphäre des urbanen Verfalls zu ignorieren. Ihre Wohnung befand sich im dritten Stock, der sich durch nichts von den Fluren links oder rechts unterschied. Eine einfache, rot angemalte Tür führte in einen Gang, in dem einige Topfpflanzen für einen Hauch Individualität sorgten. Ich klopfte dennoch und kurz darauf bat mich eine volle, weibliche Stimme zu warten, begleitet von einem metallischen Klicken.

Die Tür öffnete sich und offenbarte ein massives mit Ketten gesichertes Sicherheitsgitter dahinter. Dort stand Lilitu in all ihrer Pracht; sie war größer als ich und trug ein enges waldgrünes Samtkleid, das zu ihrem aufwendigen Gothic-Make-up passte; dazu trug sie Silberkrallen an den Fingern. Sie war mehr als nur ein wenig einschüchternd, doch als sie mich ansah, kräuselte sich ihr bemalter Mund zu einem fröhlichen, arglosen Lächeln.

»Dr. Page, nicht wahr?«

Eigentlich konnte sie meinen vollen Namen gar nicht wissen, und ich wurde ein wenig misstrauisch, aber es gab keinen Grund es zu leugnen.

»Ja, das bin ich. Allerdings benutze ich meinen Titel nie, sonst fangen die Leute an, über ihre Krankheiten zu reden. Sophie ist besser. Du musst Lilitu sein. Hi.«

»Lily reicht. Komm rein, es ist schön, dich kennenzulernen!«

Ich trat einen Schritt nach vorn, und zu meiner Überraschung küsste sie mich; sie streifte meine Wange nur leicht mit ihren Lippen, doch die Berührung war freundlich und enthusiastisch. Sie schloss die Tür hinter uns wieder ab und ließ die Ketten wieder einrasten, was mir die Zeit gab, mich ein wenig in ihrer Wohnung umzusehen.

Es hätte keinen größeren Kontrast zwischen der Wohnung und der eintönigen Außenfassade des Hauses geben können. Viel Platz gab es nicht: ein kleines Schlafzimmer, ein lang gezogenes Wohnzimmer mit einer Küche hinter einem Sichtschutz am anderen Ende. Es gab noch eine verschlossene Tür, die wahrscheinlich ins Badezimmer führte. Der Unterschied zu draußen lag in der Dekoration – schwarzes Eisen, Kupfer, Raumteiler aus geschnitztem Holz, Samt und Satin in dunklen, kräftigen Farben und eine immense Menge an Flor. Das Ganze schuf eine Atmosphäre, die mich an den Überfluss des Barock erinnerte. Selbst ihr Telefon sah aus, als stammte es aus der Zeit vor dem Krieg. Ihr einziges Zugeständnis an die Moderne war ihr Computer, ein dünner und teuer aussehender Laptop.

»Ich liebe deine Wohnung!«

»Dankeschön. Ich weiß das zu schätzen, vor allen Dingen von jemand, der in Elmcote Hall wohnt. Das ist so cool.«

»Oh. Ich wusste gar nicht, dass Richard das erwähnt hat.«

»Das hat er nicht, aber man muss kein Genie sein, um es sich zu denken.«

Sie deutete mit dem Daumen auf den Computer und ließ sich auf einen Haufen mit goldenem Plüsch bezogene Kissen fallen. Ich setzte mich ihr gegenüber, und sie fuhr fort: »Ich habe deine Sachen gelesen, und wie viele Sophies interessieren sich für Elgar Vaughan? Das konntest nur du sein.«

»Da ist was dran. Kanntest du daher auch meinen vollen Namen?«

»Genau. Dein Freund hat mir nur erzählt, dass du dich mit Leuten treffen willst, die sich auch für Elgar Vaughan interessieren. Ich liebe ihn. Hier, sieh dir mal an, was ich in der Portobello Road gefunden habe.«

Sie griff nach einem Stapel alter Bücher, der so wirkte, als wäre er nur für den dramatischen Effekt dort drapiert worden. Ganz unten befand sich ein dünner, in zerschlissenes Leder gebundener Foliant, den sie hervorzog und mir reichte, während sie weitersprach.

»Sie wurden 1912 in Paris gedruckt und gebunden.«

Ich öffnete das Buch und erwartete darin eine von Vaughans weitschweifigen Abhandlungen über das Okkulte, doch dann fiel mir die Kinnlade herunter. Das erste Bild im Buch hatte an den Rändern ein paar Stockflecken, war aber sonst unbeschädigt unter dem durchsichtigen Schutzpapier. Es war eine Kopie eines der Bilder, die in der Bibliothek hingen, und es zeigte Elgar Vaughan und seine Anhänger in der Halle unterhalb des Turms. In der Mitte des Rings, den sie bildeten, stand eine Kohlepfanne, in der Weihrauch brannte und deren Rauch eine ziegenköpfige hermaphroditische Version Baphomets formte, die so wichtig für Vaughans Glauben gewesen war.

»Wunderschön. Ich habe das Original in Elmcote, sowie einige Drucke davon, aber keiner davon ist gebunden, wie das hier.«

Sie strahlte regelrecht vor Stolz, während ich weiterblätterte, und ich fragte mich, womit ich solche Hingabe geweckt haben mochte. Der zweite Druck zeigte Vaughan auf dem Thron sitzend neben Baphomet-Lilith. Das Bild gehörte zu einer Serie, die alle auf einmal in Auftrag gegeben worden waren und die ich, neben diesem, Julie gezeigt hatte. Insgesamt gab es nur zehn davon, und diverse Kopien davon befanden sich in der Bibliothek. Dennoch war es wundervoll für sie, sie zu besitzen, denn die anderen befanden sich im Besitz des Treuhandfonds. Mir gefiel sie, aber ich wollte keine vorschnelle Entscheidung treffen.

Während ich mir die Drucke ansah, lag sie neben mir eingerollt auf der Seite, das Kinn in die Hand gestützt. Ihre Füße waren ausgestreckt. Entweder trug sie eine Strumpfhose mit Nähten oder Strapse. Ihre Größe brachte mich darauf, dass sie ein möglicher Kandidat für die weiblichen Schuhabdrücke im Frost sein konnte, und ich entschied mich, sie mehr oder weniger direkt darauf anzusprechen.

»Warst du schon mal in Elmcote Hall?«

»Noch nicht drinnen. Letztes Jahr bin ich mal hingefahren, aber es war geschlossen. Ich habe es später noch einmal versucht.«

»Es ist nicht so schwer, auf das Gelände zu kommen.«

»Ich weiß. Ich habe mich von hinten reingeschlichen, beim Tempel des Baphomet ...«

Ich dachte wirklich, ich würde gleich ein Geständnis bekommen, aber sie fuhr munter fort: »... aber da war alles voller Arbeiter, und ich konnte mich nicht richtig umsehen. Ich war in den Wäldern drum herum. Lebst du wirklich im Haus?«

»Ja, im Westflügel, im ersten Stock. Die Arbeiter, die du gesehen hast, haben den Umbau gemacht, aber zum Glück durften sie nicht allzu viel ändern. Mein Zimmer ist am Ende des Flügels, mit Ausblick auf den Lindenweg und den Tempel. Wusstest du, dass es ein Gerücht gibt, dass Vaughan seine wichtigsten Dokumente unter der Bodenplatte in der Mitte versteckt hat?«

Für einen Moment sah sie verwirrt aus.

»Ich dachte, das wäre in dem anderen Tempel, dem des Sabbat Aceras, gewesen, unterhalb des Turms?«

»Es war einer von beiden, das kommt immer darauf an, mit wem man spricht.«

»Aber in deinem Interview mit Alice Scott, in der Arbeit –«

»Oh ja, stimmt, wenn sie irgendwo versteckt sind, dann im Sabbat-Aceras-Tempel. Entschuldige, ich meinte nur die Gerüchte, nicht das, was Alice Scott gesagt hatte.«

Entweder war sie wirklich unschuldig oder eine sehr gute Lügnerin. Ich entspannte mich ein wenig, und sie stand auf.

»Ich bin ein furchtbarer Gastgeber! Möchtest du etwas Wein? Ich habe gestern im Kirchenzentrum bei der Tombola zwei Flaschen australischen Rotwein gewonnen. Du hättest sehen müssen, wie mich die Frauen angestarrt haben.«

»Das kann ich mir vorstellen. Wahrscheinlich haben auch einige Männer geguckt, wenn du gestern auch so angezogen warst.«

Sie wusste genau, was ich damit meinte, und grinste mich als Antwort an. Sie war nicht nur schön, sondern auch exotisch, und für mich strahlte sie Sex aus, so, wie der Samt ihres Kleides sich an ihre weibliche Figur schmiegte. Alles an ihr war üppig: ihre Stimme, ihr Aussehen, ihre Manieren und selbst ihr Parfüm. Sie trug das Gleiche wie Julie.

»Was für einen Duft trägst du?«

»Persephone. Erkennst du es nicht?«

Sie trat näher und streckte ihr Handgelenk aus, damit ich den vollen, würzigen Geruch einatmen konnte, in dem ein Hauch von etwas lag, das mich an Herbstlaub erinnerte. Es passte zu ihr, und sie trug eine Menge davon.

»Doch, eine Freundin von mir trägt es, aber ich wusste nicht, wie es hieß.«

»Ah. Man kann es in diesem Laden in den Staaten bestellen, die liefern es. Sie haben eine Menge gutes Zeug. Ich gebe dir ihre Adresse.«

»Danke.«

Ich fuhr fort, mir die Bilder anzusehen, während sie eine Flasche öffnete und Wein in zwei große, grüne Gläser füllte. Bevor sie mir meines reichte, schloss ich den Folianten und stellte ihn vorsichtig zurück. Der Wein war schwer und stark, mit einem würzigen Geschmack. Und doch war er köstlich und sanft und verführte mich, einen großen Schluck zu trinken, anstatt nur daran zu nippen. Sie rollte sich wieder auf den Kissen zusammen und stellte mir selbst die entscheidende Frage: Wie fühlte ich mich bei dem Gedanken, dass sie mir dabei zusah, wie ich mich Richard hingab?

Die Antwort war einfach. Mir würde es nichts ausmachen, und sie würde es, wenn ich sie nicht völlig falsch einschätzte, genießen. Ich brauchte einen Moment, um die richtigen Worte zu finden, aber ich hatte meine Entscheidung getroffen.

»Lily … es geht um ein bisschen mehr als einfach nur darum, Leute zu treffen, die Elgar Vaughan zu schätzen wissen. Richard und ich wollen versuchen, den Sabbat Aceras wieder aufleben zu lassen, und wir haben uns gefragt, ob du daran interessiert wärst, ein Teil davon zu sein. Was meinst du dazu?«

Ihre Augen glänzten.

»Ob ich mitmachen will? Scheißt der Papst in den Wald? Ich bin dabei!«

»Gut. So etwas dachte ich mir schon.«

»Glaub mir, das würde ich um nichts in der Welt verpassen wollen! Also, was habt ihr genau vor?«

Ich antwortete ihr vorsichtig: »Wir sind uns da noch nicht zu hundert Prozent sicher. Wir brauchen erst die richtigen Leute dafür.«

Sie hatte keinerlei Vorbehalte.

»Das ist gut. Sag mir, dass du keinen Rückzieher machen wirst, Sophie. Bitte, sag mir, dass ihr Elgar Vaughans Rituale ausführen wollt!«

Bei meiner Antwort schoss mir das Blut in die Wangen, aber ihr ungetrübter Enthusiasmus war ansteckend.

»Ja, das ist die grobe Idee dahinter. Darum ist es auch so schwer, die richtige Gruppe zusammenzustellen, verstehst du?«

»Ich verstehe! Und du lädst mich dazu ein?«

»Du erscheinst mir perfekt dafür. Wir müssen natürlich die Details unter uns absprechen, damit keine persönlichen Grenzen überschritten werden, aber du erscheinst mir – ich weiß nicht – sehr selbstbewusst?«

»Eine dreckige Schlampe?«

Ich brauchte eine Sekunde, bevor ich antworten konnte, aber sie lächelte.

»Man könnte es so nennen, schätze ich. Die Sache mit Elgar Vaughan ist die, dass wir keine Aufzeichnungen zu seinen Ritualen haben. Und es ist schwer, Fakten von Gerüchten und Spekulationen zu unterscheiden. Selbst das, was wir wissen, widerspricht sich manchmal. So ist beispielsweise immer noch nicht sicher, ob seine höchste Gottheit der Grüne Mann oder Baphomet war und ob Baphomet mit dem christlichen Teufel gleichzusetzen ist.«

»Dann können wir es so machen, wie es uns gefällt, solange wir seinen Idealen treu bleiben.«

»Genau. Richard und ich haben eine Menge Ideen, die meisten davon haben mit – mit mir zu tun. Bei einigen habe ich noch Schwierigkeiten, sie mir vorzustellen.«

»Was zum Beispiel?«

Ich hielt inne und streckte das Glas aus, um mehr Wein zu bekommen. Das verschaffte mir Zeit nachzudenken. Sie war so offen, so frei heraus und offensichtlich so erfahren, dabei war sie drei oder vier Jahre jünger als ich. Ich vermutete, dass die Vorstellung, einen Mann vor Zuschauern mit dem Mund zu befriedigen, sich für sie eher zahm anhören würde, aber ich wollte keine der bizarreren Ideen verraten. Erst recht nicht Richards Vorstellungen, da ich Angst hatte, dass sie das abschrecken könnte und ich damit alles verderben würde. Ich wechselte das Thema.

»Er behauptete, dass er Geister rufen könnte. Natürlich …«

Sie hörte den Zweifel in meiner Stimme und unterbrach mich.

»Er hat es geschafft, oder? Als Egregore, als Wesen, die durch reine Willenskraft beschworen werden.«

Sie verstummte und wartete auf meine Antwort, und abermals zögerte ich und versuchte eine Antwort zu finden. Für mich war es schon immer schwer gewesen, die Brücke zu schlagen zwischen meinen Träumereien über das Okkulte, die ich sehr genoss, und der Einsicht, dass es wirklich existierte. Lily hatte solche Probleme offensichtlich nicht. Ich erinnerte mich an die Informationen, die Richard über sie gesammelt hatte und daran, wie sie sich selbst vorgestellt hatte, und wagte einen Schuss ins Blaue.

»Bisher war ich noch nie live dabei, und für meine Doktorarbeit musste ich aus einer sachlichen und wissenschaftlichen Sicht forschen. Also, wenn du Lilitu bist, dann ist das ein Egregor?«

»Ja.«

Sie klang völlig sicher, ohne auch nur den geringsten Zweifel. Ich hatte bereits darüber gelesen, mir aber bisher nie eine Meinung dazu gebildet, da es unmöglich war, einen unvoreingenommenen Sprecher für die eine oder andere Seite zu finden. Unter anderem hatte Vaughan behauptet, dass er diverse Geister in seinen Körper und die seiner Anhänger gezogen hatte und somit die Egregore dieser Geister erschaffen hatte. Er hatte ebenso sehr daran geglaubt, wie seine Gegner daran geglaubt hatten, dass es ein ausgemachter Schwindel oder eine Art psychosomatische Reaktion war. Ich konnte ihr zumindest eine ehrliche Antwort geben.

»Das würde ich gerne sehen.«

»Das wirst du.«

Mit diesen Worten vollzog sich ein subtiler Wandel in ihr; sie wirkte selbstsicherer, als hätte sie die Balance zwischen uns gefunden. In ihrer Stimme lag ein sehnsüchtiger Ton, als sie fortfuhr: »Es wäre einfach perfekt! Einen Egregor zu erschaffen und sich dann einfach gehen zu lassen. Auf diese Weise kann alles Mögliche passieren.«

Ich lächelte und nickte, aber ich konnte nicht anders, als das rational zu analysieren. Wenn man seine dunkle Seite erkunden wollte, gab es keinen besseren Weg, als seine Verantwortung abzugeben. Man wurde einfach niedergedrückt oder hilflos von dem Mann, den man liebte, gefesselt. Oder man ließ sich, wie in diesem Fall, von einem Geist besitzen, der voller primitiver Lust und Energie war. Mir kam ein Gedanke.

»Richard Fox, der Mann, der dich kontaktiert hat, sieht Elgar Vaughan sehr ähnlich: Er ist groß, hat ein schroffes Gesicht und ist in dem, was er tut, zuweilen auch sehr schroff. Wäre es möglich, Vaughans Geist in ihn hineinzuversetzen?«

»Wenn er aufgeschlossen ist.«

»Das wird er sein, dafür werde ich sorgen.«

Richard besaß, so wie ich, einen Hang zum Zynismus, aber wenn wir das durchführen könnten, wäre es einfach wunderbar und es würde nichts ausmachen, ob ich fest daran glaubte oder nicht. Falls Richard daran glaubte, würde er sich mir gegenüber wie Vaughan verhalten oder zumindest wie er sich vorstellte, dass Vaughan sich benommen hätte. Ich nahm einen weiteren großen Schluck Wein. So langsam verstand ich, wie es funktionierte und wie wichtig der Glaube daran war.

Lily schenkte mir nach, und wir redeten immer weiter. Es war einfach, sich ihr gegenüber zu öffnen, und ich erklärte ihr meine Theorie darüber, dass Vaughan möglicherweise seinen Tod nur vorgetäuscht hatte, um untertauchen zu können. Sie akzeptierte die Vorstellung nicht nur, sondern sprang gleich enthusiastisch darauf an. Sie verwies darauf, dass diese Theorie auch erklären würde, warum so viel von Vaughans Vermögen fehlte. Ich brachte es nicht übers Herz, ihr zu sagen, dass das reine Spekulation war. Außerdem hatten wir zu diesem Zeitpunkt bereits die Flasche geleert, und sie hatte mich fast so weit, dass ich ihr glaubte.

Draußen hatte es begonnen zu regnen, und ein Blick aus dem Fenster offenbarte über dem Gebäudekomplex und den winzigen roten Backsteinhäusern einen feuchten, grauen Schleier. Ich wusste, dass ich wieder zurückmusste, brachte es aber einfach nicht über mich, in dieses raue Wetter hinauszugehen. Sie entzündete die Kerzen in den Leuchtern und schloss die Vorhänge. Der Alltag wurde ausgesperrt und zurück blieb nur eine vollmundige, nach Weihrauch duftende Wärme. Wir öffneten die zweite Flasche, saßen nebeneinander auf dem Boden und besahen uns lachend die Vaughan Drucke.

Ihr Arm legte sich um meinen Rücken, und ich dachte gar nicht daran, ihn aufzuhalten, und bevor ich wusste, was geschah, küssten wir uns. Ich hatte mir nie zuvor vorstellen können, es mit einer anderen Frau zu tun, aber in meinem halb dämmrigen Zustand war es einfach. Ich gab einfach nach, und sie zog mich an sich, neckte meinen Hals und streichelte mein Gesicht mit ihren Schmuck-Krallen, während wir uns küssten. Das Bedürfnis, meine Beine anzuwinkeln oder meinen Unterleib anzuheben, war stark, schon bevor sie meine Brüste überhaupt berührt hatte.

Wir sprachen nicht, sondern schlossen einfach das Buch und krochen auf den großen, goldenen Kissenhaufen. Sie zog mich aus, streifte jeden Fetzen Kleidung von meinem Körper, bis ich nackt und ohne jedes Hindernis vor ihr lag. Sie begann, mich wieder zu küssen, auf den Mund, den Hals, mein Dekolleté und meine Brüste. Ihre Zunge und ihre Zähne spielten mit meinen Nippeln, und ich drückte den Rücken durch und schloss voller Verlangen die Augen.

Ihr Mund wanderte tiefer, und ich umfasste meine eigenen Brüste und streichelte sie. Mein Bauch verspannte sich unter der Berührung ihrer Lippen. Die Spitze ihrer Zunge vergrub sich in meinen Bauchnabel, und meine Schenkel spreizten sich, luden sie ein, mit mir zu tun, was immer ihr gefiel. Sie tat genau das und umfasste meine Beine und vergrub das Gesicht zwischen meinen Schenkeln. Sie begann damit, mich zu lecken, und ich verspürte einen winzigen Anflug von Schuld, doch der verschwand sofort wieder, wurde einfach von einer Welle der Freude fortgespült, weil ich mich ihr und dem reinen, körperlichen Vergnügen hingab.

Durch sie kam ich innerhalb weniger Augenblicke; mein Rücken bog sich, und meine Hände hielten meine Brüste umklammert. Sie hielt mich im Arm, während ich zitterte und keuchte. Dann erst zog sie sich selbst aus. Sie stand über mir, während sie das grüne Samtkleid abstreifte und die nackten, vollen Kurven ihres Körpers freilegte. Sie trug Strapse. Der Spitzenrand der Strümpfe lag eng um ihre Schenkel und ließ ein kleines Stück pralles und blasses Fleisch zwischen ihnen und dem Slip aufblitzen.

Ich sah zu und wusste, dass ich tun musste, was immer sie mir befahl. Ich war unglaublich erregt und kaum mehr ängstlich. Ihr BH fiel und entblößte schwere Brüste, die durch die Kurve ihrer Taille noch voller wirkten. Ich konnte den Blick nicht davon losreißen, Neugier und Lust weckten in mir das Begehren, sie zu berühren, bis sie ihren Slip abstreifte und ich die pralle, volle Erhebung ihrer Spalte sehen konnte. Bei diesem Anblick wusste ich, dass ich sie würde lecken müssen, und mein Mund wurde trocken und der Knoten in meinem Bauch größer.

Doch ich blieb, wo ich war, gab einfach auf, während sie über mir stand und lange, die Hände auf den Hüften, auf mich herabsah. Dann setzte sie sich auf meinen Bauch, die Beine gespreizt. Ich war unter ihr gefangen, und es fühlte sich wundervoll an. Ich war hilflos, und die Hitze ihres Schoßes drückte sich auf meinen Bauch, während sie tiefer rutschte und ihre vollen Brüste sich vor meinem Gesicht rekelten.

Ich nahm einen der harten Nippel, um daran zu saugen, und verlor mich rasch darin, ihrem Körper Lust zu verschaffen. Sie bot mir beide Brüste dar, hielt sie an meinen Mund, bis mein Bauch wieder zusammenzuckte und das Bedürfnis, mich selbst zu berühren, immer stärker wurde. Es war, als wüsste sie das, denn gerade, als ich bereit dazu war, drehte sie sich um und führte ihren Unterleib zu meinem Gesicht, während ich begann, mit mir selbst zu spielen.

Die warme Sanftheit ihres Unterleibs bedeckte mich, und ich leckte sie stürmisch und ohne jede Hemmung, so, wie ich es selbst mochte. Ich hörte sie seufzen und wurde noch mutiger, und ich leckte sie an Stellen, von denen man nicht dachte, dass die Zunge eines Mädchens sie jemals berühren würde. Lily seufzte auf und bewegte ihre Hüften auf meinem Gesicht, und ich kam. Auch sie erreichte den Höhepunkt, und wir waren in einer Ekstase und Intimität verbunden, wie ich sie sonst nur mit einem Mann verspürt hatte. Vielleicht empfand ich dies hier sogar stärker. Sobald es vorbei war, kuschelte sie sich an mich und streichelte meinen Rücken, um eine Schuld zu beruhigen, die ich nicht empfand.

6

Es war kein Spaß, an einem verregneten Dienstag zurück nach Elmcote Hall zu fahren, und obendrein hatte ich Kopfschmerzen. Meine Gedanken standen nicht mehr still. Lily und ich hatten unter dem Baldachin ihres schwarzen Eisenbettes miteinander geschlafen und hatten es uns bis in die frühen Morgenstunden gegenseitig besorgt. Ich war nackt auf ihren Laken ausgestreckt aufgewacht, mit pochendem Kopf und der Erkenntnis, dass ich eigentlich in Oxfordshire hätte sein müssen. Sie schlief noch, also zog ich mich rasch an und weckte sie nur auf, um ihr einen rein schwesterlichen Abschiedskuss zu geben.

Ich war froh über das, was wir getan hatten, denn ich wollte meine Sexualität frei ausleben, und es wäre sinnlos gewesen zu leugnen, dass es mir gefallen hatte. Außerdem war es einfacher gewesen, meinen eigenen Wünschen nachzugeben als zu versuchen, Lilys sanftem aber doch deutlichen, Annäherungsversuch zu widerstehen. Dennoch gab es noch immer nagende Stimmen in meinem Kopf, die mir sagten, dass ich mich jetzt damit auseinandersetzen musste, eine Lesbe zu sein, dass ich fremdgegangen war, dass ich schlicht und ergreifend falsch gehandelt hatte. Sie widersprachen sich, und eigentlich wusste ich auch, dass sie aus dem sozialen Druck geboren waren, den ich in meinem Leben erfahren hatte, aber das ließ sie nicht verstummen.

Wie immer bestand meine Antwort darauf aus sturer Entschlossenheit. Ich würde meine tieferen Gefühle akzeptieren und nicht die Stimmen des gesellschaftlichen Missfallens. Auch davon hatte Lily gesprochen, als wir uns zwischen dem Sex unterhielten: Sie genoss meine Fähigkeit, Dinge zu akzeptieren, anstatt viel Wirbel darum zu machen. Ich war entschlossen, das weiterhin so zu handhaben und sie so zu akzeptieren, wie sie war, ohne jegliches schlechtes Gewissen.

Außerdem war sie das perfekte Mitglied für unsere Gruppe, den neuen Sabbat Aceras. Sie war nicht nur authentisch und wunderschön, sondern sie könnte auch das Gegengewicht bilden zu den sehr starken männlichen Persönlichkeiten, wie Richard und den anderen Männern.

Als ich wieder in Elmcote Hall ankam, war es bereits elf Uhr, aber es warteten keine Nachrichten auf mich, und da noch immer bleigrauer Regen vom Himmel fiel, konnte ich mir nicht vorstellen, dass sich heute noch irgendjemand auf das Grundstück verirren würde. Viel konnte ich auch nicht tun, außer mit der Katalogisierung der Bibliothek fortzufahren, was mich den Rest des Tages beschäftigte. Am Nachmittag rief Richard an und erzählte mir, dass er Magog und Nathan aufnehmen wollte, und dass sie am Samstag mit ihm vorbeikommen würden.

Ich hatte nicht daran gezweifelt, dass er sie fragen und aufnehmen würde, sollten sie sich als passend erweisen. Aber die Tatsache, dass er sie herbringen und ich sie treffen würde, ließ meine Fantasien mit einem Schlag Realität werden. Eine Realität, die nicht allzu weit in der Zukunft lag. Sie wollten nur herkommen, um mich kennenzulernen und einen Blick auf das Gebäude zu werfen. Richard hatte noch keine Details darüber verraten, was wir vorhatten, aber ich wurde trotzdem immer nervöser, je näher das Ende der Woche rückte. Selbst die Anwesenheit einer Film-Crew, die Elmcote Hall als

Kulisse für irgendeinen aufwendigen Gothic-Fantasy-Film nutzte, konnte mich nicht ablenken.

Ganz wie es sich für einen Mann gehört, zeigte sich Richard begeistert, als ich ihm gestand, dass ich mit Lily im Bett gewesen war. Er war sich umso sicherer, dass unser neuer Zirkel ein voller Erfolg werden würde. Er ging einfach davon aus, dass wir es vor ihm und den anderen noch einmal tun würden. Das war etwas, was ich wirklich tun wollte; ich fantasierte darüber vor dem Einschlafen, mit geschlossenen Augen, wenn meine Hand in meinen Pyjama geschlüpft war. Es war aber auch etwas, das mir die Kehle zuschnürte und jeden Nerv in meinem Körper beben ließ, wenn ich nur daran dachte.

Auch wenn ich fest entschlossen war, brauchte ich doch jemanden, mit dem ich reden konnte. Lily kam nicht in Frage, da sie nicht wissen sollte, dass ich nervös war, und meine alten Freunde wären alle schockiert. Die einzige Person, die mir einfiel, war Julie. Sie war zumindest offen genug, um mich nicht gleich zu verurteilen, und alles andere als naiv. Sie kam mir zuvor und rief mich am nächsten Morgen an. Sie schlug vor, dass ich ins Dorf kommen sollte, wir könnten Pasta essen und später etwas trinken. Ich sagte zu.

Endlich hatte es aufgehört zu regnen. In der Luft lag ein frischer Duft und am Himmel türmten sich die schnell dahinfliegenden Wolken. Ich schloss rasch ab und schlenderte die Straße entlang. Ich genoss die frische, kühle Luft, und der Spaziergang regte meinen Appetit an. Julie war, wie ich sie in Erinnerung hatte: Ihr maßgeschneidertes rotes Kostüm mit Rock ließ sie sowohl clever als auch sehr knallig wirken. Sie war größer als ich, selbst als sie beim Kochen ihre hochhackigen Schuhe auszog. Es passte zu ihrer Aura aus Sicherheit, die sie zu einer so angenehmen Vertrauten machte.

Das Haus war bereits mit köstlichen Düften angefüllt: Gebratene Zwiebeln, frisches Basilikum und andere Kräuter, pürierte Tomaten und süditalienischer Wein, den sie sowohl trank als auch zum Kochen benutzte. Sie reichte mir ein Glas davon, und ich setzte mich an den Tisch. Ihre aufwendigen Vorbereitungen überraschten mich. Aus irgendeinem Grund hatte ich immer gedacht, sie würde nur Fertigprodukte benutzen, da sie so viel Stress in ihrem Job hatte. Doch ich lag völlig falsch; sie war voller Enthusiasmus und kochte nicht einmal nach Rezept. Gleichzeitig erklärte sie mir die einzelnen Schritte.

»... aber das wahre Geheimnis ist das Timing. Einige Leute scheinen zu glauben, dass es reicht, einfach alles in die Pfanne zu schütten und braten zu lassen. Das ist nicht gut. Zuerst brätst du die Zwiebeln, aber nicht den Knoblauch, sonst verbrennt er. Und man muss gutes Olivenöl benutzen, mit einem Klecks Butter darin. Das Fleisch muss auch gut sein, nimm auf keinen Fall Hackfleisch. Wir haben hier Kalb- und Schweinefleisch, das muss noch in Würfel geschnitten und angebraten werden. Könntest du umrühren?«

Ich willigte ein, froh darüber, etwas Zeit schinden zu können. Ich musste meine Gedanken ordnen und brauchte noch etwas Wein, ehe ich das Gespräch auf die richtig schweren Themen lenken konnte. Ich stellte mich neben Julie an den Herd. Sie erhitzte Öl in einer Pfanne, und ich erhaschte ihren Duft. Es war das Persephone-Parfum, das auch Lily trug, und das erinnerte mich an etwas anderes, worüber ich mit ihr sprechen wollte. Um genau zu sein, handelte es sich dabei um zwei Dinge.

»Trägst du Persephone?«

Sie zögerte einen Moment, ehe sie antwortete: »Persephone? Ich weiß nicht, was du meinst, Liebes.«

»Dein Duft. Ist das nicht Persephone?«

»Nein, aber vielleicht heißt es hier so. Manchmal machen sie das, ich trage Montmartre.«

»Oh. Ich hätte schwören können, dass es das Gleiche ist, Persephone kommt nämlich aus Amerika.«

»Vielleicht hast du recht. Möglicherweise ist es eine Marketingstrategie, und sie produzieren ein Produkt, verkaufen es aber unter verschiedenen Namen und zu verschiedenen Preisen, damit sie mehr Leute damit als Käufer gewinnen.«

»Ich verstehe. Ich erwähne es, weil eine Frau, die ich vor ein paar Tagen kennengelernt habe, Persephone trägt. Sie –«

»Warte kurz, Süße. Du musst die Zwiebeln umrühren, sie sollten nicht braun werden.«

»Oh, entschuldige.«

Fast hätte ich erzählt, dass ich mit Lily geschlafen hatte, denn ich musste es unbedingt sagen, auch wenn es dafür wahrscheinlich zu früh war. Außerdem gab es noch das Problem, ein offenes und ehrliches Gespräch zu führen, ohne zuzugeben, dass Richard und ich vorhatten, Elgar Vaughans Kult wieder aufleben zu lassen. Trotz allem war Julie keine Heidin, auch wenn sie sonst sehr offen war, und Richard und ich hatten entschieden, dass wir die Anzahl der Leute, die Bescheid wussten, so klein wie möglich halten wollten.

Sobald die Soße köchelte, brauchte sie meine Hilfe nicht mehr, und ich kehrte zu meinem Wein zurück. Ich trank und redete, während der Duft langsam stärker und verlockender wurde, und mein Appetit wandelte sich von hungrig zu ausgehungert. Das Gespräch drehte sich weiter um Essen, und Julie hob die Vorzüge der Läden in New York und New Jersey hervor, wo sie fast ihre gesamte Jugend verbracht hatte.

Ich hörte ihr fasziniert zu. Ihre Geschichte war so anders

als meine, was mir das Gefühl gab, sehr behütet und privilegiert aufgewachsen zu sein. Mein ganzes Leben lang wusste ich, dass, falls ich jemals in Not wäre, meine Eltern mir helfen würden, und dass ich meinen Träumen folgen konnte, ohne Angst haben zu müssen, auf der Straße zu landen. Julie hatte ihr Elternhaus mit knapp zwanzig verlassen, nach einem Streit, über den sie offensichtlich nicht sprechen wollte oder konnte. Seitdem hatte sie sich immer auf Geld und Sicherheit konzentriert, und das mit einer Entschlossenheit und großem Erfolg, den ich nur bewundern konnte.

Nach einer Stunde war die Soße fertig, und ich hätte ein ganzes Pferd verschlingen können. Ich war auch ein wenig angetrunken, weil wir bereits die zweite Flasche geöffnet hatten. Julie hatte frische Nudeln da, und so dauerte es nur noch einen Moment, bis sie auftragen konnte und ich endlich einen köstlich duftenden Teller vor mir hatte. Für eine Weile sprachen wir beide nicht, bis auf gelegentliches beifälliges Gemurmel. Schließlich war der schlimmste Hunger gestillt. Ich hatte mich mittlerweile entschieden, wie ich mit Julie über heidnische Orgien und lesbischen Sex reden konnte, ohne zu viel zu verraten. Doch sie kam mir zuvor.

»Du wolltest mir von dieser Frau erzählen, die du getroffen hast. Lily?«

»Ja. Sie ist ein – ich schätze, du würdest sie einen Goth nennen, und sie weiß eine Menge über Elgar Vaughan. Ich habe mir ein paar Drucke angesehen, die sie in Paris gekauft hat. Es sind Drucke von den Bildern, die ich dir gezeigt habe, die in der Bibliothek.«

»Ah ja?«

»Ja. Sie ist wirklich nett. Sinnlich. Ich habe sie als sehr sinnlich empfunden, also, gleich von Anfang an.«

»Ah ja?«

»Ja. Sie ist auch sehr schön, und sie mag warme, satte Farben und Gerüche, so wie dein Parfum.«

»Ah ja?«

»Ja. Und ...«

»Du wirst mir gleich erzählen, dass du mit ihr ins Bett gegangen bist, nicht wahr?«

Ich lief rot an, nickte aber. Sie lächelte nur, halb wissend, halb amüsiert, und ich begann zu stottern.

»Ich – ich weiß wirklich nicht, wie es passiert ist. Es war so einfach, so natürlich ...«

»War es gut?«

»Großartig.«

»Hast du ein Problem damit?«

»Nein, nicht wirklich. Es – es ist nur so, dass es mein erstes Mal war und ich darüber reden wollte. Ich habe Richard davon erzählt, aber er ist ein Mann. Ich weiß nicht, ich habe das Gefühl, dass ich einfach ein bisschen moralische Unterstützung brauche.«

»Richtig so, Süße. Was immer deine Welt aus den Angeln hebt, tu es. Aber pass auf dich auf.«

»Das mache ich. Danke, Julie. Ich weiß das wirklich zu schätzen. Aber da ist noch etwas. Erinnerst du dich noch daran, als ich sagte, dass Richard eine Menge Fantasien hat, wie beispielsweise die, dass wir beim Sex beobachtet werden? Er will das jetzt in die Tat umsetzen.«

»Willst du das denn?«

»Ja, ich glaube schon.«

»Glaubst du es nur oder weißt du es auch?«

»Ich weiß es. Allein der Gedanke daran erregt mich, aber dennoch ...«

»Was hält dich dann davon ab? Mach es einfach.«

Ich nickte. Ein Teil von mir war beruhigt, der andere nervöser als jemals zuvor. Etwas in mir hatte sich gewünscht, dass sie dagegen wäre, dass sie wütend geworden wäre und mir gesagt hätte, dass ich einen Rückzieher machen und Richard wie eine heiße Kartoffel fallen lassen sollte. Jetzt aber war ich an meiner letzten Ausfahrt vorbei und alles, was normal und alltäglich war, war verschwunden. Ich würde es wirklich tun.

Wenn ich zuvor geglaubt hatte, ich wäre nervös, hatte ich nicht gewusst, was dieses Wort wirklich bedeutete. Richard hatte jeden Abend voller Enthusiasmus und neuer Ideen angerufen. Die meisten davon waren großartig, aber insgesamt war es einfach zu viel, als dass ich wirklich darüber hätte nachdenken können. An diesem Samstag hatte ich einen Bus voller Besucher, die eine Tour wollten, und ich war froh über die Ablenkung. Wie immer trug ich bei der Führung meine vollständige viktorianische Ausstattung, inklusive der Unterwäsche, und zum ersten Mal in diesem Jahr war es mir etwas zu warm.

Die Touristen waren noch da, als Richard ankam. Er schloss sich der Gruppe einfach an, und ich zeigte ihnen den Ostflügel und den Turm.

»... mit der seltsamen Bedingung, dass keine größeren Renovierungsarbeiten ausgeführt werden dürfen, und daher blieb Elmcote Hall in dem Zustand, in dem Sie es heute sehen. Vielen Dank.«

Ich hatte fast erwartet, dass Richard mir eine schwierige Frage stellen würde, doch er schwieg und betrachtete mich nur mit einem wissenden Lächeln. Ein oder zwei der Besucher wollten noch bleiben, doch der Busfahrer musste zum nächsten Punkt und sammelte seine Schäfchen wieder ein, um sie in den Bus zu bringen. Richard und ich sahen ihnen nach. Dann küsste er mich. Zuerst war es ein flüchtiger Kuss, der rasch leidenschaftlicher wurde, bis ich glaubte, er würde mich zu dem Geröllhaufen ziehen und mich dort einfach nehmen, ohne einen Gedanken daran, dass vielleicht jemand auftauchen könnte. Ich riss mich los.

»Richard! Nicht hier. Komm wenigstens mit rein oder lass uns zum Tempel gehen.«

Ich ließ zu, dass seine Hand noch einen Augenblick länger auf der Rückseite meines Kleides verweilte, dann trat er einen Schritt zurück.

»Ein verführerisches Angebot, aber jetzt gerade nicht, danke. Ich wollte dich nur etwas anheizen.«

»Und wofür bitte?«

Er genoss den Moment und kicherte.

»Für was auch immer der Tag bringen mag. Aber ich habe ihnen gesagt, dass sie nicht vor sechs Uhr auftauchen sollen, also haben wir etwa eine Stunde, falls du darauf bestehst.«

Ich zuckte mit den Achseln, und wenn er mich jetzt über die Schulter geworfen und zum nächstbesten Platz gebracht hätte, der ihm geeignet erschien, so hätte ich kaum protestiert. Vielleicht gerade genug, um sicherzugehen, dass er mich weiter festhielt. Doch er lächelte nur und nahm meinen Arm, um mich zum Lindenweg zu führen.

»Dann später. Jetzt sollte ich mich zurückhalten und bereit sein für den Moment, wenn es so weit ist. Wie ich bereits sagte, meine beiden Männer passen. Sie haben starke Persönlichkeiten, mit ihren eigenen Ideen und Vorstellungen. Es ist zwar sehr wichtig, dass sich alle Anwesenden wohlfühlen, aber es muss auch klar sein, dass das, was ich sage, gilt.«

»Solange alle einverstanden sind, natürlich, und nur, wenn es um Details dessen geht, was wir tun. Wenn es irgendetwas mit Elmcote Hall zu tun hat, habe ich das letzte Wort.«

»Absolut. Darüber müssen wir nicht reden. Was ich meinte, war, wie du unsere Beziehung siehst. Ich denke, was ich sagen will, ist, dass ich dich nicht an einen anderen Mann verlieren will, Sophie.«

Ich blieb stehen und küsste ihn.

»Sei nicht albern. Ich gehöre dir.«

»Oder eine andere Frau?«

Ich verspürte einen Stich von Schuld, da ich mit Lily geschlafen hatte, ohne darüber nachzudenken, wie Richard darauf reagieren würde. Mir war nie der Gedanken gekommen, dass er eifersüchtig sein könnte.

»Nicht in einer Weise, die dich ausschließen würde, das verspreche ich dir.«

»Danke. Damit kann ich leben.«

Mir kam zum ersten Mal der Gedanke, dass seine Sicherheit und seine Arroganz nicht so sehr in Stein gehauen waren, wie es aussah, und dass ich möglicherweise nicht die Einzige war, die Bedenken wegen dem hatte, was wir taten. Als wir den Anfang des Lindenwegs erreichten, sprach er weiter: »Solange das nur klar ist.«

»Absolut. Ich habe den Tempel untersucht, aber niemand ist dort gewesen. Hat Magog es zugegeben?«

»Nicht mit Worten, aber doch, das hat er. Er hat deinen Aufsatz falsch interpretiert, so wie ich. Ich denke, es ist mir gelungen, ihn zu überzeugen. Zumindest war er beeindruckt von meinem Angebot, zu versuchen, die Bodenplatte anzuheben, bestand dann aber nicht darauf.«

»Hast du etwas über die Frau oder die anderen Leute herausgefunden?«

»Oh, es war seine Partnerin, aber sie ist ein bisschen misstrauisch. Oder sie kann es sich noch nicht vorstellen. Ich bin nicht sicher, was davon zutrifft.«

»Das verstehe ich. Und Nathan?«

»Er hatte nichts damit zu tun, da bin ich mir zu neunundneunzig Prozent sicher.«

»Dann hoffen wir mal, dass es keine Rolle mehr spielt. Wir haben also drei Männer und zwei Frauen. Ich schätze, wir brauchen noch eine Frau, bevor es wirklich losgehen kann.«

»Eine Frau und einen Mann. Nicht nur, weil sieben eine erfolgversprechendere Zahl ist. Wenn ich die Rolle von Elgar Vaughan einnehmen soll, sollten wir die Dinge so genau wie möglich nachstellen. Außerdem wäre es nicht schlecht, vorher ein wenig zu üben.«

Ich wusste genau, was er damit meinte, und mich überkam ein heißer Schauer, ehe er fortfuhr: »Ich muss noch Davinia besuchen. Hast du noch einen Mann im Auge?«

»Noch nicht, außer, du nimmst deine Einsprüche gegen die Mitglieder der ursprünglichen Auswahl zurück.«

»Nein.«

Wir hatten den Tempel erreicht und spazierten um ihn herum. Wie immer suchten meine Augen den Grünen Mann und den toten Baum, der mich so erschreckt hatte. Doch als wir den Tempel umrundet hatten, schien es so, als wären meine Gedanken real geworden. Jemand kam über die Auffahrt auf uns zu, und es konnte sich dabei nur um Magog handeln. Er war in jeder Beziehung ein gewaltiger Mann, mit langen Beinen, einem Oberkörper wie ein Fass und einem Gesicht, das umrahmt wurde von Haar in der Farbe des Herbstlaubes.

Wir kamen näher, und Richard schien zu schrumpfen. Als Magog anfing zu reden, war seine Stimme ein rumpelnder Bass, doch er sagte nicht viel, nur seinen Namen und einen Gruß, und wirkte dabei regelrecht schüchtern. Richard erwiderte den Gruß freundlich, und gemeinsam gingen wir zurück zum Haus. Richard sprach über dies und das, Magog antwortete schroff, und ich schwieg, während meine Nerven zitterten.

Ich brauchte unbedingt einen Drink und öffnete eine Flasche, während sie sich niederließen. Ich schenkte mir ein Glas ein und stürzte es hinunter, ehe ich ihnen eins brachte. Beide nahmen ihre Gläser ohne ein Wort entgegen und schoben mich ganz selbstverständlich in die Rolle, von der ich zugestimmt hatte, sie zu übernehmen, weil das der einzige Weg war, das zu akzeptieren, was ich wirklich wollte. Was auch immer Richards frühere Bedenken waren, jetzt wirkte er völlig entspannt und diskutierte ein Dutzend Aspekte des heidnischen Glaubens, der Hexerei, des Satanismus und anderen. Dabei sprach Magog selten und stimmte ihm meistens nur knapp zu.

Manchmal warf ich etwas ein oder stellte einen kleineren Fehler richtig, doch eigentlich war ich recht zufrieden damit, die Unterhaltung einfach über mich hinwegspülen zu lassen, die beiden zu beobachten und daran zu denken, wie Elgar Vaughan über hundert Jahre zuvor genau solche Gespräche geführt haben musste. Er und diejenigen, die gekommen waren, um sich ihm anzuschließen oder um ihn zu besuchen, Aleister Crowley mit eingeschlossen, hatten dort gesessen, wo wir saßen, und hatten sich möglicherweise über genau die gleichen Themen unterhalten. Jetzt geschah es wieder, und diesmal stand Richard im Mittelpunkt.

Ich beobachtete Richards Gesicht, während er sprach, und es fiel mir so leicht wie noch nie, ihn mir als Vaughan vorzustellen. Magog wirkte einfach urwüchsig. Beide waren perfekt. Ich hatte eine gute Wahl getroffen, und Richard ebenso. Wir hatten die Keimzelle einer Gruppe geschaffen, auf die ich mehr als stolz sein konnte. Später würde ich möglicherweise zu Richards Füßen knien, während Magog zusehen würde. Falls Richard es für angemessen empfinden würde, würde der große Mann dazustoßen und ich, ich würde tun, was man mir befahl und wäre in meiner Lust ohne jede Verantwortung.

Ich träumte noch immer vor mich hin, als die Türglocke schrillte. Draußen war es bereits dunkel, und ich öffnete die Tür; Nathan sah mit dunklen, durchdringenden Augen auf mich herab. Er war größer als ich angenommen hatte und trug nur Schwarz, was mir das Gefühl gab, dem leibhaftigen Teufel die Tür geöffnet zu haben, ehe er anfing zu reden.

»Sind Sie Sophie Page?«

Seine Stimme war ruhig und gebildet, mit einem leisen Akzent aus seinem Heimatbezirk. Er hatte mir zuvor schon gefallen, doch als ich seine Hand nahm, wünschte ich mir, dass die guten Jungs nicht alle auf einmal kommen würden.

»Das bin ich. Komm rein. Die anderen sind auch schon da.«

Er nickte nur, trat ein und ging durch die offene Tür in die Küche. Ich folgte ihm und verspürte leichten Ärger, denn er gab mir sofort das Gefühl, ein Hausmädchen zu sein. Ich schob das Gefühl so gut es ging beiseite, denn ich wusste ja, woher es kam – von mir. Er hatte diese mühelose Lässigkeit eines Mannes an sich, der sich seiner selbst absolut sicher ist, ein Spiegelbild der jungen Ästheten aus Sakis Zeit in England.

Richard erhob sich, als Nathan die Küche betrat, und Magog tat es ihm nach. Alle drei waren groß und entschlossen. Sie schüttelten sich die Hände und setzten sich wieder. Richard nahm das abgebrochene Gespräch wieder auf.

»Wir sprachen gerade über das Heidentum und darüber, ob unser Glaube die Zeit, in der wir leben, widerspiegeln sollte.«

Nathan überlegte sehr ernst und nachdenklich, ehe er sprach: »Das hat er immer getan, und wenn wir akzeptieren, dass der Mensch und die Götter miteinander verbunden sind, dann wird das auch immer so sein. Dennoch habe ich das Gefühl, dass einige Leute den falschen Weg eingeschlagen haben.«

»Wie wahr.«

»Man nehme nur die National Association of Natural Worship als Beispiel. Sie wollen die Menschen zusammenbringen und glauben, dass jeder nach seiner eigenen Vorstellung glauben soll. So weit, so gut, doch ihr eigener Glaube – dass die Geister des Weizens und der Wildnis grundsätzlich wohlwollend sind, dass die Natur selbst grundsätzlich wohlwollend ist – ist augenscheinlich falsch. Nein, so wie es Vaughan sah und wie ich es auch glaube, können wir zu einem gewissen Maß Kontrolle ausüben, wir können versuchen sie zu beschwichtigen, doch es ist ein grundlegender Fehler anzunehmen, dass die Natur freundlich reagieren wird, wenn wir sie nur mit offenen Armen empfangen. Das weiß jeder, der jemals Land bestellt hat, aber nur wenige Wicca- und andere Gläubige haben wirklich eine Verbindung zur Erde, egal, was sie behaupten.«

Richard nickte. Magog grunzte tief, was wahrscheinlich Zustimmung bedeuten sollte. Ich konnte nicht anders, als mich einzumischen, und versuchte, das Gespräch in eine Richtung zu lenken, von der ich wusste, dass es dorthin führen musste.

»Absolut. Das sieht man auch an Vaughans Konzept des Grünen Mannes. Er ist unverzichtbar im Jahreskreislauf, und doch furchteinflößend und auf aggressive Weise lebendig.«

Nathan nickte.

»Das perfekte Beispiel. Der Grüne Mann der National

Association of Natural Worship ist entmannt, eine schwache Kreatur, wie bei diesen Fischen, wo die Weibchen groß und die Männchen winzig sind. Sie sind, selbst nach der Paarung, völlig vom Weibchen abhängig. Vaughan hat erkannt, dass es immer eine Balance zwischen den männlichen und weiblichen Prinzipien geben muss.«

Wieder nickte Richard.

»Natürlich sind diese Prinzipien im Christentum vertauscht. Das Hauptaugenmerk liegt auf dem männlichen Element, während das weibliche keine große Rolle spielt.«

»Das ist wahr, obwohl sich das Gleichgewicht, jetzt da die Kirche auch weibliche Priester erlaubt, vielleicht wieder verschiebt.«

»Die Kirche ist grundsätzlich immer noch ein Patriarchat, mit einem omnipotenten männlichen Erschaffer als Haupt-Gottheit.«

»Ja, es muss noch viel getan werden.«

Sie drifteten wieder ab. Ich seufzte stumm und versuchte noch einmal, das Gespräch umzulenken.

»Einer der wichtigsten Punkte in Elgar Vaughans Glauben war der Versuch, heidnische und christliche Konzepte zusammenzuführen. Obwohl ich glaube, dass er mit seiner sehr sexuellen Version des Okkulten wahrscheinlich nicht weit gekommen wäre. Ich kann mir nicht vorstellen, dass die Kirche in viktorianischer oder edwardianischer Zeit orgastische Feiern anstelle von Weihnachten oder Ostern akzeptiert hätte.«

Richard lachte. Magog gab ein tiefes Grollen von sich. Nathans Mund verzog sich zu einem wundervoll teuflischen Lächeln, ehe er weitersprach.

»Eine schöne Idee. War es das, was er vorhatte?«

Jetzt entwickelten sich die Dinge, wie ich es mir vorgestellt hatte.

»Möglicherweise in seinen Träumen. Er war überraschend pragmatisch, wenn es darum ging, wie lange es dauern würde, tatsächlich etwas zu verändern. Aber er war sich sicher, dass, wenn nur genug Gruppen sexuelle Elemente in ihre Rituale einflechten würden, es bald als normale Art der Verehrung angesehen werden würde.«

»Damit lag er falsch, fürchte ich. Er hat es damit nur der Kirche leicht gemacht, ihn zu verurteilen. Das war ein Fehler. Die Dogmen der Kirche sind zu lange etabliert, um einem so radikalen Wechsel nachgeben zu können. Eine Möglichkeit wäre, ein neues und ansprechenderes Glaubenssystem anzubieten, so wie er es getan hat, aber es bleibt immer eine Bedrohung für das alte System. Man muss sich nur die ganzen schismatischen Bewegungen in der Geschichte der Religion ansehen. Es war immer das Gleiche ...«

Ich seufzte wieder stumm, während er fortfuhr und seinen Standpunkt mit dem Protestantismus und dem Aufstieg und Fall der altägyptischen Aton-Sekte belegte. Ich hörte zu und wartete auf eine neue Chance, den Fokus wieder zu mir zurückzuführen. Doch es war hoffnungslos. Nathan und Richard waren in ihre Debatte vertieft, und Magog sprach wenig, war aber fasziniert. Es war ein geistreiches Gespräch, was mir normalerweise auch gefallen hätte, doch ich hatte schon zu lange auf das gewartet, was sonst noch passieren könnte.

Ich konnte nichts tun, denn es war an Richard, den ersten Schritt zu machen. Wir leerten eine zweite Flasche, und ich öffnete ein weitere Flasche, in der Hoffnung, dass der Alkohol helfen würde. Als ich sie auf den Tisch stellte, zog Richard mich an sich, die Hand auf meinem Po. Mir wurde klar, dass es nun beginnen würde, und meine Gefühle überkamen mich. Ich lief rot an, und meine Knie wurden weich. Richard öffnete den Mund. »Wie wäre es mit Essen, Liebling?«

Ich hätte ihn beinahe mit der Flasche geschlagen, doch es war ein Befehl, und genau das hatte ich gebraucht. Er drückte zu und tätschelte mich, ehe er mich an die Arbeitsplatte schickte, doch das ließ meine Gefühle erst recht hochkochen. Gezwungen zu werden zu kochen, während sie redeten und tranken, war nur ein schwacher Ersatz dafür, hinaus zum Baphomettempel gebracht zu werden, wo ich Richard auf meinen Knien mit dem Mund befriedigen müsste, während die anderen zusahen. Ein Gutes hatte es aber: Während ich einen Risotto zubereitete, stellte ich mir vor, eines von Elgar Vaughans Hausmädchen zu sein, die das Essen zubereitete, während sie den drei Männern dabei zuhörte, wie sie über die Details verstörender sexueller Rituale diskutierten und sich fragte, ob sie bald die zentrale Figur in diesen Ritualen sein würde.

Im Großen und Ganzen waren sie einer Meinung, wenn auch mit winzigen Unterschieden, die aber nicht unüberwindbar waren. Die beiden anderen hatten offensichtlich großen Respekt vor Richard, und wie es aussah, auch vor mir, da sie immer wieder auf meine Arbeit hinwiesen und ihm Fragen stellten. Es war sehr schmeichelhaft, aber ich wollte ihren Respekt nicht. Nun, ich wollte ihn schon, aber nicht, wenn er sie davon abhielt, grob zu mir zu sein.

Bald war der Risotto fertig, und ich musste zugeben, es machte mir Spaß, ihn ihnen zu servieren, und ich knickste sorgfältig vor jedem von ihnen, ehe ich ihm seinen Teller reichte. Alle drei dankten mir höflich, und meine Frustration stieg weiter. So sehr, dass ich dankbar gewesen wäre, wenn Richard gesagt hätte, dass das Essen nicht gut sei, mich über seine Knie gezogen und mir den nackten Hintern versohlt hätte, während die anderen zusahen. Er tat es nicht, und stattdessen redeten wir beim Essen weiter. Die Männer machten Komplimente zu meinem Risotto. Dann lehnten sie sich, voll und satt, in ihren Stühlen zurück. Ich musste etwas tun.

»Sollen wir in die Bibliothek gehen?«, schlug ich vor. »Ich glaube, von euch hat noch keiner die ganze Kollektion von Elgar Vaughans Drucken gesehen?«

Magog klopfte sich auf den Bauch.

»Vielleicht morgen früh, Liebes.«

Richard nickte weise.

»Kaffee wäre jetzt gut. Ich mache welchen. Sophie, du entspannst dich.«

»Nein. Ich meine, ich hätte lieber einen Brandy. Sonst noch jemand?«

»Für mich bitte Kaffee, Richard.«

»Ja, Kaffee.«

Ich hatte den Brandy angesprochen, weil ich ihn brauchen würde, hatte mir aber nicht vorstellen können, dass sie welchen wollten. Vielleicht ging Richard mit Absicht so langsam vor, was bedeuten würde, dass ich mitspielen und warten musste, während mein Verlangen größer und größer wurde. Wenn es dann so weit wäre, würde es noch besser sein. Doch falls nicht, sollte Richard nicht von meiner stetig anwachsenden Verzweiflung profitieren, das schwor ich mir. Er hatte mich auf so gemeine Weise gereizt, hatte mir im Detail erzählt, was er mit mir vorhatte, dass ich seit einer Ewigkeit in ständiger nervöser Anspannung war. Und jetzt sah es fast so aus, als hätte er nicht den Mut, es wirklich umzusetzen.

Richard machte Kaffee, so aufwendig wie immer, und war dabei besonders langsam, da er sich in der Küche nicht auskannte. Ich ging hinaus in den Empfang und weiter an die Stelle, an der die Wand nach dem Zusammenbruch wieder aufgebaut worden war. Von dem Türbogen, der in den Raum unter dem Turm geführt hatte, war nichts mehr zu sehen. Dort lag Elgar Vaughans Haupttempel und war nun übersät mit Felsbrocken.

Ich wollte zum Tempel und ging durch die Tür hinaus, um auf einen der heruntergefallenen Granitbrocken zu klettern. Das gesamte Innere war herausgerissen worden. Die Bodenplatten mit den wunderschönen Einlegearbeiten, die verschiedene Symbole zeigten, waren bedeckt mit Geröll. Vorsichtig ging ich näher, trat vorsichtig von Stein zu Stein, auch wenn ich sicher war, dass es nach so langer Zeit unwahrscheinlich war, dass das Gebäude noch weiter einstürzen würde. Einer der großen Granitwürfel bildete einen perfekten Sitzplatz oder Altar, und ich setzte mich darauf. Der Platz lag im Schatten. Ich nippte an meinem Brandy und versuchte, ein wenig zur Ruhe zu kommen. Nach einigen Augenblicken der Ruhe hörte ich, wie die Tür sich wieder öffnete, und erkannte Richards Stimme.

»Ich glaube, sie ist nach oben gegangen. Sophie?«

Anstatt ihm zu antworten stand ich einfach auf, in der Hoffnung, dass sie wegen mir gekommen waren. Richard trat in den schwachen Lichtschein neben dem Geröllhaufen. Neben ihm stand Magog, der sich den Ruinen des Turms zuwandte und sagte: »Ich kann es tun.«

Als er mich entdeckte, hielt er überrascht inne. Richard hatte mich auch gesehen und stellte einen Fuß auf einen Stein. Nathan war nicht bei ihnen, doch er erschien kurz darauf, legte seine Finger ans Kinn und fixierte mich mit seinem intensiven Blick. Richard sprach: »Gentlemen, wir sollten die Besiegelung unseres Paktes feiern. Ich möchte euch auch zeigen, dass wir Elgar Vaughans Geist in nichts nachstehen. Sophie, knie auf dem Steinquader nieder.«

Ich neigte, gehorsam aber gelassen, den Kopf, obwohl meine Muskeln sich versteiften und mir das Blut ins Gesicht schoss. Es war perfekt: keine Bitte, sondern ein Befehl und noch dazu einer, den ich begierig war zu erfüllen. Sie konnten mich nur als grauen Schemen wahrnehmen, das wusste ich, und das machte es mir leichter, langsam vor dem schweren Stein auf die Knie zu sinken. Der Granit war hart und ein wenig kühl, aber es machte mir nichts aus. Es war ein guter Ort für meine erste Erfahrung. Ein wenig Unbequemlichkeit war ein Preis, den ich nur zu gerne bezahlte.

Richard nahm dort Platz, wo ich noch einen Moment zuvor gesessen hatte, und ich wandte mich ihm zu. Wir befanden uns genau unter der Stelle, an der der Turm sich befunden hatte, knapp einen Meter achtzig oberhalb des ursprünglichen Bodens. Wir befanden uns also in genau der Höhe, die Elgar Vaughan gehabt hatte, während er den Vollzug der Riten anleitete. Sein Kopf wäre an genau der gleichen Stelle gewesen wie meiner, wenn ich Richard in den Mund nehmen würde. Richard sagte: »Sie wird meinen Samen aufnehmen, und euren auch.«

Ich ließ den Kopf in stummem Einverständnis mit seiner Entscheidung sinken. Niemand sagte ein Wort, und Richard streckte die Hand aus und streichelte sanft mein Haar. Die Berührung sollte mich beruhigen, ehe seine Hände tiefer glitten. Ich hielt still, überließ mich ganz seinem Willen. Ich war froh und begierig darauf, die Erste zu sein, die Erste, die jedem von ihnen die Ekstase schenken würde, die so sehr Bestandteil von Elgar Vaughans Anbetung gewesen war.

Zuerst wurde ich ausgezogen. Richards starke Hände öffneten den Verschluss meines Kleides, bis er es problemlos herunterziehen konnte. Meine Schultern wurden freigelegt und meine Arme dadurch gefesselt. Meine Brüste stachen unter der dünnen Baumwolle meines Unterhemdes hervor. Ich schloss die Augen, als Richard sie berührte. Er streichelte sie sanft, bevor seine Hände tiefer glitten und mein Korsett öffneten, um meine Brüste zu befreien. Ein Ziehen und die Schnürung an meiner Brust öffnete sich, die Seiten meines Unterhemdes öffneten sich, und ich stand nackt vor ihm. Wieder berührte und neckte er meine Nippel, bis ich es nicht mehr aushielt und aufschluchzte.

»Kommt her.«

Ich dachte, dass er es nun tun würde, und mein Gesicht in seinen Schoß drücken würde, doch seine Hände wanderten zu meinen Röcken, und ich erkannte, dass mir nichts erspart bleiben würde. Es war richtig so, falsche Scham war absolut unangebracht, bei dem, was ich tat. Ich kniff die Augen zusammen, konzentrierte mich auf meine Entblößung, und meine Erregung stieg schlagartig an. Meine Röcke wurden gerafft, Zentimeter für Zentimeter höher gezogen, und ich zitterte am ganzen Leib. Meine strumpfbedeckten Waden lagen frei, wie auch der spitzenbesetzte Saum meines Höschens und der Schritt.

Der Stoff meiner Röcke, der über meinem Po gerafft war, verbarg mich völlig, doch ich fühlte mich köstlich verdorben. Das Gefühl steigerte sich, als mein Höschen zur Seite geschoben und mein Hintern entblößt wurde. Das brachte mich in eine wundervoll zerzauste Lage – ich war vollständig bekleidet und doch konnte jeder, zu seinem eigenen Vergnügen und auch meinem, meine intimsten Stellen sehen. Einer der Männer, die zusahen, gab ein beifälliges Murmeln von sich, und ich spürte, wie ich errötete, als ich daran dachte, was er wohl sah, und was ich bald für ihn tun musste.

Zuerst kam Richard an die Reihe – sein Schwanz drückte sich bereits groß und heiß durch den Stoff seiner Hose gegen mein Gesicht. Er befreite sich von der Hose, und ich spürte ihn heiß und bloß auf meiner Haut. Ich rieb meine Wange daran, und seine Hand packte sanft mein Haar, zog mich zurück und schob mir seinen Schwanz in den Mund. Bereits benebelt vor Lust begann ich, daran zu saugen, und ich wusste, dass ich kommen musste. Hemmungen waren ebenso falsch wie Scham, und ich schob meine Hände unter meine hochgeschobenen Röcke, bis sie das warme Fleisch meines Schoßes fanden.

Ich berührte mich selbst, schob einen Finger in mich hinein, um keinen Zweifel daran aufkommen zu lassen, was ich gerade tat. Niemand sprach, nicht ein einziges Wort war zu hören. Beide Männer sahen uns schweigend dabei zu, wie ich es mir selbst besorgte und Richard langsam in meinem Mund hart wurde. Ich gab mich völlig meiner Lust hin, und mein Kopf füllte sich mit Bildern von Elgar Vaughan, von Baphomet, vom Grünen Mann, von Satan selbst, wie sie hintereinanderstanden und darauf warteten, mich genießen zu können. Sie hatten ihre monströsen harten Schwänze in der Hand und waren bereit für meinen Körper.

Jeder von ihnen bekam seine Chance, und ich kniete vor ihnen, nahm reihum jede der wundervollen Erektionen in die Hand, leckte, küsste und saugte in hingebungsvoller demütiger Anbetung, bis sie ihren Samen in meinen Mund spritzten, oder noch besser, in mich spritzten, bis ich schwanger wurde, und das Kind des Teufels austrug. Mit diesem Bild vor Augen kam ich. Mein Körper zitterte und erbebte, während ich an dem wunderschönen glatten Schwanz in meinem Mund saugte. Richard kam in meinem Mund, mein Körper wurde noch immer von ekstatischen Krämpfen geschüttelt, aber ich schluckte alles, was er mir gab.

Wenn er Vaughan war, dann war Nathan Satan, schlank

und dunkel, kühl und fordernd. Er nahm Richards Platz ein und machte es sich bequem, ehe er seinen Penis in meinen weit offenen, gierigen Mund steckte. Ich streichelte mich noch immer selbst, und in meinem Kopf stellte ich mir vor, den Schwanz des Teufels zu lutschen, voller Geilheit und völlig hemmungslos in meinem Verlangen. Innerhalb weniger Augenblicke kam ich wieder, sogar noch ein drittes Mal, und erreichte dabei eine Stufe der selbstvergessenen Ekstase, die ich niemals wieder verlassen wollte.

Ich verlor mich völlig, kam wieder und wieder, mein Körper war ein Spielzeug für die drei Männer. Richards Finger übernahm das, was ich bisher getan hatte, und ich umfasste Nathans Hoden, nahm sie in den Mund, und als er kurz darauf kam, spritzte er in meinen Mund. Sofort setzte Magog sich an seine Stelle. Er war riesig und wog schwer in meinem Mund, mein Grüner Mann, so hart wie Holz und unglaublich groß. Und doch nahm ich ihn auf, während mein Körper unter Richards Händen zuckte und zitterte. Er führte mich von einem Gipfel zum nächsten, Orgasmus nach Orgasmus, perfekte Ekstase, bis Magog sich schließlich in meinen Mund ergoss. Mein Körper wurde endlich schlaff. Der Sabbat Aceras war wiedergeboren.

7

Der Sonntag verging wie im Flug. Wir hatten es in die Tat umgesetzt, und das war erst der Anfang. Beim Frühstück hatten wir alle gute Laune, selbst Magog war gesprächig. Was geschehen war, sorgte für eine angenehm entspannte Intimität zwischen uns. Unglücklicherweise musste ich arbeiten und konnte nicht bleiben, da ich mich umziehen und um neun Uhr fertig sein musste.

Es war ein schöner Frühlingstag, und daher kam ein Strom von Besuchern. Die meisten von ihnen kamen allein oder in kleinen Gruppen, doch es waren auch zwei Busse dabei. Ich überließ es Richard, Nathan und Magog das Haus und das Gelände zu zeigen. Ich wäre gerne mitgegangen, doch ich hatte an diesem Tag keine Minute für mich. Sie verbrachten einen Großteil der Zeit in der Bibliothek und diskutierten darüber, wie Elmcote Hall vor dem Einsturz des Turms ausgesehen haben mochte. Als die letzten Touristen gingen, hatte auch Nathan sich verabschiedet. Er musste zurück nach Lincolnshire, und Magog folgte seinem Beispiel kurz darauf. Nach einer letzten leidenschaftlichen Begegnung zwischen Richard und mir ging auch er. Ich schloss die Tore ab und ging zum Haus zurück, dabei fühlte ich mich gleichzeitig beschwingt und seltsam leer. Außerdem war ich todmüde und ging gleich ins Bett. Ich schlief schnell ein, meine Gedanken voll von Bildern orgiastischen Vergnügens mit Männern, Dämonen und Geistern, die mir selbst in meine Träume folgten.

Am Montag war ich früh wach, um nach Cornwall zu fahren, wo ich Davinia treffen wollte, Mutter-Erde-Fanatikerin und potenzielles Mitglied unseres aufkeimenden Kultes, den wir nun offiziell Sabbat Aceras nannten. Ich wollte, dass sie zu uns passte, war aber entschlossen, keine Kompromisse zu machen. Das, was uns fünf bis jetzt verband, war, dass wir die Vergangenheit als etwas Gutes betrachteten, etwas, das man ehren und nicht ändern sollte. Das war der Maßstab, an dem wir maßen, ob jemand zu uns passte.

Richard hatte alles arrangiert, inklusive der Zahlung meiner Fahrtkosten, was mich erleichterte. Mein nicht besonders üppiger Lohn war einer der Nachteile meiner Arbeit. Für einen Tag war es eine ziemlich lange Reise. Ich musste runter nach Reading, um den Schnellzug in den westlichen Teil des Landes zu bekommen. Von Penzance würde ich mit einem Taxi zurückfahren müssen, sonst würde ich es nicht pünktlich zurückschaffen.

Ich kannte Helston, weil ich als Kind einmal dort gewesen war, doch alles, woran ich mich vage erinnerte, war der zweiarmige Bach, der in zwei Rinnen zu beiden Seiten der Hauptstraße floss. Es sah nicht so aus, als hätte sich das geändert, und Davinias Laden war leicht zu finden. Er lag nah bei einem bogenförmigen Denkmal am Fuß des Hügels, und die Mutter-Erde-Figur im Fenster war nicht zu übersehen.

Davinia stand hinter der Theke. Sie war ein wenig älter, als ich sie mir vorgestellt hatte. Ihr Haar trug sie in einem glänzenden großen Knoten auf dem Kopf. Sie trug etwas, das nach einem lilafarbenen Kaftan aussah und so lose ihren Körper umspielte, dass es wirkte, als würde sie einen Talar tragen. Es waren noch zwei andere Personen im Geschäft, also betrachtete ich die kleineren Mutter-Erde-Figuren. Die meisten waren aus Ton, doch einige der kleineren waren aus der für diese Gegend typischen Serpentinjade gearbeitet. Die ineinander verschlungenen roten und grünen Muster des Steins betonten die prallen Rundungen des Bauches, der Brüste und des Hinterns. Ich nahm die hübscheste, mit einem Muster aus winzigen goldenen Flecken aus Katzengold, brachte sie zur Theke und stellte mich vor, als die anderen Kunden gegangen waren.

»Ich nehme die hier. Mein Name ist Sophie Page. Wir waren verabredet.«

»Ja . . . ja. Sie sind die Frau, die Sorgen wegen des Satanisten Vaughan hat?«

Ich war überrascht und antwortete daher nicht sofort, also fuhr sie fort: »Liebes, Sie brauchen dann eine aus Beryll, nicht aus Serpentin, damit sie sie vor dem Bösen schützt. Die liegen auf dem anderen Regal, am Fenster.«

Ich blickte in die Richtung, in die sie deutete, und sah ein Tablett mit grünen und roten Anhängern. Ich sah genauer hin und entdeckte auf jedem einzelnen die Umrisse von Mutter Natur. Ich wusste bereits, dass ich einen Fehler gemacht hatte. Sie redete weiter, während ich so tat, als würde ich mir einen der Anhänger aussuchen. In Wirklichkeit schindete ich nur Zeit, um nachdenken zu können.

»Ist Vaughan Ihnen erschienen?«

Ich versuchte, eine Antwort zu finden, die sie überzeugen würde.

»Ich schätze ja. Als ein Egregor.«

Zuvor hatte sie ernst ausgesehen. Jetzt sah sie verängstigt aus. Ich beeilte mich, meine Worte abzumildern. »Das heißt, ich bin mir nicht sicher. Das ist nur das, was jemand gesagt hat, nachdem –«

Ich brach ab, weil es nicht besser wurde. Sie sah zutiefst erschrocken aus, und als sie mir antwortete, lag echte Angst in ihrer Stimme: »Sie waren an einem Ritual beteiligt, um den Geist von Elgar Vaughan zu rufen?«

»Nein, nein, absolut nicht. Es war nur so, dass – ein Freund und ich, wir haben herumgespielt – wir haben wirklich nur so getan, und – und er sagte, er hätte etwas gespürt, und der Name Elgar Vaughan kam ihm in den Sinn und er wollte – wollte ...«

Ich verstummte, weil ich wirklich befürchtete, dass sie zusammenbrechen würde. Sie öffnete den Mund, und ihre Stimme war schneidend: »Sie sind eine sehr dumme junge Frau. Sie sollten niemals, wirklich niemals auch nur daran denken, mit solchen Mächten herumzuspielen!«

Sie schüttelte, ernstlich wütend, den Kopf. Ich war zutiefst beschämt. Ich bezahlte den Anhänger und die Mutter-Erde-Figur und verließ das Geschäft. Ich hatte nur wenige Minuten in dem Geschäft verbracht, was meine Entscheidung nach der langen Reise möglicherweise überstürzt wirken ließ, doch ich hatte keine andere Wahl. Sie passte eindeutig nicht, auch wenn es schwer nachzuvollziehen war, warum sie, eine erklärte Heidin, so schlecht von Elgar Vaughan dachte. Es stimmte zwar, dass es satanische Elemente in seinem Glauben gab, aber er hatte niemals etwas wirklich Schlimmes getan. Er hatte nur zügellosen Sex ausgelebt. Zumindest hatte ich nichts verraten.

Jetzt war ich also in Helston mit ein paar Stunden Zeit, ehe ich daran denken konnte, zurückzufahren. Das Beste war es wohl, nach Penzance zurückzukehren, sodass alles mit dem Taxi glattgehen konnte, also machte ich mich auf den Weg. Ich lief die Promenade entlang und ließ meine Füße über den Rand der Promenade über dem sich sacht bewegenden Meer baumeln. Dabei aß ich einen Becher mit Straciatella-Eis; ich fand, das hatte ich mir verdient.

Es sah aus, als wäre dieser Tag verschwendet, aber ihr Verhalten hatte mich entschlossener denn je werden lassen. Nachdem ich das Eis aufgegessen hatte, bummelte ich durch die Trödelläden, in der Hoffnung, Utensilien für die Rituale zu finden. Ich wusste, dass Penzance den Ruf hatte, dass man dort nahezu alles finden konnte, aber ich hatte nicht damit gerechnet, wie viele Läden es hier gab und wie unterschiedlich die Auslagen waren.

Binnen kurzer Zeit hatte ich ein wunderschönes Stansfeld-Jones-Tarot gefunden, sowie einen in Leder gebundenen Symbolsatz aus den Zwanzigern und eine Vorrichtung zum Warmhalten aus Messing mit einem bizarren Fresko, das Ziegen, Satyre und andere seltsame Figuren zeigte, die ich nicht identifizieren konnte. Der Mann, der mir die Schüssel verkaufte, kannte sich gut aus. Diesmal fragte ich wesentlich vorsichtiger nach Dingen, die mit Elgar Vaughan zusammenhingen, und sofort holte er einen Drudenfuß aus gehämmertem Messing und Emaille hervor, auf dem die gleichen fünf Figuren zu sehen waren, die auch den Baphomettempel an fünf Stellen schmückten.

Ich musste ihn haben und akzeptierte den hohen geforderten Preis. Dann würde ich eben einen Monat von Wasser und Brot leben, wenn es nötig war. Er war wunderschön, perfekt, und während ich ihn bewunderte, stellte ich mir bereits vor, wie ich darauf knien würde, während Richard oder andere mich nahmen, oder wie er auf meinem nackten Rücken platziert würde, während ich als menschlicher Altar diente. Die Möglichkeiten waren endlos, und als ich den Laden eilig in Richtung Bahnhof verließ, wusste ich, dass dieser Tag alles andere als verschwendet gewesen war.

Nur eines nagte gelegentlich während meines Wegs zurück nach Reading an mir. Der Drudenfuß war wahrscheinlich gestohlen, falls er nicht zuvor aus Elmcote Hall vor Elgar Vaughans Tod verschwunden war, was nicht sehr wahrscheinlich war. Man wusste von einigen Dingen, die verloren gegangen waren, meistens Gewänder, die diejenigen mitgenommen hatten, denen sie gehörten. Aber es fehlten auch ein paar Schnitzereien, verschiedene Geräte und einige Bücher.

Nicht alles, aber das meiste war mit den Kult-Mitgliedern verschwunden. Alice Scott hatte sogar noch eine kleine Onyx-Statue auf ihrem Kaminsims stehen. Es war eine Dryade, halb Mensch, halb Baum, und sie stand zwischen einer Clownsfigur aus Keramik und einem Foto ihrer Tochter. Es hatte eigentlich nichts zu bedeuten, aber diese Figur und alles andere gehörten, praktisch gesehen, Elgar Vaughan und damit Hubert Sands beziehungsweise dem Treuhandfonds. Eine der Vereinbarungen mit dem Treuhandfonds war es, dass nichts verkauft wurde, vor allem nichts, das für andere Kultisten von Wert sein mochte.

Der Drudenfuß gehörte auf jeden Fall zurück nach Elmcote Hall, und die Frage war, ob ich die Treuhänder informieren sollte oder nicht. Ich hatte zumindest eine Quittung, die bewies, dass ich ihn gekauft hatte, und ich würde meine Auslagen wahrscheinlich sogar erstattet bekommen, aber es war das einzige Sabbat-Aceras-Artefakt, das mir gehörte, und ich wollte es nicht verlieren. Während ich auf meinen Anschlusszug wartete, der mich das Themsetal hinaufbringen sollte, schob ich die Entscheidung vor mich her, indem ich mir sagte, dass ich erst einen Anwalt fragen musste, wo ich stand.

Ich hatte uns zwar kein neues Mitglied gewonnen, aber die Dinge begannen dennoch, sich zusammenzufügen. Richard, Lily und Nathan riefen mich alle im Laufe der Woche an, und ich merkte, dass ich unbedingt ein echtes Ritual organisieren wollte, selbst wenn wir nur zu fünft waren. Immerhin war auch Elgar Vaughans Gruppe langsam gewachsen, und er hatte keine Kompromisse in der Wahl seiner Mitglieder gemacht. Er hatte selbst Crowley und Mathers abgelehnt. Es hatte Jahre gedauert, bis seine Gruppe sich endgültig gefunden hatte, und wir versuchten es erst seit wenigen Wochen. Wenn es an der Zeit wäre, würden wir noch weitere Mitglieder finden.

Da das Wetter deutlich wärmer geworden war, war ich ausreichend beschäftigt damit, Leute herumzuführen und größere Events, wie eine weitere Hochzeit, zu organisieren. Außerdem versuchte ich weiter, das Grundstück irgendwie in Ordnung zu halten. Es war zu viel Arbeit, um sie alleine zu bewältigen, vor allem der Garten, da nun alles wuchs. Als ich Richard erzählte, dass ich vorhatte, meine Arbeitgeber zu fragen, ob ich einen Gärtner in Teilzeit anstellen könnte, hatte er eine bessere Idee.

Magog lebte nicht weit weg, kaum fünfzig Kilometer entfernt in Richtung Swindon, und er arbeitete für eine Firma, die Geräte verlieh, die uns eventuell sogar nützlich sein konnten. Er hatte auch genug Freizeit, um samstags vorbeikommen zu können, sodass ich den Leuten vom Treuhandfonds sagen könnte, dass ich einen freiwilligen Helfer gefunden hätte, was obendrein eine perfekte Tarnung für unsere Aktivitäten war. Zumal er sehr gut in seinem Job war, wenn er auch manches recht radikal anging. So machte er mit einem kleinen Traktor die Pfade zu den Tempeln frei. Lorna Meadows war bei ihrem Besuch entzückt und sagte, wie ordentlich die Arbeit gemacht worden sei. Sie machte mir auch ein Kompliment darüber, dass es mir gelungen war, Geld zu sparen. Sie schien sich nicht darüber zu wundern, warum Magog den weiten Weg machte, nur um unbezahlte Arbeit zu leisten. Vielleicht vermutete sie, dass er den Gärtner für mich lüsterne Gräfin machte, und wollte einfach höflich sein.

Zum Teil hätte sie damit sogar recht gehabt, denn Samstag Nacht hatten wir genau diesen Tempel, Waylands, den sie am Dienstag so ausdrücklich gelobt hatte, dafür benutzt, dass Richard und Magog mich abwechselnd haben konnten, während ich zwischen ihnen kniete. Es fiel mir schwer, nicht dauerhaft zu grinsen, während ich ihr zeigte, was ich sonst noch so tat, auch wenn ich mich ein wenig schuldig fühlte, da es für mich alles nach einem großen Betrug aussah. Aber ihr gefiel es. Ich war fest entschlossen, noch einmal ein ruhiges Gespräch mit Julie zu führen, die immer eine sachliche Einschätzung der Lage parat hatte.

Julie hatte mich beim letzten Mal eingeladen, also war diesmal ich dran und lud sie ein. Sie willigte freudig ein, und ich nahm mir am Nachmittag für ein paar Minuten frei, um zwei Tauben auf einer benachbarten Farm zu kaufen, die ich in Rotwein und Thymian kochte. Der Duft des Gerichts war ebenso köstlich wie der ihrer Pastasoße, als sie eintrat. Diesmal trug sie Grün, leuchtendes Mittelgrün. Ihr maßgeschneidertes Kostüm und der Rock waren so geschnitten, dass sie ihre Brüste und die Hüften betonten; die Schuhe passten dazu. Ihre Schuhauswahl bereute sie aber auf ihrem Weg den Hügel hinauf. Sobald sie eingetreten war, zog sie sie aus und lief auf ihren bestrumpften Fußsohlen quer durch den Empfangsraum auf mich zu, um mich mit einem Kuss zu begrüßen.

»Man sollte meinem, ich würde dazulernen, nicht wahr? Aber nein, nicht Miss Julie. Aber ich habe auch nichts, das zu Turnschuhen passt. Was riecht hier so köstlich?«

»Tauben-Eintopf mit Rotwein und Thymian, Schalotten,

Pilzen, gebratenem Rotkohl und dem besten Brot und der besten Butter, die ich bekommen konnte.«

»Wow! Du verwöhnst mich.«

»Ich revanchiere mich nur. Wein?«

»Gerne. Würde ich jemals ablehnen?«

Ich goss ihr ein Glas ein. Nicht von dem billigen Merlot, mit dem ich gekocht hatte und der bereits während der Vorbereitungen meine Kehle hinuntergeflossen war, sondern einen St. Emilion, den Richard am Wochenende mitgebracht hatte, den wir aber nicht getrunken hatten, da wir drei mit etwas anderem in Waylands Tempel beschäftigt gewesen waren. Er war gut, und nach einem tiefen Einatmen nickte Julie beifällig und drehte die Flasche herum, um einen Blick auf das Etikett zu werfen.

»Château Fonroque, einer meiner liebsten Weine. Du hast Geschmack, Mädchen, du hast eindeutig Geschmack.«

»Ich nicht, sondern Richard Fox. Ich schätze, ich könnte ihn mir nicht einmal leisten.«

»Billig ist er nicht, aber was, das es wert ist, es zu haben, ist das schon?«

»Die besten Dinge gibt es umsonst, einschließlich Sex. Deswegen brauche ich auch deinen Rat.«

Sie hob eine Augenbraue.

»Schon wieder? Worum geht es diesmal? Ich meine, du warst mit einer Frau zusammen, und das ist okay, also –«

Ich unterbrach sie hastig.

»Nichts Schlimmes – also, nicht wirklich. Es hat mehr etwas mit meinem Job zu tun. Ich habe dir davon erzählt, dass Richard möchte, dass uns andere Leute beim Sex zusehen, also ... wir haben es getan, zwei Männer und ich – du weißt schon – ich habe sie auch ...«

Sie fuhr dazwischen.

»Du bist ein böses Mädchen, Sophie Page, und du machst mich neidisch! Es ist nichts dabei, es mit zwei Männern zu tun, Süße, oder mit zehn. Es ist einfach nur verdammt gierig, das ist es! Ich will mehr darüber hören, also schieß los.«

»Warte, das war nicht meine Frage. Denkst du, es ist in Ordnung, Elmcote Hall für Dinge zu benutzen, die die Stiftung möglicherweise nicht gutheißt? Weißt du, wir haben es draußen getan, und –«

»Komm schon, Mädchen, du machst mich fertig! Weißt du, wie lange es her ist, seit ich Sex hatte? Ich will nicht ins Detail gehen, sagen wir einfach, es ist eine Weile her.«

»Wirklich? Ich hätte gedacht, dass dir die Männer nachlaufen?«

»Da ist nur keiner dabei, vor dem ich nicht davonlaufen würde, und das schneller, als sie rennen können. Lassen wir das. Du glaubst also, dass deine Arbeitgeber es möglicherweise nicht mögen, wenn du auf dem Rasen schlimme Dinge treibst. Es war wahrscheinlich nachts, und hier war offiziell geschlossen?«

»Natürlich.«

»Dann hat es sie, verdammt noch mal, nichts anzugehen! Das ist meine Meinung, Sophie. Sagen wir, dass einer der Leute vom Stiftungsrat ein wirklich bibeltreuer Hurensohn mit zusammengekniffenem Arsch wäre, ja? Einige dieser Typen glauben, dass du unbefleckt bleiben sollst, bis zu deiner Hochzeitsnacht, und es dann nur durch ein Loch in der Bettdecke machen sollst, und das im Ernst. Der wird das, was du tust, nicht mögen, egal, was du tust, oder?«

»Ja, ich schätze schon.«

»Und lässt du zu, dass er dir sagt, was du zu tun hast?«

»Nein, natürlich …«

»Und sagen wir, es gibt noch einen anderen, einen, der

homophob ist. Was würde der wohl sagen, wenn du deine Gothic-Freundin mitbringst, damit ihr euch ein bisschen am Schmuckkästchen rumfummeln könnt? Ihm würde das wohl nicht gefallen!«

»Das stimmt.«

»Und ob das stimmt. Es gibt nur eine Person, vor der du deine Moral rechtfertigen musst, Mädchen, und das bist du selbst. Solange du niemandem wehtust, mach, was immer dich in Fahrt bringt.«

Ich nickte. Sie hatte recht. Ich hatte die Sache nur von einem allerweltsmoralischen Standpunkt aus betrachtet, nicht aber von meinem eigenen aus. Wir würden Elmcote Hall keinen Schaden zufügen. Wir verwöhnten uns nicht gegenseitig, wenn Elmcote Hall geöffnet hatte, vor allem nicht, nachdem Richard und ich fast erwischt worden wären. Ich streckte den Arm aus, um mit ihr anzustoßen.

»Ich danke dir, Julie. Du schaffst es immer wieder, dass ich mich besser fühle.«

»Jederzeit gerne, Süße, aber das hat auch einen Preis. Ich will wissen, was mit dir und den drei Typen war, und ich meine damit alles, bis hin zum kleinsten, schmutzigen Detail.«

Ich erzählte Julie jedes Detail, das sie wollte, sodass ich selbst rot und sehr nass wurde. Sie war kaum aus der Tür, als meine Hand auch schon in mein Höschen fuhr und ich mich auf der Stelle zum Kommen brachte. Ich wusste, dass es ihr genauso ergangen war, und als ich hinauf in die Bibliothek ging, sah ich auf das Porträt von Elgar Vaughan, der mich zu fragen schien, warum ich meine Freundin nicht in mein Bett geholt hatte.

Die einzige offensichtliche Antwort war, dass ich mit ihr befreundet bleiben wollte und sie wahrscheinlich das Weite gesucht hätte. Immerhin wusste sie, dass ich mit Lily geschlafen hatte, und wenn sie mit mir hätte ins Bett gehen wollen, hätte sie fragen können. Sie war diejenige, die die Kontrolle hatte und selbstbewusst war. Ich wusste, dass es an mehr lag als nur daran, aber ich konnte nicht sagen, was es war. Körperlich gab es zwischen Lily und ihr keinen großen Unterschied. Beide waren große, gut gebaute Frauen, klassische Schönheiten, wie meine Mutter sagen würde. Beide waren selbstbewusst, und man fühlte sich in ihrer Gegenwart wohl. Sie trugen sogar beide das gleiche Parfum, wie auch immer es nun hieß.

Ich kam zu dem Schluss, dass der Sex mit Lily, so wie der Sex mit Nathan und Magog, eine rituelle Komponente hatte. Das machte es für mich leichter, Sex außerhalb der Beschränkungen meines normalen Verhaltens zu akzeptieren. Selbst Vaughan hatte sich wahrscheinlich aus Gründen der Bequemlichkeit nur auf seine Anhänger beschränkt, auch wenn er ungezügelte Lust predigte.

Jetzt war ich bereit loszulegen, und die anderen stimmten mir zu. Alles, was wir brauchten, war ein Zeitpunkt, an dem alle fünf in Elmcote Hall sein konnten. Unglücklicherweise hatten wir nicht den Luxus, wie Elgar Vaughan, dass wir das Haus nur für uns hatten, oder dass uns niemand stören würde. Samstag schien die offensichtlichste Möglichkeit zu sein, und es war der einzige Tag, an dem Richard Zeit hatte. Wir mussten auf jeden Fall sicherstellen, dass wir keine Beweise zurückließen, die am nächsten Morgen gefunden würden. Leider hatten Lily und Nathan am nächsten Wochenende keine Zeit, also beschlossen wir, das darauffolgendende Wochenende zu nehmen. Dann wollten wir ein Ritual abhalten, um den Frühling und die Wiedergeburt des Jahres zu feiern.

Es waren nur noch die letzten Details zu klären, und jeder wollte seine eigenen Ideen einbringen. Mir machte das nichts aus, solange ich nur jede Menge Aufmerksamkeit bekäme, und das war nun unvermeidlich. Auch Richard blieb flexibel und nutzte seine Position, um die Dinge zusammenzubringen, anstatt den anderen seine Vorstellungen aufzuzwingen. Seine einzige Vorgabe war die, dass er die anderen anführen sollte. Er wollte die Position von Elgar Vaughan einnehmen, etwas, das mir auch wichtig war.

Nathan schlug vor, dass wir eine Art Gabe, ein Opfer, darbringen sollten. Ich hatte nichts dagegen, war aber nicht zu hundert Prozent überzeugt. Selbst wenn man das Opfer anschließend aß, erschien es mir doch unfair dem Tier gegenüber, das man mit Sicherheit nicht als freiwilligen Teilnehmer ansehen konnte. Das schockierendste an Crowleys berühmtem Ziegen-Ritual war für mich, dass es das arme Vieh nicht überlebt hatte.

Lily wollte unbedingt eine Form der Anrufung abhalten, vorzugsweise die Erschaffung eines Egregors eines passenden Geistes. Ich wollte das auch und war fasziniert von der Idee. Ich wollte sehen, was passieren würde, sowohl als Teilnehmer als auch als Beobachter. Richard war ebenso begeistert von der Idee, und da Lily ihm offensichtlich gefiel, erhielt sie *carte blanche,* um die Idee auszuführen.

Magog war mit seinem Wunsch realistischer, so wie ich es erwartet hatte. Er wollte, dass ich, und vorzugsweise auch Lily, nackt sein sollten. Was die Männer betraf, sagte er nichts, aber ich freute mich darüber und zog es vor, meine Kontrolle komplett abzugeben. Lily war nicht so überzeugt, aber sobald Magog ein Bild von ihr gesehen hatte, auf dem sie zeigte, wie sie vorhatte, sich zu kleiden, war er damit einverstanden. Da ich kein Internet hatte, wusste ich nicht, wie es aussah, aber es klang fantastisch. Was sie und ich möglicherweise, oder auch nicht, miteinander tun wollten, lag bei uns, auch wenn es ein oder zwei deutliche Hinweise gab.

Als das Wochenende endlich da war, ging ich wie auf Wolken und konnte es kaum erwarten, dass Richard endlich kam. Er kam am Samstag, doch so spät, dass wir kaum mehr als nur einen Kuss und eine Umarmung teilen konnten, ehe ich arbeiten musste. Magog war ebenfalls angekommen, und den Rest des Tages arbeitete ich, da ich nicht weniger als drei Busse mit deutschen Touristen hatte und die Angelegenheiten für die nächste Woche regeln musste.

Wir entschieden uns für Waylands Tempel, der tief in den Wäldern lag und von allen Seiten geschützt war, bis auf den Pfad, den Magog freigemäht hatte. Selbst auf dem würde niemand etwas sehen, außer sie folgten dem Pfad bis zum See, und das war bei Nacht höchst unwahrscheinlich. Wir überlegten auch, Überwachungskameras am Haupttor anzubringen, kamen dann aber zu dem Schluss, dass alles, was wir aufnahmen, uns später schaden könnte.

Bis zum Ende der Öffnungszeit waren noch immer Leute auf dem Gelände, und Magog musste zurückfahren. Richard und ich hatten den Abend also für uns allein. Er lud mich in den *Engel* ein und überredete mich dazu, mit ihm nach London zu fahren und bis Montag zu bleiben. Sobald wir in London waren, entschädigten wir uns in seinem Bett mehr als reichlich für die lange Abstinenz. Wir verwöhnten uns bis in die frühen Morgenstunden und träumten gemeinsam davon, was wir als Gruppe tun konnten.

Als ich aufwachte, war Richard lange fort. Ich erinnerte mich vage daran, dass seine Lippen meine gestreift hatten, während ich noch im Halbschlaf gewesen war, doch das war bereits Stunden zuvor gewesen. Jetzt war es bald Mittag. Ich musste zwar nirgendwo hin, aber es erschien mir sinnlos, den Rest des Tages im Bett zu verbringen, selbst wenn es sein Bett war. Erst als ich mir die Zähne putzte, kam mir der Gedanke, dass ich mich mit Julie zum Mittagessen treffen könnte.

Leider erinnerte ich mich nicht mehr an den Namen ihrer Firma; ich wusste nur noch, dass er klang wie ein New Yorker Straßenname und dass sie irgendetwas mit Security machte, was immer das heißen mochte. Ich wusste zu wenig, als dass es sich gelohnt hätte, die Auskunft anzurufen, also nahm ich mir Richards Telefonbuch vor. Die einzige Firma, die annähernd richtig klang, nannte sich Fortyseventh Securities, in Bishopsgate, aber sie kannten niemanden namens Julie Voigtstein.

Von den anderen Firmen sagte mir keine etwas, also gab ich auf und verbrachte den Nachmittag damit, Duftkerzen in Chinatown zu kaufen. Die Auswahl war groß: Es gab große, kleine, langbrennende, extra tropfend, außerdem Dutzende von Farben und mit Dutzenden von Düften. Ich kaufte ein, bis meine Arme das Gewicht der Taschen kaum noch trugen, und machte mich auf den Weg zurück nach Paddington und dann nach Hause.

Es war bereits spät, als ich nach Elmcote Hall zurückkehrte, und die Erschöpfung des Wochenendes hatte mich eingeholt. Ich trank einen Karton Milch leer und ging ins Bett, auch wenn in meinem Kopf Gedanken und Bilder durcheinanderwirbelten, während ich einschlief. Das meiste davon drehte sich um die Tempel, um Lily und Magog und Nathan, doch meistens um Richard und Elgar Vaughan, die nun zwei Seiten derselben Münze darstellten.

Am Morgen erwachte ich gut gelaunt und war früh genug wach, um das Gebäude und die Tore aufzuschließen, ehe ich das Gelände inspizierte. Ich prüfte die Bodenplatte im Tempel des Baphomet, für den Fall, dass Magog und seine mysteriöse Freundin nicht alleine für die Störungen verantwortlich waren, aber es war alles in Ordnung. Offensichtlich hatte ich falsch gelegen, als ich glaubte, dass vier anstatt zwei Leute daran beteiligt gewesen waren.

Auch sonst war alles so, wie es sein sollte, und ich hatte noch eine halbe Stunde Zeit, bis ich die Tore, im wahrsten Sinne des Wortes, öffnen musste, also gönnte ich mir selbst ein kurzes Bad im Teich, diesmal aber mit einem Handtuch in der Nähe. Als ich zurückkehrte, fand ich Lorna Meadows in der Bibliothek vor. Sie betrachtete den Drudenfuß, den ich in Penzance gekauft und dummerweise auf dem Tisch hatte liegen lassen, damit ich ihn in den Katalog eintragen konnte. Sie wirkte verwirrt, und ich beeilte mich, ihr die Situation zu erklären.

»Ah, ja, wegen dieses Stücks wollte ich Sie noch ansprechen.«

»Ja? Ich kenne es nicht.«

»Nicht? Ich bin wegen der Sache sehr besorgt. An meinem freien Tag war ich in Penzance und habe es dort in einem Antiquitätenladen gefunden. Es ist ohne Zweifel ein Vaughan-Artefakt, und es schien mir das Beste zu sein, es zu kaufen und im Katalog nachzusehen, ob es dort irgendwo aufgeführt ist. Die Quittung habe ich noch.«

»Gut. Lassen Sie uns nachsehen.«

Ich holte den Katalog. Dabei handelte es sich um ein großes Buch, das von Hubert Sands geschrieben und später mit Kommentaren versehen worden war. Darin waren die Tempel und das Haus aufgelistet, bis hin zu den kläglichen Überresten des persönlichen Besitzes, die aus Frankreich zurückgeschickt worden waren. Alles war nach Wert aufgelistet, was prinzipiell in Ordnung war, einem aber Kopfschmerzen bereitete, wenn man auf der Liste etwas Bestimmtes suchte. Falls der Drudenfuß aufgelistet sein sollte, würde das bedeuten, dass er in Elmcote Hall gewesen war, als Elgar Vaughans Anwälte wenige Wochen nach seinem Tod begonnen hatten alles aufzulisten. Das bedeutete auch, dass das Artefakt dem Treuhandfonds gehörte. Falls es nicht aufgeführt war, war es vor Vaughans Tod verschwunden und gehörte demnach mir.

Um sicherzugehen, dass der Drudenfuß nicht aufgeführt war, hätten wir fast das gesamte Buch durchgehen müssen, aber zum Glück kam wenige Minuten, nachdem wir begonnen hatten, eine Gruppe Besucher. Sie gehörten zu der Minderheit, die sich mehr für George Vaughans Garten interessierte als für Schauerliteratur oder das Okkulte, und ich tat mein Bestes ihnen zu erklären, wie die weiteren Gärten geplant waren und wie die Landschaft ausgesehen hätte. Als ich zu Lorna zurückkehrte, war die bereits ungeduldig geworden. Mit gerunzelter Stirn starrte sie durch ihre Brille auf die scharf gestochene Handschrift. Sie sagte sofort: »Ich finde ihn nicht, und ehrlich gesagt habe ich nicht die Zeit dafür. Sie müssen es selbst durchsehen und woanders nach Hinweisen suchen. Ich nehme an, in der Zwischenzeit sind Sie froh, wenn es hier bleibt?«

»Absolut. Wie weit sind Sie gekommen?«

»Bis zum zerschlagenen Porzellan des Ostflügels. Falls er gelistet ist, hatte ich erwartet, ihn dort zu finden. Aber wie Sie wissen, tendieren okkulte Dinge ohne praktischen Nutzen dazu, als recht wertlos eingeschätzt zu werden; er ist also eventuell weiter unten in der Liste aufgeführt. Lassen Sie es mich wissen, wenn Sie etwas herausfinden. Falls er wirklich gestohlen wurde, müssen wir der Sache im Institut nachgehen.«

Sie stand auf und warf dem nächstgelegenen Bild einen Blick deutlicher Abneigung zu und ging zur Tür. Ich brachte sie hinaus und kehrte in die Bibliothek zurück, um den Katalog weiter zu prüfen. Ich betete, dass der Drudenfuß nicht aufgelistet war. Sie hatte eine unserer Informations-Broschüren auf der Seite liegen lassen, auf der eine zerkratzte japanische Münzkröte mit dem Wert von sieben Pence aufgeführt war. Ich konnte mir nicht vorstellen, dass der schwere Drudenfuß aus Messing weniger wert wäre, suchte aber trotzdem weiter. Ich überflog die Gegenstände mit dem geschätzten Wert von sechs Pence, weiter zu denen mit drei Pence und einem Penny, bis zu der Stelle, an der die lange Liste der Dinge begann, die man als wertlos eingestuft hatte.

Er war nicht dort. Ich begann wieder von vorn, und meine Hoffnung stieg. Es wurden zwar mehrere Drudenfüße aufgeführt, aber keiner davon ähnelte meinem. Einer davon war einen Schilling wert, und er klang wesentlich weniger eindrucksvoll. Es schien wahrscheinlich, dass meiner schon vor Vaughans Tod aus dem Haus geschafft worden war. Das war an sich schon faszinierend, und ich wollte unbedingt mehr darüber herausfinden, mit einer Entschlossenheit, die ich aus den drei Jahren meiner Doktorarbeit schon kannte.

Am nächsten Tag suchte ich weiter, nicht nur, weil ich mir absolut sicher sein wollte, sondern weil es die beste Möglichkeit war, meine Nerven zu beruhigen, angesichts dessen, was mich am Wochenende erwartete. Ich hatte den Katalog zweimal geprüft – der Drudenfuß war dort nicht aufgezeichnet. Ich versuchte, einen Hinweis auf ihn in Elgar Vaughans irritierend spärlichen Notizen aus der aktiven Zeit des Kults zu finden.

Darunter waren auch Fotografien, die meisten waren harmlos, und Drucke, die sehr eindeutig waren. Ich wusste, dass einige der Gegenstände auf den Bildern wirklich existiert hatten, wie der Stuhl, auf dem Elgar Vaughan neben Baphomet thronte und auf dem ich nun saß, während ich mich durch die Unterlagen arbeitete. Es gab eine Menge Drudenfüße, darunter einige, die echten Objekten nachempfunden waren, und Pentagramme, die nicht immer einfach zu unterscheiden waren.

Ich hatte kein Glück, aber es gab eine Menge Objekte, die nicht in den Bildern festgehalten worden waren, es war also unmöglich, eine endgültige Antwort zu finden. Nachdem ich auch das letzte Bild untersucht hatte, holte ich die Fotos hervor, aber ich hatte keine großen Hoffnungen mehr, noch etwas zu finden. Ich fragte mich, ob der Drudenfuß möglicherweise in Auftrag gegeben und aus irgendeinem Grund niemals geliefert worden war.

Wie immer faszinierten mich die Fotos. Es waren Studio-Aufnahmen von Vaughan als Säugling und als Kind. Er war immer sehr ruhig und ernst. Als Jugendlicher sah man ihn erst in traditioneller viktorianischer Garderobe, passend zu seinem Alter und seiner Klasse, und dann plötzlich in losen, schwarzen Roben. Dann kamen die Fotos aus der Zeit, als der Kult seinen Höhepunkt hatte. Sein Aussehen hatte sich von jugendlich zu erwachsen verändert. Langsam kam das schroffe Selbstbewusstsein hinzu, das mich so sehr an Richard erinnerte, und das mich bei Richard immer an Vaughan erinnerte. Die letzten Fotos stammten aus Kriegszeiten. Zwei waren in Frankreich aufgenommen und eines offensichtlich kurz bevor er ging. Sein Gepäck war in der Auffahrt gestapelt. Dort war auch mein Drudenfuß zu sehen, er lehnte an etwas, das wie eine Hutschachtel für einen Zylinder aussah.

Er hatte ihn mit nach Frankreich genommen, aber er war nicht zurückgekommen. Ich hatte den Katalog zweimal durchgesehen, es stimmte. Also, wie war er in einem Antiquitätenladen in Penzance gelandet?

Es gab logische Erklärungen dafür. Vielleicht hatte er ihn doch hier gelassen, als Entschädigung für seine Anhänger. Vielleicht hatte er ihn auch mitgenommen, aber irgendwann während der kommenden zwei Jahre verloren. Es konnte auch sein, dass er in seinen Sachen gewesen war, aber nach seinem Tod durch Unachtsamkeit oder aus Abscheu gegenüber dem Okkulten verloren gegangen war. Es konnte auch sein, dass er mit ihm im Flugzeug gewesen war und später gefunden wurde, aber das erschien mir unwahrscheinlich.

Oder aber er hatte einige wichtige persönliche Besitztümer beiseitegeschafft, damit er sie später zurückholen konnte, ehe er seinen Tod vortäuschte.

8

Es war eine völlig verrückte Idee, und doch passte sie zu den vorliegenden Fakten. Ich ging sie wieder und wieder durch, aber abgesehen davon, dass sie jeglicher wissenschaftlicher Logik widersprach, gab es keinen Zweifel. Hundert Jahre zuvor war auch das Fliegen laut wissenschaftlicher Meinung unmöglich gewesen. Also anstatt die Idee aufzugeben, behielt ich sie als mögliche Theorie: War Richard Fox in Wirklichkeit Elgar Vaughan?

Es war natürlich sinnlos, ihn einfach zu fragen. Falls ich es täte, so gab es vier mögliche Szenarien: Er war Vaughan und gab es zu. Er war nicht Vaughan, gab aber vor es zu sein. Er war Vaughan und stritt es ab. Oder er war nicht Vaughan und gab zu, dass er es nicht war. Ich wäre niemals sicher, ob er die Wahrheit sagte.

Zudem war es nicht einfach, mehr über seine Vergangenheit zu erfahren. Er kam aus New York, so viel wusste ich schon, aber er hatte sicherlich eine Geschichte dazu parat. Ich könnte auch seine Arbeitgeber fragen, deren Unterlagen möglicherweise Licht in die Sache bringen könnten, aber sie würden das sicherlich nicht ohne triftigen Grund tun. Ich musste die Sache gründlich durchdenken, und das Einzige, was mir einfiel, das ich sofort tun konnte, war, einen Brief an den Ladenbesitzer in Penzance zu schreiben und ihn zu fragen, ob er weitere Informationen über die Herkunft des Drudenfußes hatte.

Trotz meiner anfänglichen Feindseligkeit gegenüber Richard hatte ich eine gewisse Ehrfurcht ihm gegenüber verspürt. So war ich schon immer gewesen. Ich wollte Männer, zu denen ich aufsehen konnte, auch wenn in meinem Leben bisher jeder von ihnen mehr versprochen hatte als er halten konnte. Die meisten schafften es nicht einmal, mir etwas zu versprechen. Das war ebenfalls ein guter Grund, Richard nichts von meinen Überlegungen zu erzählen. Falls er wirklich Elgar Vaughan war, konnte ich mich frei und offen zu seinen Füßen werfen, sowohl metaphorisch als auch im Wortsinn. Falls er es nicht war, war er doch noch immer den Männern, mit denen ich mich bisher getroffen hatte, weit überlegen. Es mit Sicherheit zu wissen, würde vielleicht auch den Bann brechen, unter dem ich stand, und den brauchte ich noch, zumindest so lange, bis ich die vollständige Unterwerfung vor ihm in einem echten heidnischen Ritual erlebt hatte.

Darauf musste ich auch nicht mehr lange warten – nur noch wenige Tage, um genau zu sein. Alles geschah nun sehr schnell, und es gab keine Anzeichen dafür, dass es nicht klappen könnte. Wir hatten den perfekten Ort, die perfekten Leute, und falls sieben oder dreizehn besser waren als fünf, würden wir das früh genug merken. Ich war so begierig darauf und doch so ängstlich wie nie zuvor und ging jeden Tag zu Waylands Tempel, um nachzusehen, ob er noch immer dort stand.

Der Tempel war einer von Elgar Vaughans absonderlicheren Fantasien. Als Vorlage für den Bau hatte wohl eine alte Schmiede gedient, und doch war er für Rituale gedacht. Der Tempel war ein quadratisches Gebäude aus schweren Granitblöcken mit einem aufwendig gearbeiteten Dach, das aussah, als würden ein paar krumme Balken eine dicke Schicht Reet tragen. Es gab keine Fenster, nur eine große, viereckige Tür. In der Mitte des Tempels stand ein riesiger steinerner Amboss und eine Bank darum herum.

Die Bank stand noch da wie eh und je, und als ich am Donnerstagnachmittag in der Türöffnung stand, rief eine vertraute Stimme meinen Namen. Sie kam aus der Richtung des Rasens. Es war Julie, und ich erwiderte ihren Gruß und bat sie, mir Gesellschaft zu leisten. Sie trug wieder ein Kostüm mit Rock, diesmal in Türkis, und wieder passten ihre hochhackigen Schuhe dazu. Ich war ein wenig überrascht, sie zu sehen, doch sie schien extrem flexible Arbeitszeiten zu haben. Sie sagte nichts dazu, als sie zu mir kam und ein Küsschen auf meine Wange setzte, ehe sie sich im Tempel umsah.

»Verrückt! Wofür ist das Gebäude hier?«

»Rituale, um den gehörnten Gott in seiner Inkarnation als der Schmied, Wayland, zu feiern.«

»Wenn du es sagst, Süße.«

»Ursprünglich war er ein sächsischer Gott und gehörte zum teutonischen Pantheon, aber das Konzept gab es weit, weit vor dem Christentum.«

»Tatsächlich?«

Sie sah sich mit diesem Ausdruck auf dem Gesicht um, den ich das »Touristengesicht« nannte. Die meisten meiner Besucher hatten dieses Gesicht, als wären sie auf magische Weise in der Zeit zurückgegangen und könnten jetzt die hängenden Gärten Babylons betrachten oder dabei zusehen, wie die großen Pyramiden gebaut wurden. Ich wollte ihr etwas erzählen, zumindest etwas kleines, auch wenn ich wusste, dass ich es nicht tun sollte. Sie setzte sich auf den Amboss.

»Cool, das ist wie in einem dieser altmodischen Cottages. Also, wie war dein Wochenende? Noch mehr Vierer-Mädelsspaß-Orgien?«

»Nicht, seit wir uns das letzte Mal gesprochen haben. Nur ein paar wahnsinnig tolle Nächte mit Richard, aber bald wird etwas passieren.«

Sie hob eine Braue.

»Du wirst es mir doch erzählen, oder?«

Ich zögerte und entschied dann, die rituellen Elemente für mich zu behalten, da sich Julie dafür ohnehin nicht interessierte. Sie sah mich noch immer an, und ich errötete unwillkürlich, als ich ihr antwortete.: »Diesmal sind es fünf von uns – Richard, die beiden Jungs und meine Freundin Lily.«

»Die, mit der du geschlafen hast?«

»Genau die.«

Sie seufzte.

»Einige Mädchen haben einfach zu viel Glück.«

Ich zuckte mit den Achseln und lächelte. Ich wünschte, ich könnte sie einladen, aber ich wusste, dass das absolut unpassend war. Die Stimmung war ein wenig seltsam, denn trotz ihres Aussehens und ihres Selbstvertrauens schien sie Probleme damit zu haben, eine Beziehung oder auch nur Sex zu haben. Da ich mich bald mit vier Personen vergnügen würde, wusste ich nicht so recht, was ich sagen sollte. Irgendetwas musste ich aber sagen.

»Kopf hoch, Julie. Du bist wunderschön. Ich weiß, was dein Problem ist – du bist einfach zu wählerisch. Die Hälfte deiner Arbeitskollegen in der Firma sind wahrscheinlich hinter dir her, aber nein, keiner von denen ist gut genug, habe ich recht? Ich kenne dich!«

Ich versuchte, einen Scherz zu machen, und sie lächelte, wenn auch nur schwach. Als sie mir antwortete, lag ein Seufzen in ihrer Stimme: »So ist es nicht, Süße. Für mich gibt es nur einen Menschen.«

»Oh. Ich weiß, ich sollte Leute nicht einfach in Schubladen

stecken, aber du bist mir immer wie der Sex-and-the-City-Typ vorgekommen. Du weißt schon, du holst dir, was du brauchst, wenn du es brauchst, und legst dich mit jedem an, der dich kritisiert. Du bist also verliebt? In jemanden in Amerika?«

»Nein, nicht in Amerika.«

»Dann hier? Was ist, ist er verheiratet oder etwas in der Richtung?«

»So was in der Richtung, ja.«

»Oh, okay. Kann ich dir dann einfach sagen, dass ich denke, dass du das Richtige tust? Ich kann mir nicht vorstellen, dass du ihn nicht bekommen würdest, wenn du es darauf anlegen würdest, und viele Menschen würden das einfach ausnutzen.«

»So ist es nicht.«

Ich merkte, dass sie nicht darüber reden wollte, was mich ein wenig verletzte, nachdem ich mich ihr so oft anvertraut hatte, doch ich streckte den Arm aus und ergriff ihre Hand.

»Ich verstehe, aber falls du jemanden zum Reden brauchst – ich bin da.«

Sie lächelte und erwiderte den Druck meiner Hand, unglücklicherweise so fest, dass ich aufstöhnte.

Am nächsten Tag dachte ich viel über Julie nach, aber es gab nichts, was ich tun konnte. Den ganzen Freitag über war ich nervös, überprüfte jedes noch so kleine Detail doppelt und dreifach und versuchte an alles zu denken, was möglicherweise Probleme machen könnte. Abgesehen von einer absoluten Katastrophe gab es nichts, aber das änderte nichts daran, wie ich mich fühlte. Ich war nervös und fahrig und hielt mich noch in der Bibliothek auf, als ich schon längst im Bett hätte sein sollen.

Samstagmorgen stand ich erst spät auf und trug noch meinen Pyjama, als Richard eintraf. Er war wundervoll ruhig und amüsiert angesichts des Zustands, in den meine Vorbereitungen mich versetzt hatten. Er sagte mir, dass ich mich anziehen solle, und er würde währenddessen Elmcote Hall öffnen. Ich überließ ihm die Führung und frühstückte nach einer Dusche Müsli und ein Schinkensandwich, ehe ich mich anzog. Am Abend wollte ich nur meine viktorianische Unterwäsche tragen, also reichten mir für den Tag mein Kleid und der Unterrock.

Als ich herunterkam, stand Richard in der Auffahrt und betrachtete den Geröllhaufen. Mir gab es Zeit, sein Profil zu betrachten, ohne dass er es mitbekam. Eines der Porträts von Vaughan hing im Empfangssaal, und es war nah genug, dass ich sowohl das Bild als auch Richard sehen konnte, wenn ich einen kleinen Schritt zurück machte. Ich tat es und verglich beide Gesichter, um einen Unterschied zu finden. Es war eines der späteren Bilder, und Vaughans Gesicht war erwachsener oder einfach nur fülliger. Sein Haar war ein oder zwei Nuancen dunkler, aber es war nur ein Ölgemälde und fast neunzig Jahre alt. Es gab keinen Grund, der dagegen sprach, dass der Mann draußen als Vorlage für das Bild gedient haben mochte.

Mir kam ein Gedanke: Ich sollte Richards genaue Größe herausfinden und mit Vaughans vergleichen. Die konnte ich wahrscheinlich anhand der Fotografien herausfinden. Falls sie sich unterschieden, würde das eindeutig gegen meine Theorie sprechen. Im Moment konnte ich aber nichts weiter tun, also trat ich nach draußen und ging zu ihm. Er legte seinen Arm um meine Schultern.

»Bist du bereit für heute Nacht?«

»So bereit, wie ich nur sein kann.«

»So spricht mein Mädchen. Magog sollte bald hier sein. Die anderen kommen später.«

Noch während er sprach, fuhr ein Auto durchs Tor. Mein Magen verknotete sich, als ich an den großen Mann und das, was er mit mir tun wollte, dachte. Aber es war gar nicht sein Auto, sondern ein schwarzer Jeep, der den ersten Besucher des Tages brachte. Ich trat vor, um ihn zu begrüßen, froh über die Ablenkung.

Der Rest des Tages verlief ebenso unspektakulär. Magog kam an, als ich gerade eine Führung hatte, und machte sich daran, seine Arbeit im Garten fortzusetzen. Er trimmte den Lorbeerbaum und den Rhododendron am Rand des Rasens. Allein zu wissen, dass er das tat, damit die Büsche dichter wuchsen und somit einen besseren Sichtschutz abgaben, verschaffte mir einen Kick, der das Gefühl der Verdorbenheit verstärkte, das für mich so wichtig war.

Nathan kam am späten Nachmittag, so selbstsicher wie immer in seinem schwarzen Anzug. Er bewunderte das Haus und das Grundstück. Lily kam als Letzte. Sie sah wunderschön aus in ihrem Umhang aus rotem Samt. Ihr Haar hatte sie hochgesteckt und mit Federn und Glasperlen im gleichen satten Farbton geschmückt. Während die anderen eher keine Aufmerksamkeit erregen wollten, tat sie genau das Gegenteil. Alles an ihr sprach von geheimnisvollen und erotischen Dingen. Gleichzeitig war sie überschwänglich freundlich. Als sie mich begrüßte, küsste sie mich auf den Mund und schob mich, mit einer Hand auf meinem Hintern, ins Innere des Hauses.

Zum Glück waren zu diesem Zeitpunkt keine Besucher da, aber eine letzte Gruppe kam, gerade als ich für den Tag zuschließen wollte. Ich musste sie herumführen und ließ die anderen in der Küche zurück, wo sie sich unterhielten. Als ich schließlich frei war und das Haupttor mit Riegel und Kette gesichert hatte, hatten sie bereits eine Flasche Wein geleert und diskutierten eifrig. Lily sprach gerade, und die anderen hörten ihr zu.

»... zu glauben, dass man es tun kann, reicht nicht. Du musst wissen, dass du es kannst.«

Magog warf Richard einen flüchtigen Blick zu und antwortete dann: »Das kann ich.«

Ich schenkte mir selbst ein Glas ein und kam an den Tisch.

»Worüber redet ihr?«

Richard streckte den Arm aus, um mich auf seinen Schoß zu ziehen, und sagte: »Über heute Nacht. Lily sagt, dass Magog die perfekte Person wäre, um den Geist des Waldes, den Grünen Mann, aufzunehmen.«

Ich musterte Magogs riesige, bärtige Gestalt.

»Ja. Ohne Zweifel.«

Lily lächelte mich mit unverhohlener Durchtriebenheit an. Als sie fortfuhr, war sie todernst, aber ihr Eifer war deutlich zu hören.

»Ich weiß, dass du mir nichts vorspielst, und das ist gut so. Du verstehst, dass, wenn er besessen ist, er nicht mehr der Magog ist, mit dem wir gerade reden. Sein Körper ist dann noch da, aber sein Geist wird vollständig verschwunden sein. Er kann seine Taten dann nicht mehr steuern. Aus dem Grund beschwört man niemals den Egregor eines bösartigen Geistes, zumindest nicht, ohne das Gefäß einzusperren. Wenn ich Lilitu bin, beiße und kratze ich. Dann trage ich auch eine Kette um meinen Knöchel, die mich daran hindert, rauszugehen.«

Ich konnte es mir vorstellen, ein Bild, das mir Angst

machte, aber gleichzeitig verlockend war. Doch nicht so sehr wie Magog. Hier, auf Elgar Vaughans Grundstück, wollte ich erfahren, wie es war, vom Grünen Mann genommen zu werden. Außerdem brauchten wir Lily. Richard willigte ein.

»So machen wir es, Lily. Heute Nacht musst du diesen Teil des Rituals anführen. Wie es geht, kannst du uns später beibringen.«

»Das werde ich.«

»Hast du alles mitgebracht, was du brauchst?«

»Ja, Weihrauch und ein paar Kerzen, aber ich könnte mehr gebrauchen. Ich brauche eine Feuerschale und einen Dreifuß, falls wir so etwas haben.«

»Wir haben sieben. Wie groß muss er sein?«

»Egal. Etwa neunzig Zentimeter?«

Ich nickte und lief hinauf, um einen Dreifuß aus dem Lager und meine eigene Feuerschale mit dem Ziegenmuster zu holen. Dort waren auch meine Kerzen, und ich brachte sie nach unten. Draußen befand sich die Sonne bereits hinter den Baumwipfeln und warf lange Schatten auf den Lindenweg. Der Schatten des Baphomet-Tempels ergoss sich bis zum Haus und erinnerte mich wieder an einen unglaublich großen Penis, der in mich eindrang. Ich wusste, wenn die Sonne das nächste Mal aufgehen würde, hätte ich meinen Status als einfache Schülerin alternativer Religionen abgeschüttelt und wäre völlig in Elgar Vaughans Synthese des Heidnischen und des Okkulten aufgegangen. Es gab kein Zurück mehr, und Zurückgehen war das Letzte, was ich wollte.

»Wir können jetzt hinausgehen. Lasst uns mit den Vorbereitungen beginnen.«

Wir gingen hinaus, und jeder von uns wusste, was er oder sie zu tun hatte. Magog hatte eine Leiter mitgebracht, und ich lehnte sie an die steinernen Balken an Waylands Tempel, damit ich die Kerzen aufstellen konnte. Sobald sie angezündet waren, warfen sie ein goldenes Licht über unseren Köpfen und überzogen das Innere des Tempels mit einem sanften Schimmer. Alles Weitere überließ ich Lily und ging hinaus, um dabei zu helfen, die beiden parallelen Reihen von Fackeln aufzustellen, die den Prozessionsweg zum Tempel beleuchten sollten.

Der Pfad führte den Rasen hinunter, und ich ging zum Haus zurück, um mich zu vergewissern, dass nichts zu sehen war. Die Sonne, die hinter den Bäumen unterging, verwandelte alles in flüchtiges Gold, ehe der Sonnenuntergang einsetzte und die Farben langsam verblassten. Wieder dachte ich daran, dass es meine letzte Chance war, das, was von meiner christlichen Erziehung noch übrig war, zu bewahren, und mich einfach abzuwenden. Und wieder ließ ich die Chance ungenutzt verstreichen.

Die Fackeln brannten, und die anderen tranken Wein auf dem Rasen und beobachteten den Sonnenuntergang. Es war Zeit für mich, mich umzuziehen. Ich ging hinauf in mein Zimmer und legte mir die Kleidung so zurecht, wie ich sie haben wollte. Ich wollte ein viktorianisches, leicht bekleidetes Mädchen sein, halb nackt und all den verdorbenen Versuchungen gegenüber offen, die meine dekadenten Freunde anzubieten hatten. Alles war bereit, und ich zog mich aus. Zum dritten Mal verspürte ich das Gefühl einer letzten Chance.

Ich hätte einfach gehen können, dorthin, wo alles normal und richtig und sicher war. Niemand hätte mich aufgehalten. Niemand hätte bemerkt, dass ich nicht mehr da war, bis es zu spät wäre. Ich zögerte aber nicht, sondern zog mich vollkommen nackt aus, wusch mich, trocknete meine Haare und steckte sie auf dem Kopf mit Haarnadeln fest, die vor hundert

Jahren modern gewesen waren. Ich parfümierte meinen Körper, legte nur einen Hauch von Make-up auf, um meine Augen zu betonen, nicht mehr, damit ich mein natürliches Aussehen behielt. Dann zog ich mich an.

Ich hatte mir neue Strapse bestellt, die ich zuerst anzog. Sie waren schwarz und wurden oberhalb des Knies mit einer roten Schleife befestigt. Sie allein reichten aus, damit ich mich unglaublich sexy fühlte, wie ein Mädchen aus einem vulgären und sehr intimen Cabaret, das wohlhabende Erben beglückte. Meine schwarzen Stiefel mit dem Blockabsatz verstärkten das Gefühl, da sich in ihnen die Muskeln meiner Schenkel und meines Hinterns anspannten und sie damit hervorhoben.

Mein Hemdhöschen änderte die Stimmung. Das Ensemble verhüllte mich, und doch war es völlig inakzeptabel, in diesem Aufzug von einem Gentleman gesehen zu werden. Das kam dem, wie es Elgar Vaughans Anhängern ergangen war, schon näher. Sie waren nicht einfach nur Spielzeuge für die Männer, sondern sie waren halb nackt wegen des Spaßes, den sie selbst haben wollten. Mein Korsett folgte und fügte einen vollen, sinnlichen Touch hinzu. Ich war fertig.

Während ich die Treppe hinunterging, fragte ich mich, wie viele andere Frauen den gleichen Weg gegangen waren, in der gleichen Kleidung oder völlig nackt, bereit für das, was die Nacht bringen mochte. Es waren mindestens zehn gewesen. Einige waren den Weg sehr, sehr oft gegangen, und als ich durch den Empfangssaal ging, sagte ich mir selbst immer wieder, dass ich meine Schwestern stolz machen würde, komme, was da wolle.

Draußen war es mittlerweile dunkel; der Rasen wurde nur noch durch das Licht, das aus der Bibliothek strömte, erleuchtet. Es war gerade genug, dass ich den Weg vor mir sehen konnte, bis ich das Flackern der Fackelreihen auf dem Prozessionsweg erkennen konnte. Ich konnte die anderen hören und trat mutig vor, um zu ihnen zu gehen. Richard reichte mir den großen Kelch aus Zinn mit rotem, süffigem Wein, und ich nahm ihn entgegen. Ich wollte mich betrinken, richtig betrinken, nicht weil ich es brauchte, sondern um das maßlose bacchantische Vergnügen zu feiern. Ich trank einen Schluck Wein, und Lily trat zu mir. Sie lächelte, fuhr mit einem Finger meinen Hals hinunter bis zur Erhebung meiner Brüste und über mein Korsett, um dann der Kurve meiner Taille zu folgen.

»Wunderschön. Ich werde dich später haben, Sophie.«

»Natürlich.«

»Aber ich glaube, zuerst musst du dich auf unsere Weihe konzentrieren. Bist du bereit?«

Ihre Hand glitt noch tiefer, zur Vorderseite meines Höschens, und schlüpfte dann darunter. Ein Finger streifte meinen Venushügel und rutschte dann tiefer. Ich spreizte meine Schenkel ein wenig, und mir entrang sich ein leises Seufzen, als sie mich berührte, erst zwischen meinen Schamlippen, dann glitt sie in meinen Körper hinein. Ich schloss die Augen, und mein Mund öffnete sich ein wenig, während sie mit meiner Spalte spielte. Ich schmolz einfach dahin. Sie zog sich zurück und führte ihren Finger an meinen Mund, ich kostete mich selbst. Als sie weitersprach, hielt ich die Augen noch immer geschlossen: »Du bist mehr als bereit. Jetzt geh, ehe ich noch die Kontrolle verliere und dich gleich hier auf dem Boden nehme.«

Noch immer zitternd wegen ihres offenen sexuellen Überfalls ging ich. Bei ihr gab es keine Zurückhaltung, keine Unsicherheit. Sie wollte mich, und sie nahm mich. Draußen blieb ich stehen und trank meinen Wein, während ich auf die beiden Fackelreihen sah. In meinem Magen drehte sich alles. Richard trat an meine Seite und legte seinen Arm um meine Schulter. Ich lehnte mich an ihn und atmete seinen Geruch und die Stärke, die er zu verströmen schien, tief ein. Er hatte meine wildesten Fantasien wahr gemacht, und er konnte mich noch weiterführen. Als der erste Hauch von brennendem Weihrauch meine Nase streifte, drehte er sich um, und ich tat es ihm nach. Lily hatte den Dreifuß und die Feuerschale etwas entfernt vor dem großen Steinamboss aufgestellt. Aus dem glimmenden Pulver stieg bereits dicker blauer Rauch auf und erfüllte die Luft mit einem Geruch, der ihrem Parfum nicht ganz unähnlich war. Nathan saß an der Seite und beobachtete alles aufmerksam. Magog stand hinter dem Amboss, seine starken Arme hatte er vor der Brust verschränkt. Lily sprach ihn an: »Du solltest nackt sein.«

Er nickte nur und willigte sofort ein.

Ich sah zu, wie er sich auszog, er tat es sehr lässig. Er streifte die Kleidung ab und entblößte damit seine riesige, fassähnliche Brust und den hervorstehenden Bauch, der mit rostrotem Haar überzogen war. Ich sah seine gigantischen Beine, die überzogen waren mit angeschwollenen Muskeln, seinen massiven, steinharten Hintern und zuletzt seinen riesigen Schwanz und die Eier. Angezogen war er furchteinflößend, nackt war er urgewaltig. Er war rohe Männlichkeit ohne die geringste Scham oder Spuren von Zivilisation. Er beförderte seine Kleidung mit einem Tritt zur Seite; so wie er da stand, konnte ich ihn mir als Grünen Mann vorstellen. Lily stand auf und drehte sich um, um uns hineinzurufen.

»Wir sind bereit. Doch zuerst: Hat irgendjemand von euch Zweifel an dem, was wir hier tun?«

Richard schüttelte den Kopf, und ich tat es ihm nach. Ich meinte es auch so, denn ich spürte bereits die nahende Präsenz von etwas anderem, stärker, als ich es jemals in einer Kirche oder Kapelle verspürt hatte, nicht einmal, als ich in alten Kultstätten oder Crowleys nun verwaister Farm in Sizilien gewesen war. Ich wusste, dass wir es schaffen konnten; alles, was wir dafür brauchten, war Glaube. Nathan antwortete ebenfalls mit einem kaum sichtbaren Neigen seines Kopfes, nur Magog tat das nicht. Er brauchte es nicht.

Lily fuhr fort, und ich setzte mich. Sie bewegte sich quer durch den Tempel und stellte insgesamt fünf Kerzen in einem Kreis auf den Boden. Sie nahm ein Stück rot eingefärbtes Holz und stieß es in die Feuerschale, während sie leise anfing zu singen und darauf wartete, dass das Holz Feuer fing. Richard hatte sich ebenfalls hingesetzt, somit bildeten er, Nathan und ich die drei Punkte eines Dreiecks, vor dem Magog stand.

Das Holz begann zu glimmen, und Lily richtete sich auf, um ihr Kleid abzustreifen und auf den Boden zu werfen. Darunter war sie vollkommen nackt. So trat sie zwischen den dunkelroten Stofffalten hervor. Ihre vollen Brüste und die fruchtbaren Rundungen ihres Bauches wirkten im orangefarbenen Licht der Flammen noch üppiger.

Sie zog das Holzstück aus dem Weihrauch und begann auf dem Boden Kurven und Linien zu zeichnen, die die fünf Kerzen zu einem Pentagramm verbanden, in dessen Zentrum der Steinamboss stand. Während das Zeichen Gestalt annahm, stand Richard auf und ging zum Kopfende des Pentagramms, gegenüber der Tür. Die Arme vor der Brust verschränkt, beobachtete er Lily bei der Arbeit. Er bewegte sich erst wieder, als sie fertig war, sich aufrichtete und zu seiner Rechten hinstellte. Er deutete auf mich.

Ich trat vor und kletterte auf den Amboss; unsicher kniete ich auf allen vieren darauf, das Gesicht zur Tür gerichtet.

Richard hob meinen Drudenfuß in die Höhe und legte ihn auf meinen Rücken. Mit wenigen geschickten Bewegungen schlang er die Schnüre meines Korsetts darum. Ich dachte daran, wie es aussehen musste, wie ich auf dem Altar kniete, an der Stelle, an der das Opfer liegen sollte – ich war das Opfer. Mein Hemdhöschen wurde schnell geöffnet, sodass meine Brüste und mein Schoß entblößt waren. So gehörte es sich, mein Körper musste frei zugänglich sein, nichts durfte ihn verhüllen.

Richard begann, die Weihe vorzulesen. Seine Stimme war laut und klar. Er stellte uns Elgar Vaughan als den neuen Sabbat Aceras vor und verpflichtete uns den Gottheiten und den Prinzipien von Weisheit und Freiheit für Geist und Körper. Ich merkte, wie ich die Worte mitsprach, so wie jeder von Elgar Vaughans Anhängern es getan haben musste. Ich ergab mich völlig und sagte mich von der Macht der Kirche über meinen Körper und meine Seele los.

»... wie Eva den Apfel nahm, um Weisheit zu erlangen und keine Schande, um zu erblühen, nicht um zu vergehen, so wie sie Adam mit sich ins Licht nahm, um der Menschheit zu zeigen, dass sie mehr ist als nur Diener eines patriarchalischen Gottes.«

Er sprach leise weiter, und ich schloss die Augen. Absolute Stille herrschte jetzt, und ich wusste, was nun kommen würde. Vier Personen hielten ihre Blicke auf mich gerichtet, aber es fühlte sich wie tausend Augen an, die Augen all jener, die er angerufen hatte, mehr noch, auch die Geister des Feldes und der Wildnis, sie alle beobachteten mich aus der Nacht heraus, begierig darauf zu sehen, wie ich mich ihnen überantwortete. Richard sprach weiter, und ich war bereit.

»Akzeptiert diese Lust eurer Magd und von mir als Opfergabe.«

Beim letzten Wort berührte sein Penis die offene Spalte meines Schoßes. Ich riss den Mund auf und keuchte ekstatisch, als er die ganze, dicke Länge in mich hineinschob. Die anderen kamen näher. Nathan schob mir seinen Penis in den offenen Mund, Lily und Magog liebkosten meinen Körper, sie streichelten meine Brüste und den Bauch, meinen Rücken und mein Haar. Richard hatte bald seinen Rhythmus gefunden, und Lily öffnete meine Schamlippen mit ihren Fingern und spielte mit mir, damit ich den Höhepunkt leichter erreichte.

Meine Lust stieg an, weit über das physisch mögliche Maß hinaus. Ich musste meine Lust Elgar Vaughan darbringen, während ich zerzaust und penetriert in seinem Tempel kniete, und in meinem Kopf drehte sich alles. Meine Muskeln spannten sich an, ich konzentrierte mich nur noch auf die beiden Männern in mir und die Finger, die meinen Körper streichelten, und was es bedeutete, meinen perfekten Höhepunkt als Opfergabe zu erleben.

Als mein Orgasmus mich traf, hätte ich fast den ganzen Tempel zusammengeschrien, wäre da nicht Nathans Schwanz in meinem Mund gewesen. Ich wurde um ihn und Richard eng und beide kamen, sie füllten mich mit ihrem Samen in genau dem richtigen Moment, sodass wir alle drei zusammen kamen und unsere orgasmische Energie direkt zum Geist von Elgar Vaughan floss. Da hörte es aber nicht auf, meine Lust stieg weiter und weiter, Gipfel über Gipfel, während sie noch immer in mir waren. Beide waren erschöpft, während Schauer nach Schauer durch meinen Körper lief. Schließlich zog Lily ihre Finger zurück, und ich wurde ruhiger. Ich war so schwach, dass sie mich festhalten mussten, damit ich nicht umkippte. Sobald der Drudenfuß entfernt war, halfen sie mir vom Amboss.

Es war getan, wir hatten die Weihe ohne Fehler durchgeführt, und die erste Anbetung seit neunzig Jahren vollendet. Ich war die Gabe, das Opfer gewesen. Ich stand wieder an meinem Punkt des Pentagramms und war noch immer trunken vor Euphorie darüber, was wir getan hatten und was noch vor uns lag.

Wir hielten kurz inne, um zu meditieren, die Hände in den Schoß gelegt. Schweigend standen wir an unseren jeweiligen Positionen, die Nacht lag schwer auf uns, und Lily begann zu singen. Magog wusste, was er tun musste, und trat vor, um auf dem Altar Platz zu nehmen. Seine starken Beine waren gespreizt, und seine Männlichkeit und seine Hoden hingen schwer dazwischen herunter. Er zuckte bereits vor Erregung, und seine Augen lagen auf Lilys nacktem Körper. Sie hatte den Kopf erhoben, die Augen halb geschlossen. Mit einem Mal riss sie sie auf und begegnete meinem Blick – sie strahlten, in jeder der dunklen Pupillen spiegelte sich ein Dutzend Kerzen. Sie waren voller Erregung und vielleicht auch Angst.

»Er ist hier. Wir können es schaffen. Seht zu und konzentriert euch. Denkt an eure Vorstellung des Grünen Mannes, und er wird kommen.«

Mein Kopf war bereits voll von solchen Vorstellungen, und ich war noch benebelt vom Sex, dem Wein, dem schweren Weihrauch, dem Duft der Kerzen, Magog und Lily. Ich öffnete die Augen weiter und beobachtete, wie die orangefarbenen Flammen auf ihren nackten Körpern tanzten. Ich dachte daran, wie ich vom Haus aus zum Tempel des Baphomet gegangen war, und wie ich in einem jubelnden schrecklichen Augenblick die riesige hölzerne Gestalt über mir hatte aufragen sehen, mit seiner monströsen Erektion direkt über meinem Kopf.

Ich hatte gewusst, dass es der Grüne Mann war, nicht nur geglaubt, sondern gewusst. Zwar nur in diesem Moment, doch wenn ich es einen Moment lang wissen konnte, warum dann nicht auch länger? Warum sollte er nicht in Magogs Körper kommen, gleich hier und jetzt, um mich zu jagen und auf dem Boden zu nehmen, so wie es sein sollte? Es war alles bereit, die Zeit war richtig, die frühlingshaft erblühenden Wälder. Es war der richtige Ort, ein heidnischer Tempel in einem überwucherten Garten, und es waren die richtigen Menschen.

Lily sang noch immer, lauter und deutlicher als zuvor, doch in keiner Sprache, die ich kannte. Ihre Stimme wurde höher, voller Sehnsucht, und sie steigerte sich zu einem Crescendo. Etwas zog an mir vorbei, möglicherweise nur ein Lufthauch, der die Fackeln auf dem Prozessionsweg erzittern ließ. Ich riss die Augen auf, und Magog gab ein tiefes Grollen von sich.

Sein Gesicht hatte sich verändert. Nur noch die äußere Form war menschlich. Seine Gesichtszüge wirkten wie die Kerben und Knoten eines Baumes, seine Augen leuchteten vor roher, erdiger Lebenskraft. Er hatte die Hand sinken lassen und hielt seinen Penis damit, der nicht mehr schlaff herunterhing, sondern sich mit offener, tobender Männlichkeit nach oben reckte. Er wandte sich mir zu, seine Augen brannten sich in meine, und ich stolperte durch die Tempeltür und rannte in die Nacht hinaus.

Ein tiefes Grollen ertönte hinter mir und ich wusste, dass er näher kam, um mich zu nehmen, um mich zu schänden. Es würde geschehen, und ich konnte nichts dagegen tun. Alles bewegte sich langsamer, die Fackelreihen schienen zur Seite zu weichen, eine nach der anderen. Ich erwartete jeden Moment, seine große Hand zu spüren, die mich packte und niederdrückte, doch ich lief an der letzten Fackel vorbei bis auf den Rasen. Ich rannte weiter in die Dunkelheit der Nacht, stolperte dabei und fiel hin.

Ich drehte mich im Fall und landete auf der Seite. Ich rollte mich herum, bis ich auf dem Rücken lag, und schon war er über mir, seine Gestalt hob sich schwarz vor dem Sternenhimmel ab. Mein Körper gehorchte mir nicht mehr, ich hob die Knie an, und er war auf mir, drückte gegen meine Schenkel, bis sie sich ihm öffneten. Mein Höschen war zur Seite geschoben, sodass mein Geschlecht bloß vor ihm und der Nacht war. Seine monströse Erektion zuckte gegen mich, presste sich an meine Schenkel und meine Spalte.

Er grunzte, stieß zu, und ich nahm ihn auf, tief in meinem Körper auf, absolut hilflos unter seinem Gewicht, während er sich sanft und tief in mir bewegte. Ich umklammerte seinen Körper, riss den Mund auf und hörte meine eigenen ekstatischen Schreie, die dieser unmöglich große und harte Schaft in mir und auf mir auslöste. In der Dunkelheit war er unsichtbar, ich spürte nur sein Haar auf meinem Gesicht. Als er kam und meinen Körper mit seinem kostbaren Samen füllte, spürte ich nicht mehr Haare, sondern Blätter.

9

Was hatte ich getan?

Ich hatte mich ohne jeden Kompromiss der Lust hingegeben, hatte meine Ekstase in der Verehrung so frei und zügellos ausgelebt, wie jeder von Elgar Vaughans Anhängern es getan hatte. Jetzt war ich eine wirkliche Heidin und ein Anhänger Vaughans, nicht nur durch den Glauben, sondern als Eingeweihte in ein wundervolles Geheimnis, das die Riten und Glaubensvorstellungen, mit denen ich aufgewachsen war, kalt und steril wirken ließ. Was zwischen Magog und mir geschehen war, ging weit über jegliche religiöse Erfahrung, die ich zuvor gemacht hatte, hinaus. Ich konnte es einfach mit nichts vergleichen.

Auf meinem Gesicht hatte ich Blätter gespürt, als ich kam, und das hatte mich zu einem Orgasmus geführt, der so intensiv war, dass ich meine Ekstase in die Nacht hinausgeschrien hatte und dann kurz ohnmächtig geworden war. Als ich wieder zu mir kam, bewegte er sich immer noch in mir, wenn auch langsamer. Es war nicht mehr der Grüne Mann, sondern Magog. Während die langen Stöße seiner Erektion an Stärke verloren und mein Orgasmus langsam abebbte, hatte ich meine Arme um seinen breiten Rücken gelegt, und wir hatten uns geküsst, er und ich. Das Fleisch dieses riesigen Menschen war fest, aber nachgiebig. Ich zitterte erbärmlich und klammerte mich an ihn, hatte jedoch keine Angst.

Hand in Hand waren wir zum Tempel zurückgekehrt und

sprachen nicht, bis wir die anderen erreichten. Ich jubelte innerlich noch immer, und ein Gefühl des Triumphs erfüllte mich. Magog war still. Er konnte sich an nichts erinnern ab dem Moment, an dem Lily gesungen hatte, bis zu dem Moment, an dem er in mir auf dem Rasen gekommen war. Es war, ohne jeden Zweifel, real gewesen und für mich eine echte Erleuchtung. Ich hatte die Veränderung in Magogs Gesicht gesehen, als der wilde Geist ihn übernommen hatte. Ich hatte die Härte seines Körpers gespürt, während er in mich stieß, und mich in hilfloser Ekstase an ihn geklammert. Ich war vom Grünen Mann gejagt und genommen worden, eine Erfahrung, die intensiver war, als ich es mir jemals hätte träumen lassen. Jetzt war ich wirklich das, was ich immer hatte sein wollen, und ich wollte feiern, bis ich umfiel.

Richard, Lily und Nathan standen zwischen den Fackeln, sie war noch immer nackt. Die beiden Männer hatten ihre Arme um sie gelegt. Ich ging auf sie zu und ignorierte ihre hastigen besorgten Fragen. Ich drückte einen Kuss auf Lilys Lippen, aus dem sowohl Dankbarkeit als auch Zuneigung und Lust sprachen. Sie antwortete mir und öffnete ihren Mund, warm und einladend, für mich. Ihre Brüste drückten sich gegen meine, und meine Hände streckten sich zu beiden Seiten aus, um die Hosen der beiden Männer zu öffnen und sie aus ihrem Gefängnis aus Stoff zu befreien.

Von diesem Augenblick an bestand die Nacht nur noch aus ungehemmter Lust. Jeder von uns nahm sich sein Vergnügen, wie es ihm gefiel, wir genossen unsere Körper und die der anderen ohne jede Zurückhaltung. Ich leckte Richards Anus gemeinsam mit Lily und erklärte ihn zum großen Gott Pan. Ich brachte sie mit meiner Zunge zum Orgasmus, mal allein zwischen ihren Schenkeln, mal mit ihr zusammen, während sie gleichzeitig mich im mondbeschienenen Glas leckte. Ich nahm jeden der drei Männer mehr als einmal in mich auf, in Dutzenden verschiedener Spielarten. Mal ritt ich auf dem Altar, während meine Beine um Richards Körper darauf geschlungen waren, mal kniete ich darauf, während Magog in meinem Mund war und Nathan von hinten in mich stieß. Es gab noch mehr, so viel mehr, bis ich schließlich in trunkener Erschöpfung zusammenbrach.

Zu diesem Zeitpunkt war ich völlig nackt und das Letzte, woran ich mich erinnerte, war, dass Richard mich über seine Schultern gehoben und ins Haus zurückgetragen hatte. Irgendwann während der zahllosen Stunden voller orgiastischem Sex und Alkohol hatte Lily mich durch eine kleine Zeremonie der Unterwerfung geführt, bei der ich auf Knien noch einmal Pans Hintern und den ihren küssen musste. Dabei kicherte ich vor Vergnügen und reiner Ungehörigkeit. Ich war froh, es getan zu haben. Auch wenn ich es zuvor schon einmal getan hatte, fühlte es sich diesmal so an, als würde ich alle Brücken hinter mir abbrechen und als wäre ich beim ersten Mal noch ein Zweifler gewesen. Diesmal war ich mir aber sicher, und das auch noch am nächsten Morgen.

Innerlich jubilierte ich, aber körperlich war ich vollkommen erschöpft. Selbst aufzustehen verlangte mir viel Kraft ab, aber ich musste es tun. Es sah so aus, als hätte ich mein Bett mit Lily geteilt, nicht mit Richard, obwohl ich mich nicht daran erinnern konnte, mich mit ihr hineingelegt zu haben. Sie schlief noch. Sie war noch immer nackt, wie sie es fast den ganzen Abend über gewesen war, und ich war es ebenfalls. Das bedeutete, dass unsere Kleider wahrscheinlich noch im Tempel lagen, ganz zu schweigen von dem Drudenfuß, den Kerzen, Kelchen, leeren Flaschen und den restlichen Utensilien unseres Rituals. Außerdem war ein Pentagramm auf den

Boden gezeichnet, was für jeden, der vorbeikam, ein Hinweis darauf war, dass hier etwas stattgefunden hatte, was man gemeinhin als satanistische Orgie verunglimpfen würde.

Sie hatten möglicherweise recht, und ich schlüpfte in die erstbesten Sachen, die ich fand, und rannte die Treppe hinunter, bis ich den Rasen erreichte. Ich erwartete fast, Lorna Meadows vorzufinden, wie sie missbilligend auf die Reste hinabsehen würde, aber ich fand nur Magog, der die letzten Reste des Pentagramms mit einem Schwamm in der Hand wegwischte. Alles andere war bereits fort, es war nur noch jede Menge Wachs auf dem Boden, also half ich ihm.

»Hi, du warst ja früh wach.«

»Hab gar nicht erst geschlafen. Richard auch nicht.«

»Oh. Wo ist er?«

»In die Stadt, holt was zu essen.«

»Er ist ziemlich stark, so wie du. Hast du meine Kleider und alles andere reingebracht?«

»Ja.«

»Danke. Lass mich das zu Ende machen. Du musst müde sein und schlafen wollen.«

Er nickte, schweigsam wie immer und auch ein wenig schüchtern, wie er sonst auch war. Was wir miteinander getan hatten, schien ihn nicht verändert zu haben, was es einfacher machte, die Frage zu stellen, die mir auf den Lippen brannte.

»Wie hast du dich gefühlt, letzte Nacht?«

»Großartig. Und du?«

»Ich meine, als du besessen warst.«

»Kann mich nicht erinnern.«

»An gar nichts?«

»Im einen Moment sitze ich noch hier. Im nächsten treiben wir es auf dem Rasen.«

Ich spürte, wie ich bei seinen Worten errötete. Diese Reaktion schien ich nicht ablegen zu können, egal, was ich tat. Vor dem Ritual hatte er auch ein wenig verängstigt gewirkt, aber es erschien mir das Beste, nicht weiter darauf einzugehen. Ich konnte ihn gut verstehen. Ich hatte vorher auch Angst gehabt, aber es hatte mich nicht aufgehalten, und ich konnte mir nicht vorstellen, dass seine Angst ihn davon abhalten würde, es wieder zu tun.

Sobald keine Spur von dem Pentagramm mehr zu sehen war, sammelten wir die Putzutensilien zusammen. Ich machte weiter, und er bedankte sich dafür, dass ich übernahm. Ich sah ihm nach, als er in Richtung des Hauses stapfte. Kurz darauf hatte ich den letzten Rest Wachs gelöst, und selbst wenn ein scharfer Beobachter bemerken würde, dass hier irgendetwas vorgefallen war, so würde er doch niemals ahnen, was genau. Zufrieden ging ich zurück und hoffte, dass keine Besucher kamen, zumindest nicht, bis ich gefrühstückt hatte.

Nathan und Lily waren in der Küche. Er war komplett angezogen in seinem schwarzen Anzug, sie gähnte verschlafen und trug meinen Pyjama. Sie machten Toast und Kaffee, und ich nahm mir von beidem etwas, ehe ich mich neben sie setzte.

»Du siehst fertig aus. Wusstest du, dass Richard und Magog die ganze Nacht wach waren? Sie haben auch alles sauber gemacht. Wo hast du geschlafen, Nathan?«

»In meinem Auto.«

»Oh. Wir müssen Schlafmöglichkeiten für euch finden, aber ich weiß gerade nicht, was es da gibt.«

»Warum richten wir nicht ein oder zwei der leeren Zimmer so her, wie sie in Vaughans Zeiten ausgesehen haben?«

»Das ist eine tolle Idee. Ich bin mir nicht sicher, ob die Treuhänder das akzeptieren werden, aber falls ich die Kosten niedrig halte, stehen die Chancen nicht schlecht.«

Lily sah von ihrem Kaffee auf.

»Welches war Elgar Vaughans Zimmer?«

»Das befand sich im Turm. Eine Treppe führte von der Galerie zu den ersten Etagen der beiden Flügel, und sein Zimmer befand sich im Stockwerk darüber.«

Ich hörte Richards Stimme, noch ehe ich ihn sah, und mein Magen machte einen kleinen Sprung.

»Sein Bett hat er extra anfertigen lassen. Es war ein Himmelbett, groß genug, dass sechs Personen darin schlafen konnten. Man kann zwischen dem Geröll noch Teile davon finden.«

»Das hätten wir letzte Nacht gebraucht. Ich rede mit der Stiftung wegen der Zimmer, aber wir müssen aufpassen, dass wir keine Aufmerksamkeit erregen. Lorna Meadows taucht gerne sonntagmorgens hier auf und fragt sich dann möglicherweise, was hier los ist.«

Richard dachte einen Moment lang nach.

»Ich bin über eine Seitenstraße raus und wieder reingekommen. Ich denke, es ist das Beste, wenn wir diesen Weg, wenn möglich, nutzen.«

»Hast du meine Schlüssel?«, fragte ich. »Und hast du das Haupttor aufgeschlossen?«

»Ja, die habe ich, und ja, das habe ich getan.«

»Gut. Für einen Moment dachte ich, das wäre der Grund, warum bis jetzt noch keine Besucher da sind.«

»Nein, mach dir keine Sorgen«, sagte Richard. »Ich habe mich schon um alles gekümmert.«

»Danke. Wegen dir fühle ich mich völlig nutzlos.«

»Mach dir keine Sorgen. Dir hat das gestern mehr zugesetzt als mir, immerhin warst du die Opfergabe, und du hast auch mehr getrunken.«

»Ich hatte das Gefühl, ich brauchte das, aber langsam bereue ich es.«

»Nimm's nicht so schwer. Ich kümmere mich um die Besucher.«

»Aber du hast nicht geschlafen!«

»Mir geht es gut, wirklich.«

Ich lächelte als Antwort. Es war so einfach, ihm die Kontrolle zu überlassen.

Schlussendlich ging ich mit Lily wieder ins Bett, nicht um Sex zu haben, sondern um zu schlafen. Wir kuschelten uns aneinander und redeten. Sie war ebenso begeistert wie ich über das, was wir erreicht hatten, und hatte jede Menge Ideen für die Zukunft. Bei den meisten stimmte ich einfach zu, denn inzwischen war mir klar, dass sie eine ganze Menge mehr Erfahrung mit okkulten Handlungen hatte als ich.

Sie erzählte mehr über sich und wie sie als Teenager begonnen hatte, gegen ihre Eltern zu rebellieren. Sie waren Mitglieder einer modernen christlichen Sekte, eine von der Sorte, denen es eine perverse Freude zu bereiten schien, wenn das Leben ihrer Mitglieder so unglücklich und eingeengt wie möglich war. Sie musste jeden Sonntag zum Gottesdienst gehen, manchmal auch in der Woche. Sie musste ihre Freizeit für gemeinnützige Arbeit in der Kirche opfern und ihr Geld für angeblich gute Zwecke spenden, doch es floss nur in die Kirche.

Zuerst hatte sie nur da herausgewollt, bis sie entdeckte, was für einen Aufruhr sie verursachen konnte, wenn sie einfach Ohrringe mit Pentagrammen trug. Von da an war es eskaliert. Jeder Versuch, ihr Verhalten zu ändern, sorgte dafür, dass sie umso entschlossener wurde. Als sie achtzehn

Jahre alt war, kleidete sie sich als Goth und lehnte es rundheraus ab, noch irgendetwas mit der Kirche zu tun zu haben. Sie zog endlich aus, aber ihr Interesse war geweckt und veränderte sich von reiner Abkehr von der Kirche zur Verehrung ihres Gegenteils.

Sobald sie eine Wohnung gefunden hatte, gab es nichts mehr, was sie zurückhielt. Sie studierte jeden Aspekt des Heidentums, des Okkulten, der Hexerei und noch viel mehr. Einiges verwarf sie wieder, anderes akzeptierte sie, aber ihr Fokus richtete sich mehr und mehr auf Lilitu. Sie hatte, wie ich auch, nicht wirklich an das Beschwören von Egregoren geglaubt, bis sie gesehen hatte, wie jemand es tat. Anschließend war sie entschlossen, es selbst zu versuchen. Dafür brauchte man eine Menge Mut, aber genau der schien so typisch für sie zu sein.

Elgar Vaughan hatte sie fasziniert, weil seine Glaubensvorstellung allumfassend und ungewöhnlich klar war, ohne das kommerzielle Drumherum, das sie an der Kirche ihrer Eltern so abgestoßen hatte. Er gehörte auch zu denjenigen, die das Konzept, einen Egregor zu erschaffen, erdacht hatten. Ich hatte bisher angenommen, dass es nur eine Illusion, wenn auch eine intensive war, aber nicht mehr. Nun wusste ich, dass dem nicht so war. Lily akzeptierte es einfach als Tatsache, aber ich wollte mehr darüber erfahren.

Die altbekannte Antwort, die man immer wieder von Theologen und Spiritualisten bekommt – »es liegt jenseits unserer Vorstellungskraft« –, war für mich niemals gut genug gewesen. Als wir Sonntag abend um den Tisch herum saßen und redeten, sagten die anderen vier, dass sie es akzeptierten; für sie war es ein Element des Mystischen, das zu dem gehörte, was wir taten. Selbst als ich Richard am nächsten Morgen um ein Uhr mit einem befriedigten

Lächeln nach Hause schickte, dachte ich noch darüber und über ihn nach.

Der Montagmorgen war seltsam, fast surreal. Alle waren fort. Da es keinerlei Spuren von den Ereignissen am Wochenende gab, wirkte es so, als wäre alles ein Traum gewesen. Das Wetter hatte sich schon am Nachmittag zuvor verschlechtert, und da ich nichts zu tun hatte, ging ich in die Bibliothek, in der Hoffnung, entweder eine Verbindung zwischen Richard und Elgar Vaughan zu finden oder sie ganz vom Tisch zu fegen. Ich spürte ihm gegenüber eine wachsende Ehrfurcht, ganz anders als das, was ich bei meinen vorherigen Partnern gefühlt hatte.

Trotz meiner Erfahrung mit Magog war ich noch immer skeptisch, was Richard anging. Ich war mittlerweile bereit, die Möglichkeit zu akzeptieren, dass er Elgar Vaughan war, aber ich brauchte dennoch Beweise. Nur wenn ich diese Beweise bekäme, könnte ich meine Gefühle akzeptieren, um ihn wirklich zu verehren. Das war mein Ziel, und auf dem Weg dorthin gab es keine Kompromisse.

Falls es einen Hinweis in der Bibliothek gab, so fand ich ihn nicht. Ich wusste ja nicht einmal, ob Richard Fox sein echter Name war. Falls mein Verdacht stimmte, war er das mit Sicherheit nicht. Seine geliehene Wohnung ließ auch nicht auf viel schließen, obwohl er bestimmt Papiere in irgendeiner Form bei sich trug. Nicht, dass sie mir zwingenderweise etwas erzählen würden, und mir war nicht wohl bei dem Gedanken, seine privaten Sachen zu durchsuchen, aber ich wusste, dass ich es tun musste.

Die Gelegenheit dazu erhielt ich früher als erwartet. Er rief mich am Mittwoch an und sagte mir, dass er einen anderen okkulten Spielgefährten kennenlernen wollte, und fragte mich, ob ich mitkommen wolle. Es war möglich, wenn ich früh aufstand, also sagte ich zu. Er holte mich in Paddington ab und erklärte mir, worum es ging, während wir in Richtung Westen fuhren.

»... ich denke, er ist dein Typ, wenn auch nicht so offensichtlich wie Magog und Nathan, also dachte ich, dass es nicht reichen wird, dir ein Foto zu zeigen.«

»Danke. Was für einen Hintergrund hat er?«

»Das ist es ja. Er tauchte in einem der Foren auf, in dem ich mit Nathan über Vaughan diskutiert habe. Die Idee fasziniert ihn, aber er weiß noch nicht so viel. Ich schätze, du wirst ein wenig überrascht sein und wahrscheinlich in Versuchung geführt werden.«

»Wie kommst du darauf?«

»Das wirst du schon sehen. Stell dir einfach vor, du bist ein Sukkubus.«

»Ein Sukkubus? Wieso?«

»Du wirst schon sehen.«

»Richard! Du musst mir schon mehr verraten als das!«

»Oh nein. Das werde ich nicht. Wir sind sowieso schon da.«

»Hier? Bist du verrückt geworden?«

Er bog links in eine Seitenstraße ein und verließ sie gleich wieder und fuhr auf einen Parkplatz vor einer großen Kirche aus Ziegelsteinen. Ein Schild stellte sie als St. Barnabas Hallfield vor, unter der Leitung von Reverend James Langdon. Ich stieg aus und erwartete, dass Richard anfangen würde zu lachen und einfach zugab, dass das alles ein Witz war. Er tat es nicht. Auf der einen Seite neben uns war die Kirchentür, auf der anderen eine einladende viktorianische Villa, die aus den gleichen roten Ziegeln gebaut war wie die Kirche. Davor stand ein knorriger Blauregen, der üppig bis über die Veranda gewachsen war. Richard ging auf das Haus zu, und das helle Licht der Sicherheitslampe strahlte ihn an. Ich folgte ihm zweifelnd und erreichte Richard, als er die Türglocke betätigte.

Kurz darauf stand ein großer, schlanker Mann in der Tür, dessen ruhige, attraktive Gesichtszüge besorgt dreinblickten, als er uns musterte. Ohne Worte wurden wir rasch hineingebeten, und hinter uns schloss er gewissenhaft die Tür. Seine Bewegungen zeugten von großer Nervosität. Richard lächelte amüsiert und sprach, sobald die Tür fest verschlossen war.

»James, das ist meine Priesterin, Dr. Sophie Page. Sophie, das ist Reverend James Langdon, der Vikar dieser Gemeinde.«

Langdon nickte, sein Mund verzog sich zu etwas, das halb Lächeln, halb Grimasse war.

»Kommt rein, kommt rein.«

Wir folgten ihm in das gemütlich eingerichtete Wohnzimmer. Dort standen eine dreiteilige Couchgarnitur mit Blumenmuster und zwei Bücherregale. Die Wände zierten verschiedene Schmuckgegenstände und Bilder, und über dem steinernen Kamin hingen zwei gekreuzte Ruder. Ich war vorher noch nie im Haus eines Vikars gewesen, aber so etwas in der Richtung hätte ich erwartet: gemütlich, kultiviert und einen Hauch akademisch. Es gab noch einen Akzent, den einer Frau.

»Wird deine Frau uns Gesellschaft leisten?«

Sein Gesicht war sehr rot, als er antwortete: »Nein … nein, überhaupt nicht. Eleanor ist heute Abend bei einer Frauengruppe und wird erst spät zurück sein. Setzt euch doch.«

Ich setzte mich neben Richard auf die Couch, der es sich bequem machte, ohne darauf zu warten, dass man es ihm anbot. Reverend Langdon war offensichtlich sehr aufgeregt, und es war unmöglich, das nicht wenigstens ein wenig lustig zu finden, wenn auch sehr sonderbar. Richard begann zu sprechen. »James hat ein Interesse an Elgar Vaughan entwickelt, und er wollte dir ein paar Fragen stellen, Sophie.«

Dahinter steckte mehr, das konnte ich an der Belustigung in Richards Stimme hören und an der Farbe in James Langdons Gesicht sehen, als er antwortete.

»Ich, ah, ... ich habe gehört, du lebst in Elmcote Hall?«

»Ja, das tue ich.«

»Und du bist sozusagen der Kurator von Elgar Vaughans Nachlass, eingeschlossen der Bibliothek?«

»Ja.«

»Ich verstehe, ich verstehe. Dann hast du diese außergewöhnlichen Bilder sicher gesehen, oder?«

»Ja, die gesamte Kollektion. Einige der Originale hängen in Rahmen an den Wänden der Bibliothek.«

Er hielt inne und verschränkte seine Finger ineinander. Sein Gesicht war nun dunkelrot. Richard schaltete sich ein.

»Ich habe James erzählt, dass man annimmt, dass sie nach realen Ereignissen gemalt wurden. Er glaubt mir natürlich nicht –«

James unterbrach ihn.

»So weit würde ich nicht gehen. Es muss einfach zu einem gewissen Maß eine Interpretation der Ereignisse durch den Künstler stattgefunden haben, ja, aber die menschlichen Elemente ...«

Ich dachte nach, ehe ich antwortete, und fragte mich, was ein Beobachter wohl gesehen hätte, als ich unter Magog auf dem Rasen von Elmcote Hall gelegen hatte.

»Es gab einige Interpretationen, ja, und man nimmt an, dass die Bilder nach den Ritualen gemalt worden sind, nicht während sie noch stattfanden. Aber solche Dinge rufen sehr intensive Gefühle hervor, mehr noch sogar, und verwischen damit die Grenzen zwischen dem, was anwesend ist, und dem, was nur den Anschein erweckt, anwesend zu sein.«

Richard meldete sich.

»Ich denke, James ist mehr daran interessiert, was darauf passiert.«

James war nun völlig errötet und fuhr fort: »Ja, in der Tat. Ich will ehrlich sein. Seit einiger Zeit durchlebe ich etwas, was man als Sinnkrise bezeichnen könnte. In zwei Jahren werde ich fünfzig. Man sagt zwar, dass die besten Sachen dem Teufel gehören, aber ich werde das Gefühl nicht los, dass in meinem Leben einige, sagen wir, irdische Freuden fehlen. Bei euch Heiden sieht es so aus, als hättet ihr die ganze Zeit viel Spaß.«

»Den haben wir. Heißt das, du willst konvertieren?«

Es fiel mir schwer, nicht zu grinsen, während ich auf seine Antwort wartete. Er war so voller unterdrückter Lust und Eifer, dass ich das Gefühl bekam, durch und durch böse zu sein. Ich fühlte mich, so wie Richard gesagt hatte, wie ein Sukkubus, der vorhatte, einen Mann von seinem geraden und einfachen Pfad wegzulocken. Schließlich sprach er weiter.

»Konvertieren ist unter diesen Umständen ein zu starkes Wort. Ich bin eher neugierig, und ich gebe zu, ich habe Zweifel. Das ist der Grund, warum ich Richard gebeten hatte, dich heute Abend herzubringen. Ich hoffe, du entschuldigst meine Zweifel, sie müssen wie Zynismus auf dich wirken, aber ich war mir nicht sicher, ob deine Behauptungen möglicherweise falsch …«

»… oder irgendeine Bauernfängerei sind, schon klar.«

Richard hatte ihn unterbrochen, und angesichts seiner Worte wurde James noch röter und stammelte als Antwort: »Nein, nein, das meinte ich nicht, nichts dergleichen, nur …«

Richard hob die Hand.

»Bitte entschuldige dich nicht. Ja, es hätte durchaus sein können, dass ich ein Lügner oder Zuhälter wäre, du wusstest ja nichts von mir. Ich bin aber keines von beiden, nur ein praktizierender Heide. So wie du praktizierender Christ bist. Es ist wirklich so einfach, und wenn wir auf eine, wie du sagen würdest, irdischere Weise unseren Glauben zelebrieren, dann kann ich dir diesen Weg nur empfehlen.«

James nickte ernst. Wir waren für meinen Geschmack ein wenig zu nah dran zuzugeben, was wir wirklich taten und wo wir es taten, und ich warf Richard einen warnenden Blick zu, während James fortfuhr: »Ich verstehe. Nun ja, ich muss sagen, dass ich wirklich sehr dankbar wäre, wenn es mir erlaubt wäre, an – an einer solchen Zeremonie teilzunehmen. Wäre das denkbar? Ich meine – nur falls das nicht etwas ist, dass ihr nur unter euch macht, zumindest hatte ich den Eindruck bekommen?«

Sein Gesicht war leuchtend rot vor Scham, und ich fühlte mich übermütiger denn je. Richard antwortete ihm ruhig und direkt.

»Dein Eindruck täuscht dich nicht. Wir feiern die Natur, den Wechsel der Jahreszeiten, das Leben selbst, und gibt es etwas Natürlicheres, als die Freuden des eigenen Körpers zu genießen?«

»Das stimmt, das stimmt, das ist, was ich immer gedacht habe.«

Seine Stimme war rau vor ehrlicher Leidenschaft und Lust, sein Blick glitt über mein Gesicht, meine Brust und die Rundung meiner Hüften, die durch meine Position auf dem Sofa hervorstanden. Es war äußerst amüsant und auch aufregend, aber es gab noch etwas, das ich wissen musste.

»Was ist mit deiner Frau?«

»Eleanor weiß nichts über meine Gefühle zu diesem Thema. Sie hat viele Tugenden, ist aber ein klein wenig zu festgefahren.«

»Hätte sie also etwas dagegen? Würdest du sie dann nicht betrügen?«

Auf seinem Gesicht breitete sich Niedergeschlagenheit aus, als er mir antwortete: »Ich muss zugeben, dass ich das nicht im physischen Sinne tun würde. Meine Frau und ich haben schon seit zehn Jahren keinen Verkehr mehr.«

»Zehn Jahre?«

»Fast zwölf, seit einem unglücklichen Missverständnis wegen des Au-pair-Mädchens meines Bruders, an dem ich, wie ich euch versichere, gänzlich unschuldig war. Darf ich fragen, ob eure Rituale so ablaufen, wie man es auf Elgar Vaughans Bildern sieht?«

Ich lachte.

»Wir müssen zwar erst noch einen riesigen ziegenköpfigen Hermaphroditen herbeirufen, aber wir tun unser Bestes.«

Er sah mich verwirrt an, wahrscheinlich versuchte er herauszufinden, ob ich es ernst meinte oder nicht. Dann fuhr er fort: »Genau das war es, worüber Richard und ich mit eurem Freund Nathan online diskutiert haben. Ich muss aber zugeben, dass ich skeptisch bin. Kann man seine Sexualität wirklich so ungezwungen ausleben?«

Darauf gab es nur eine Antwort, und ein Blick zu Richard zeigte mir, dass er genau diese von mir erwartete. Ich stand auf, trat zu James' Stuhl und ging vor ihm auf die Knie. Der Ausdruck auf seinem Gesicht war unbezahlbar. Ich nahm den Saum seiner Robe und hob sie an, aber er machte keine Anstalten, mich aufzuhalten. Kurz darauf hatte ich ihn aus seiner Hose befreit und seine Männlichkeit in meine Hände genommen, er verdrehte die Augen vor Lust oder möglicherweise im Gebet.

Ich entledigte mich meines Pullovers und meines BHs, sodass meine Brüste nackt waren. Etwas, das Männern immer an Frauen zu gefallen scheint, die ihrer Männlichkeit die Ehre erweisen. Ich tat genau das und nahm ihn in den Mund, während Richard amüsiert und erfreut zusah. Vielleicht war Richards Anwesenheit ein wenig entmutigend, denn trotz meiner Anstrengungen dauerte es ewig, bis James eine Erektion hatte, und er brauchte noch länger, bis er kam, auch wenn mich das erst recht anspornte, alles zu einem guten Ende zu bringen. Es fühlte sich so falsch und herrlich verboten an, diesen Mann der Kirche in meinen Mund zu nehmen und ihm Vergnügen zu schenken. Mein Job in Elmcote Hall hatte mich auf die ungewöhnlichsten Wege geführt!

Als er fertig war, war er voller beschämter Dankbarkeit und fürchtete, dass es mir nicht wirklich gefallen hatte. Ich versicherte ihm, dass es mir Freude gemacht hatte, was auch stimmte, und setzte mich mit dem Gefühl, unglaublich verdorben zu sein, wieder neben Richard.

Ich wäre noch weiter gegangen, aber Richard schien zufrieden zu sein, und nachdem wir noch ein wenig miteinander geredet hatten, verließen wir das Haus, da James nervös war, weil seine Frau eventuell früher heimkam. Wieder im Auto, konnte ich mich kaum zurückhalten und wäre am liebsten gleich dort über Richard hergefallen. Er war ruhiger und schien damit zufrieden zu sein, meine offensichtlich steifen Nippel durch meinen Pullover hindurch zu streicheln, ehe er den Motor anließ.

»Was denkst du?«

»Großartig!«

»Heißt das, wir nehmen ihn auf?«

Ich versuchte mein Verlangen zu unterdrücken und für den Moment ernster zu werden.

»Ich würde gerne und habe auch wirklich das Gefühl, dass es seine Sorgen mildern würde. Aber kann er damit umgehen? Wenn er schon eine Sinnkrise hat, was sagt uns, dass er nicht noch eine haben wird?«

»Wohl wahr, wohl wahr. Aber mir gefällt die Idee, einen Vikar als Mitglied zu haben. Laut einigen Denkrichtungen sollte ein Kult wie unserer von einem von der Kirche ausgestoßenen Priester angeführt werden.«

»Vaughan glaubte das nicht, und James Langdon ist nicht aus der Kirche verstoßen worden.«

»Noch nicht. Wenn er so weitermacht, wird er das aber bald werden.«

»Genau das meine ich. Er stellt ein Risiko dar, aber es ist verführerisch. Würdest du ihn zwingen, deinen Hintern zu küssen?«

»Oh, ich schätze schon. Ich ziehe offensichtlich Frauen vor, aber unter diesen Umständen schätze ich, dass es nötig sein wird.«

»Denkst du, er würde es tun?«

»Vielleicht. Vielleicht müssen wir ihn erst mit einigen Versuchungen anlocken, aber ich bin mir sicher, dass du und Lily schon dafür sorgen werdet.«

»Mit Vergnügen! Klar, Lily und ich, aber da gibt es noch ein Problem. Wir müssen die Anzahl der Männer und Frauen ausgewogen halten, und wenn James dazukommt, steht es vier zu zwei.«

»Ich stimme dir völlig zu, und ehrlich gesagt habe ich Bedenken, dass James eventuell die Nerven durchgehen. Wir sollten ihn zu irgendwas einladen, ich stelle mir eine Initiation vor, aber nicht in Elmcote Hall. Nathan würde gerne so etwas in der Art auf seiner Farm in den Wäldern ausrichten.«

»Das klingt perfekt. Aber was ist mit den weiblichen Mitgliedern?«

»Das ist schwierig. Die meisten Frauen im Internet sind bei Männern sehr vorsichtig, und Heiden stellen da keine Ausnahme dar. Magst du Sonntagabend herkommen und Montag in meiner Wohnung bleiben und im Internet herumsurfen?«

»Perfekt.«

Es war in der Tat perfekt, auch wenn ich mich wegen meiner Absichten ein wenig schuldig fühlte.

Als wir in seiner Wohnung ankamen, hatte ich mich entschieden, was ich tun wollte. Es würde nicht reichen, einfach nur am Morgen schnell die Wohnung zu durchsuchen, wie ich es ursprünglich geplant hatte. Ich brauchte Zeit, und das bedeutete, dass ich bis Montag warten musste. Zuerst musste ich aber mein Gewissen beruhigen und zu Ende bringen, was wir mit Reverend James Langdon begonnen hatten. Kaum in der Küche, ging Richard gleich zum Kaffeekocher, doch ich stellte mich ihm in den Weg.

»Setz dich hin.«

Er setzte sich. Auf seinem Gesicht flackerte kurz Widerstand dagegen auf, dass ich ihm befahl, was er zu tun hatte, doch er verschwand, als ich mich auf seinen Schoß setzte und meine Arme um seinen Hals schlang.

»Ich bin wirklich ein richtig böses Mädchen gewesen, oder nicht?«

»Ich würde sagen, das warst du.«

»Ohne Zweifel. Ich meine, einem Vikar einen zu blasen? Da muss man doch etwas tun, oder? Ich denke, man sollte mir den Hintern versohlen.«

Sein Gesicht hellte sich auf.

»Unbedingt.«

Im nächsten Moment hatte er mich schon angehoben und über seine Knie gelegt. Ich schloss vor lauter Vorfreude die Augen und zerrte an meinen Kleidern, zog mir das Oberteil und den BH aus und die Jeans herunter. Mein Slip folgte. Er zog ihn mir bis zu den Knöcheln herunter, und ich fühlte mich herrlich bloßgestellt. Er legte los, hart genug, dass ich quietschte und mich wand. Ich hatte das Gefühl, bestraft zu werden, gleichzeitig aber noch stärker erregt zu werden. Ich wurde nicht für das, was ich mit James gemacht hatte, bestraft, sondern für das, was ich noch mit ihm machen wollte.

Es dauerte nicht lang. Mein Hintern hatte sich gerade erst gerötet und war warm geworden, da hörte er auf und hob mich wieder an. Diesmal stellte er mich auf dem Boden ab. Instinktiv ging ich auf die Knie und wusste genau, was passieren würde. Er zog seine Hose und die Unterwäsche aus und warf sie auf den Boden. Dann spreizte er seine Beine und schob mir seinen Schwanz in den Mund.

Ich nahm ihn auf und saugte mit geschlossenen Augen und voller Genuss daran, während mein Hintern angenehm glühte. Anders als James Langdon war Richard bald hart, und ich leckte und küsste über seine wunderbar weiche Haut. Ich dachte daran, dass ich an diesem Abend gleich zwei Männer in meinem Mund gehabt hatte, und wie gut sich das anfühlte. Nach einiger Zeit legte ich meine Hand auf die heiße Haut meines Hinterns, streichelte dort und begann mit mir selbst zu spielen. Ich saugte nicht mehr nur, sondern zollte ihm meinen Tribut, seine große, glatte Erektion war für mich ein lebendiger Götze, vor dem man in Anbetung niederknien musste.

Ich nahm seinen Schwanz in die Hand, setzte einen sachten gezielten Kuss gleich zwischen seine Pobacken und ließ ihn damit wissen, wie sehr ich ihn verehrte. Er lachte leise als Antwort, was sich schnell zu einem Seufzen wandelte, als ich wieder begann, ihn zu lecken, und ihm das uneingeschränkte Vergnügen meiner Zunge gewährte, während ich mich selbst streichelte und im gleichen, perfekten Augenblick zur Ekstase führte.

Wie sich herausstellte, hätte ich ohnehin keine Gelegenheit gehabt, die Wohnung zu durchsuchen. Richard bestand nämlich darauf, mich in ein Taxi nach Paddington zu setzen, ehe er zur Arbeit ging. Ich kam pünktlich in Elmcote Hall an und öffnete nur wenige Minuten nach der offiziellen Öffnungszeit. Nach einem hastig getrunkenen Kaffee machte ich meine Tempelrunde. Ich war noch immer nicht zu hundert Prozent überzeugt, dass wir das Problem mit den Eindringlingen aus der Welt geschafft hatten. Aber es gab keine Anzeichen dafür, dass irgendjemand hier gewesen war oder gar mit irgendetwas herumgepfuscht hatte. Ich lächelte angesichts meines eigenen Misstrauens und ging zurück zum Haus.

Niemand schien vorbeizukommen, also machte ich mich daran, Elgar Vaughans genaue Größe auszurechnen. Es gab viele Fotos, auf denen er neben Objekten stand, die ich ausmessen konnte, und auch wenn ich Probleme mit dem Maßstab hatte, konnte ich seine Größe doch bald irgendwo zwischen einem Meter neunzig und dreiundneunzig festmachen. Richard behauptete von sich selbst, dass er einen Meter neunzig groß war, und auch wenn Männer gerne übertrieben, so war er doch nahe dran.

Ich benutzte eine Lupe, um Vaughans Gesicht nach markanten Punkten abzusuchen. Man sollte meinen, dass jeder kleine, aber unverwechselbare Merkmale hat, selbst wenn es nur ein bestimmtes Muster der Sommersprossen ist. Elgar Vaughan hatte ein bemerkenswert glattes Gesicht, zumindest dachte ich das, bis ich die winzige Unregelmäßigkeit neben seinem linken Auge fand.

Ich fand sie auf jedem Bild, zumindest auf denen, auf denen sie überhaupt zu erkennen waren. Voller Erwartung stellte ich die Bilder zurück. Jetzt konnte ich mir endlich Klarheit verschaffen, und auch wenn ich mir nicht völlig sicher war, ob ich es wirklich wissen wollte, so wusste ich doch, dass ich es tun würde. Obwohl mir die Stimme der Vernunft sagte, dass es Unsinn war, wusste ich doch, dass ich enttäuscht sein würde, wenn sich herausstellen sollte, dass Richard Fox wirklich nichts weiter war als Richard Fox. Falls sich aber herausstellen sollte, dass er Elgar Vaughan war, so wusste ich nicht, wie ich reagieren würde. Allein der Gedanke daran reichte aus, um mich mit Ehrfurcht und einer gehörigen Portion Angst zu erfüllen.

Den Rest des Tages schwankte ich immer wieder hin und her. Ich sagte mir, dass es lächerlich war, und gleichzeitig verspürte ich den brennenden Wunsch, dass es wahr wäre. Ich konnte mich auf nichts anderes mehr konzentrieren und ging immer wieder in die Bibliothek zurück, um in Elgar Vaughans Gesicht zu starren. Meine Obsession war stärker als jemals zuvor. Wieder und wieder versuchte ich, einen Fehler in meiner Theorie zu finden, aber es gab keinen. Alles ergab einen Sinn, selbst sein Interesse an mir. Denn falls er wirklich den Sabbat Aceras hatte wiederbeleben wollen, erschien es durchaus logisch, die Frau zu verführen, die auf das Haus aufpasste.

Ich musste mich ablenken, aber es gab nichts, was ich tun konnte, ehe ich ihn nicht wiedersah. Als es Zeit war zu schließen, wäre ich am liebsten sofort zum Bahnhof gerannt. Nur meine Angst vor einer Enttäuschung hielt mich davon ab, aber ich fühlte mich wie unter Strom und unfähig, mich zu entspannen. Ich musste irgendetwas tun, außerdem war es ein warmer Tag gewesen, also ging ich hinunter zum Teich, zog mich aus und sprang von der Brücke hinein.

Das Wasser war kalt und tat mir gut. Doch auch wenn es meinen Körper entspannte, blieb mein Kopf in Aufruhr. Allein die Vorstellung, nackt im Teich in Elgar Vaughans Wäldern zu liegen, reichte aus, dass ich an nichts anderes als an ihn denken konnte. Ich stellte mir vor, wie er zu mir käme und mit gelassenem Lächeln dabei zusähe, wie ich nackt schwamm, ehe er mich aus dem Wasser heben und mich auf die Knie zwingen und mir seinen riesigen weichen Schwanz in den Mund stecken würde.

Ich wollte es mir selbst machen, ich konnte einfach nicht anders, doch gerade als ich aus dem Teich gestiegen war, rief eine Stimme vom Haus her meinen Namen. Es war eindeutig Julie, aber ich erschreckte mich trotzdem. Ich rief ihr zu, wo ich war, und sammelte rasch meine Kleider zusammen. Nur mit Schuhen und einem Handtuch bekleidet, lief ich über den Rasen.

Sie wartete an fast exakt dem gleichen Punkt, an dem Magog mich während des Rituals genommen hatte, und ich errötete, während ich sie zur Begrüßung auf die Wange küsste. Mir war gerade niemand mehr willkommen als sie. Ihre vernünftige, bodenständige Art waren das perfekte Mittel gegen den Zustand, in den ich mich selbst gebracht hatte. Sie hatte auch Wein mitgebracht und ein Angebot, dass ich nicht ablehnen konnte.

»Zieh dir einfach etwas Bequemes an und überlass alles Weitere mir. Ich werde für dich kochen.«

»Danke. Womit hab ich das verdient?«

»Weil du meine Freundin bist, Süße, das ist alles. Na los, beweg dich.«

Ich ließ zu, dass sie mich zurück zum Haus lotste, und lief im Haus gleich die Treppe hinauf, während sie begann zu kochen. Es gab keinen Grund, mehr als ein T-Shirt und einen Slip anzuziehen, und ich war bald schon wieder unten. Julie trug meine Schürze über ihrem eleganten grünen Kostüm und schnitt Auberginen. Ein volles Glas Rotwein stand neben ihr, ein weiteres stand auf dem Tisch. Ich nahm einen Schluck und setzte mich hin.

»Das ist wirklich lieb von dir. Was machst du?«

»Nur einen Auflauf, ganz wie bei Muttern, mit dem, was ich so im Schrank finde. Also, Süße, gibt es wieder ein paar skandalöse Geständnisse diese Woche?«

»Nichts, womit ich nicht klarkomme.«

»Du wirst es Tante Julie aber trotzdem erzählen, oder?«

»Vielleicht. Bist du religiös?«

»Zum Teufel, nein.«

»Gut. Richard hat mich letzten Mittwoch zu einem Vikar mitgenommen.«

»Und das soll skandalös sein?«

»Richard hat mich dazu gebracht, dass ich ihm einen geblasen habe.«

Damit hatte ich ihre ganze Aufmerksamkeit.

»Du hast ihm vor dem Vikar einen geblasen?!«

»Nein. Er brachte mich dazu, dem Vikar einen zu blasen.«

»Also, das ist wirklich skandalös! Du bist ein wirklich verkommenes Mädchen, Sophie Page.«

»Das habe ich Richard auch gesagt. Er hat mir den Hintern versohlt.«

Ich wurde rot und versuchte gleichzeitig nicht zu lachen. Julie drehte sich, die Hand in die Hüfte gestützt und die Augenbrauen erhoben, zu mir um.

»Falls du es wissen willst, Süße, ich denke, du hast bekommen, was du verdienst! Vielleicht sollte ich das auch mal versuchen?«

Sie scherzte, und ich streckte meine Zunge heraus, als sie sich wieder zum Küchenbrett umdrehte. Es machte mir Spaß, mich ihr anzuvertrauen, und es ließ das, was ich getan hatte, noch verdorbener aussehen. Nicht dass ich dieses Mal Hilfe dabei gebraucht hätte. Sie fuhr fort, zu kochen und zu trinken. Sie vermischte alles in einer Auflaufform und schob sie in den Ofen, ehe sie sich mir gegenüber setzte.

»Vielleicht sollte ich diesen Richard-Typen mal kennenlernen?«

»Vielleicht solltest du das. Er ist toll, die Sorte Mann, die ich mir immer gewünscht habe – stark, ohne mich zu erdrücken.«

Das ganze Ausmaß meines Verlangens konnte ich ihr nicht erklären, sie hätte mich sonst für verrückt erklärt, aber wie immer hatte ich einfach das Bedürfnis zu reden.

»Klingt perfekt. Du hast Glück.«

»Ich schätze, das habe ich. Nicht dass es mir etwas ausmacht, Single zu sein, aber wenn ein Mann wie er einem über den Weg läuft ...«

»Schnapp ihn dir, solange er noch heiß ist, Süße.«

»... jemand, der so denkt wie du, der die gleichen Dinge will. Ich bin noch nie jemandem wie ihm begegnet.«

»Ich auch nicht, was eine absolute Schande ist.«

»Fang bloß nicht so an. Du weißt, dass es nur daran liegt, dass du zu hart arbeitest und zu wählerisch bist.«

Sie lächelte schief und griff nach der Flasche. Es war noch gerade genug darin, um unsere Gläser zur Hälfte zu füllen, und ich holte noch eine von den Flaschen, die Richard mitgebracht hatte. Ich fühlte mich bereits viel entspannter und war bereit für einen Abend in Julies Gesellschaft bei gutem Essen und gutem Wein. Der Nudelauflauf brauchte eine Stunde zum Garen, aber mir machte es nichts aus. Mein Appetit wuchs langsam an, während wir über alles Mögliche redeten. Als das Essen fertig war, war ich betrunken. So betrunken, dass es keine gute Idee zu sein schien, eine weitere Flasche zu öffnen. Das war mir aber egal, und mit irgendetwas mussten wir das Essen ja herunterspülen. Es war köstlich, obwohl es aus Resten aus meinem Vorratsschrank bestand. Danach fühlten wir uns satt und völlig zufrieden. Kichernd erzählten wir uns immer schmutzigere Geschichten, von denen Julie Unmengen auf Lager hatte.

»... oh, du hättest es sehen sollen. Dieser Typ stand da, mit der Hose um die Knöchel, und sein Schwanz stand stocksteif nach oben, und der Polizist sah gar nicht glücklich aus, während er seinen Schlagstock immer wieder in seine Hand sausen lässt. Der Typ sagt ›Das ist alles ein Missverständnis, ich musste nur pissen‹, und das, obwohl ich immer noch vor ihm knie!«

»Oh nein. Und was ist dann passiert?«

»Was wohl, wir wurden verhaftet. Der Polizist rief einen Streifenwagen, und man hat uns zur Wache gebracht, aber da wussten sie nicht, in welche Zelle sie mich stecken sollten ...«

Sie hielt plötzlich inne. Selbst wenn sie das nicht getan hätte, hätte ich gemerkt, dass etwas nicht stimmte. Ich hätte es auch gar nicht ignorieren können, denn sie war dunkelrot geworden und sah mich mit offenem Mund an. Mit einem

Mal verstand ich, und mir fiel selbst die Kinnlade herunter, als mir langsam alles klar wurde. Sie sah es und schlug sich die Hand vors Gesicht.

»Oh, scheiße!«

Ich war sprachlos. Mein Kopf drehte sich, und ich wusste gar nicht, wo ich hinsehen sollte. Ich fühlte mich wütend und erheitert, betrogen und entzückt, alles gleichzeitig. Erst als ich merkte, dass sie weinte, fand ich meine Stimme wieder.

»Nein, Julie, nicht, bitte ...«

Sie sah auf. Ihre Augen schwammen in Tränen, und sie schüttelte den Kopf, während sie aufstand und sagte: »Nein, es tut mir leid, Sophie. Es tut mir so sehr leid – ich wollte nicht –«

»Nein, Julie, stop! Komm wieder her, du benimmst dich lächerlich.«

»Nein. Du hasst mich jetzt –«

»Nein!«

Sie rannte zur Tür. Ich folgte ihr und holte sie schnell ein. Ich griff nach ihrem Arm, ehe sie verschwinden konnte. Sie drehte sich um, und ihr Gesicht war eine Maske reiner Verzweiflung, Tränen strömten über ihre Wangen, als sie auf mich herabsah.

»Geh nicht, Julie! Wir können darüber reden, wir –«

Wieder schüttelte sie den Kopf.

»Nein. Das hat keinen Sinn, Sophie, es wäre nie wieder wie früher. Es tut mir leid, aber ... ich wollte dich niemals belügen. Ich liebe dich, Sophie, ich liebe dich mehr, als irgend ...«

Sie versuchte sich loszureißen, doch ich hielt sie fest.

»Halt die Klappe und komm her!«

Ich zog sie wieder hinein und in Richtung der Bibliothek. Sie folgte mir, wenn auch nur widerstrebend, und weinte dabei noch immer. Ich musste sie an den Schultern fassen, damit sie das Bild ansah, auf dem Elgar Vaughan neben der offensichtlich erregten und offensichtlich hermaphroditischen Baphomet-Figur saß.

»Sieh dir das an, Julie. Glaubst du, es fällt mir noch auf?«

»Natürlich fällt es dir auf. Jedem fällt es auf, wenn –«

»Okay, okay, es fällt mir auf, und du hättest es mir sagen sollen, aber es ist nichts Schlimmes, es ist – es ist –«

»Nein. Du bist wirklich lieb, Sophie, aber –«

»Oh, halt die Klappe! Komm her.«

Ich nahm sie in meine Arme und stellte mich auf die Zehenspitzen, um ihr Gesicht zu küssen. Sie wollte sich abwenden, aber meine Lippen küssten die Tränen von ihren Wangen, und ich spürte, wie die Spannung langsam aus ihrem Körper schwand. Ich hielt sie fest und schob sie rückwärts, dorthin, wo Vaughans Sessel stand, und schob sie hinein. Sie war nachgiebig und setzte sich. Als meine Hand zu ihrem Rock glitt, keuchte sie erschrocken auf.

»Sophie, nein!«

»Sch, halt die Klappe, Julie. Ich werde es tun.«

Ihre Antwort bestand aus einem schwachen Stöhnen, und ich schob ihren Rock hinauf bis zu ihren Hüften. Darunter trug sie Strapse, die von einem Strumpfhalter gehalten wurden. Die Strapse reichten nicht bis zum Ansatz ihrer Schenkel, sie ließen zwei blasse, glatte Ringe aus Haut frei. Dort war auch die lose Seide ihres Spitzenhöschens zu sehen. Ich ging auf die Knie und war ebenso aufgeregt und fühlte mich ein bisschen unanständig, wie beim ersten Mal, als ich den Schwanz eines Mannes herausgeholt und damit gespielt hatte.

Damals hatte ich nicht gezögert, und ich zögerte auch jetzt nicht. Ich schob mit der Hand den Schritt von Julies Spitzenhöschen beiseite und befreite den kleinen rosafarbenen Schwanz und die runden Eier darunter. Ich schob sie direkt in meinen Mund. Sie seufzte, als ich begann, an ihr zu saugen, ein Geräusch reinsten Vergnügens. Sie spürte, dass Worte diesen Moment nur zerstört hätten. Sie ließ mich einfach das tun, was ich wollte, und genoss meine Bemühungen. Ich wollte einfach nur ihren kleinen Penis genießen und genoss das Gefühl, so herrlich unanständige Dinge mit einem Transsexuellen unter dem Bild von Elgar Vaughan und in seinem Sessel zu machen.

Wir sprachen nicht, während ich Julie langsam und zärtlich erregte. Ich saugte und neckte sie mit meiner Zunge und war entschlossen, ihr zu zeigen, dass ich keine Vorbehalte hatte. Ich kniete, so, wie ich es am liebsten hatte, und als ich ihre stramme Erektion aus meinem Mund entließ, sah ich auf, begierig mich völlig aufzugeben.

»Mach mit mir, was immer du willst, aber mach es hier.«

Sie nickte, und ich sah wieder etwas von dem alten Funkeln in ihren Augen. Sie umfasste mich und zog meinen Körper an sich. Unsere Münder trafen sich, und wir küssten uns, selbst noch, als sie mir das Oberteil hochzog, meine Brüste dabei entblößte, und es mir schließlich ganz abstreifte. Mein Höschen folgte, sie schob es mir über die Beine und warf es dann zur Seite, bis ich nackt in ihren Armen lag. Sie stand auf und hob mich mit Leichtigkeit an. Dann setzte sie mich kniend auf dem Sessel ab. Ich streckte meinen Hintern heraus und atmete schwer, als ich einen Blick über die Schulter hinter mich warf.

Jetzt war sie diejenige, die unbestreitbar die Kontrolle hatte, und meine Augen lagen auf ihrer Erektion, die steif aus der Seide ihres Höschens aufragte und bereit für meinen Körper war. Sie streifte sich das Jackett ab und öffnete ihre Bluse. Ihre schweren Brüste sahen in dem BH absolut echt aus, und sie nahm ihn auch nicht ab. Sie kam näher und umfasste fest aber zärtlich meine Hüften. Ich erschauerte, als ich spürte, wie ihr kleiner Schwanz gegen meine Spalte stieß und hineinglitt. Sie fickte mich, doch nur kurz.

Nach einigen festen Stößen zog sie ihn wieder heraus und drückte die sanft gerundete Spitze wieder gegen meinen Körper, nur diesmal höher. Ich öffnete den Mund und keuchte auf, als mir klar wurde, dass sie meinen Hintern nehmen wollte. Ich wollte schon protestieren, doch ich schluckte den Protest herunter, und dann war es zu spät. Ich ließ es zu, und als sie sich tiefer in meinen Hintern schob, streichelte ich meine Scham mit der Hand. Ich genoss das außergewöhnliche Erlebnis, von meiner Freundin genommen zu werden, während Elgar Vaughan von seinem Bild auf uns herabsah.

10

Natürlich hätte ich es schon früher bemerken müssen, denn im Rückblick war es offensichtlich. Allein Julies Größe hätte mir schon ein Hinweis sein können, ebenso wie ihre Art sich zu kleiden, ihre Art zu gehen, ihre Art sich zu schminken – alles an ihrem Verhalten. Mir war einfach nie der Gedanke gekommen, ebenso wenig wie ich geahnt hätte, dass Reverend James Langdon sich danach sehnte, an heidnischen Orgien teilzunehmen. Wenn nichts Offensichtliches dagegenspricht, dann neigen wir dazu, Menschen so wahrzunehmen, wie sie sich uns zeigen. Ich hatte Julies Art einfach auf ihre New Yorker Herkunft geschoben, und wenn mich das naiv aussehen ließ, war es eben so.

Was ich nicht tun würde, war, meine Freundschaft zu ihr zu beenden. Ich hatte von Anfang an die richtige Wahl getroffen, und ich hatte vor, dabei zu bleiben. Ich mochte sie, oder ihn – egal – und ich weigerte mich, die Tatsache, dass sie ein Er war, dazwischenkommen zu lassen. Das bedeutete nicht, dass es mir leichtfiel, mich daran zu gewöhnen, und es stimmte, dass unsere Freundschaft nicht mehr die gleiche sein würde. Das bedeutete aber nicht, dass sie nicht gut sein konnte. Besser sogar, denn das Gefühl, von hinten von ihr genommen zu werden, mit ihrem Körper auf meinem und ihren schweren Brüsten, die sich gegen meinen Rücken pressten, war auf extremste Weise bizarr und absolut wundervoll. Ungewöhnliche sexuelle Erfahrungen hatte ich schon immer genossen, und Julie hatte eine Menge davon zu bieten.

Nachdem sie mich in der Bibliothek genommen hatte, gingen wir ins Bett und spielten ausgiebig miteinander. Oder besser gesagt: Julie genoss es, endlich all die Dinge mit mir machen zu können, von denen sie schon so lange geträumt hatte, seit dem Tag, an dem wir uns kennengelernt hatten. Ich überließ ihr die Führung, genoss es, einfach zu tun, was man mir sagte, und genoss es, ungezogen zu sein. Nicht dass ich nicht auf meine Kosten gekommen wäre. Sie genoss meinen Körper und ließ mich öfter kommen als ich zählen konnte.

Wir redeten nicht viel, wir wussten beide, dass es zwischen uns noch viel Unausgesprochenes gab. Für den Moment schoben wir das aber beiseite, und bis zum Morgen ließen wir die vielen Fragen ruhen. Sie ging, bevor ich wirklich wach war. Wir verabschiedeten uns mit einem Kuss und versicherten uns, das alles in Ordnung war, daher war ich mir sicher, dass sie wiederkommen würde, und ich freute mich darauf.

Mein Kopf war tags zuvor schon voll gewesen, doch heute war es noch schlimmer. Ich musste noch so viele Dinge erledigen, beispielsweise meinem Freund sagen, dass ich mit einem Transsexuellen geschlafen hatte – das hieß, wenn man Richard als meinen Freund bezeichnen konnte und nicht nur als Objekt meiner Verehrung. Es war fast zu viel, um es nachzuvollziehen, und die Nachwirkungen der vier Flaschen starken Rotweins trugen nicht gerade dazu bei, dass ich besser nachdenken konnte. Obendrein kamen mehrere Besucher, und als es Zeit war abzuschließen, war ich ungeheuer erleichtert. Ich aß ein paar Löffel von dem kalten Nudelauflauf mit Ketchup oben drauf und ging ins Bett. Ich hatte nicht einmal mehr genug Energie, um meinen Pyjama anzuziehen.

Richards Lippen auf meinen weckten mich, und im ersten Moment erschrak ich. Er hatte einen eigenen Schlüssel, aber im ersten Moment wusste ich nicht, ob ich träumte und Richard mich küsste, oder ob ich träumte und Elgar Vaughan mich küsste, oder ob ich wach war und mich einer von beiden küsste. Mein Blick glitt über sein Gesicht, und dort war es, das winzige Muttermal, nur wenige Zentimeter von seiner linken Augenbraue entfernt.

War es wirklich das gleiche Muttermal? Elgar Vaughans Mal war blass, Richards war dunkel. Das konnte sich mit der Zeit geändert haben oder auch nicht. Ich starrte ihn an. Mein Mund stand offen, und ich suchte nach den richtigen Worten. Schließlich sprach er.

»Bist du in Ordnung, Sophie?«

»Ja – nein – entschuldige ... Ich hatte einen Traum. Elgar Vaughan hat mich geküsst und dann warst du da, und – und – Richard, ich –«

»Ich denke, du solltest etwas frühstücken. Es ist fast neun Uhr.«

»Scheiße. Könntest du das Tor öffnen? Um halb zehn kommen ein paar Busse mit deutschen Touristen.«

»Schon erledigt.«

»Danke. Du bist wundervoll, und ich bin so chaotisch.«

Ich hievte mich aus dem Bett und ignorierte den erfreuten Ausdruck auf Richards Gesicht, als er bemerkte, dass ich völlig nackt war. Ich hatte keine Zeit für Spielchen. Ich war so durcheinander, dass ich ohnehin nicht wusste, was ich hätte tun sollen, außer dem, was man mir sagte. Zum Glück bedrängte er mich nicht, sondern ging nach unten, um Kaffee zu machen, während ich duschte und mich anzog. Ich hatte zwölf Stunden tief und fest geschlafen, sodass mein Kopf zumindest wieder klar war und ich die Energie fand, mich richtig mit dem Korsett und allem anderen anzukleiden, während ich lauschte, ob die Busse bereits angekommen waren.

Ich schaffte es rechtzeitig, lief nach unten, um meinen Kaffee von Richard entgegenzunehmen, und konnte ihn sogar noch trinken, bevor die deutschen Besucher mit einer Viertelstunde Verspätung eintrafen. Es waren insgesamt dreißig, inklusive einem Reiseführer, der zu wissen schien, was er tat und sogar ein wenig über das Anwesen wusste. Sie waren fest entschlossen, etwas für ihr Geld zu bekommen, daher war es fast Mittag, als sie gingen. Richard war vorher schon verschwunden, da er noch etwas zu erledigen hatte, aber er kam gerade zurück und lief um das Haus herum, als die Busse die Straße hinunterfuhren.

»Bist du für heute fertig?«

»Vielleicht. Das war die einzige Reservierung, aber manchmal tauchen auch Leute unangemeldet auf.«

»Das ist schade, weil so, wie du angezogen bist …«

»Später, ganz wie du es willst, wenn du es dann noch willst. Ich muss dir etwas gestehen.«

Seine Augenbraue hob sich leicht.

»Ich hoffe, es ist die Sache wert.«

»Ich finde schon. Ich habe dir doch von meiner Freundin Julie erzählt, oder?«

Sein Lächeln wurde breiter.

»Ja, die New Yorkerin. Ich schließe von deiner hübschen roten Gesichtsfarbe darauf, dass du mit ihr etwas Ungezogenes angestellt hast? Wie sie ins Bett zu nehmen, um möglicherweise deine neue Leidenschaft für Pussys auszuleben?«

»Äh … so etwas in der Art.«

»In der Art?«

»In der Art. Ja und nein.«

»Ja und nein?«

»Ja, wir waren miteinander im Bett, aber nicht deswegen.«

»Dann geht es um etwas Perverses? Das hoffe ich doch.«

»Ja. Richard, die Sache ist die, Julie ist nicht Julie, sie ist ... ein Mann.«

Für einen schrecklich langen Moment lang dachte ich, er wäre wütend, aber es dauerte einfach nur, bis es einsickerte. Dann lachte er laut und schallend.

»Ein Mann! Wirklich? Sag mir bitte, dass das kein Scherz ist!«

»Ist es nicht. Ich weiß nicht, warum es mir vorher nicht aufgefallen ist, aber ...«

»Und er hat mit dir geschlafen? Superb! Ich nehme an, er hat dich ganz und gar gehabt?«

»Oh ja. Also – also macht es dir wirklich nichts aus?«

»Ausmachen? Was sollte mir etwas ausmachen? Es ist wunderbar, absolut unbezahlbar! Ich wünschte, ich wäre dabei gewesen!«

»Wirklich?«

»Natürlich! Was könnte besser sein als das?«

»Ich bin so froh, dass du so darüber denkst. Ich dachte schon, du wärst wütend.«

»Nicht das kleinste bisschen. Ich vertraue dir, Sophie, und hoffe, dass du auch mir vertraust. Dennoch denke ich, du hättest mich zumindest fragen oder dazu einladen können.«

Ich ließ den Kopf hängen.

»Entschuldige.«

»Es muss dir nicht leid tun. Ich suche nur nach einer Ausrede, um dich übers Knie zu legen und deinen reizenden Hintern zu versohlen.«

»Wenn du es wünschst ...«

Er setzte sich auf einen der Steinblöcke des Turmes und klopfte auf seinen Schoß. In seinen Augen glitzerten Schalk und Lust.

»Rüber mit dir, meine Liebe.«

»Richard!«

»Komm schon, hoch mit dem Hintern.«

»Nicht hier. Was, wenn jemand die Auffahrt hochkommt? Die würden so einiges zu sehen bekommen!«

»So einiges, das will ich meinen, aber mach dir keine Sorgen, wir können so tun, als würde es zur Elmcote Hall Tour gehören.«

»Was, dir dabei zuzusehen, wie du mich versohlst?«

»Warum nicht? Ich bin mir sicher, dass diese Deutschen mehr als glücklich gewesen wären, dich reihum durchzureichen. Sie hätten sich einfach gedacht, dass es zur englischen Exzentrik gehört.«

»Das hätten sie mit Sicherheit nicht! Komm schon, Richard, sei vernünftig. Du weißt, dass ich es liebe, wenn du mich bestrafst, aber nicht hier. Es ist zu riskant.«

»Na gut, wenn du kompliziert sein willst, muss ich strengere Saiten aufziehen. Komm mit.«

»Wohin?«

»Zu dem kleinen Tempel zwischen den Rhododendren. Dort, wo du es dir das erste Mal selbst gemacht und dabei an mich gedacht hast.«

»Der Baumgarten-Tempel.«

Ich war schon rot im Gesicht, und während er sprach, wurde die Farbe noch dunkler. Er stand auf und nahm mich bei der Hand. Widerstandslos folgte ich ihm über die Auffahrt zum Baumgarten. Mein Herz hämmerte bei dem Gedanken daran, bestraft zu werden, und bei der Vorstellung, dabei erwischt zu werden. Das Anwesen stand offen, jeder konnte hereinkommen, und es gab nichts, was diese zufälligen Besucher daran hinderte, den Baumgarten zu erkunden. Falls ich bei meiner Strafe schrie, würde es möglicherweise jemand hören und herkommen, um nachzusehen, was los war, möglicherweise sogar Lorna Meadows selbst.

Allein der Gedanke, dass sie sehen könnte, wie ich mit nacktem Hintern auf Richards Schoß lag, sorgte dafür, dass mein Gesicht so rot wie nie zuvor wurde, aber das hielt Richard nicht davon ab, mich in den kleinen klassizistischen Tempel zu führen. Er deutete auf den gleichen fünfeckigen schwarzen Steinzylinder, auf dem ich gekniet und mich selbst zu einem bittersüßen Höhepunkt gebracht hatte, während ich mir vorstellte, wie Elgar Vaughan und Richard mir meine Jungfräulichkeit nahmen.

»Knie dich hin. Bereite dich vor.«

Ich zögerte.

»Ich ... dachte, du würdest mich übers Knie legen und versohlen? Ich mag das.«

»Nein. Heute peitsche ich dich aus. Jetzt tu, was ich gesagt habe.«

Ich musste hart schlucken, bückte mich dann aber mit zitternden Beinen. Ich raffte meine Röcke und kniete mich auf den kalten Marmor, wie ich es damals schon getan hatte. Meine Angst wuchs gleichzeitig mit meiner Erregung, und Richard ging hinaus, um erst einen, dann einen zweiten langen biegsamen Zweig vom Götterbaum zu holen. Ich hob meine Röcke an und wusste nicht, ob ich wollte, dass er es tat oder nicht. Ich wurde immer nervöser, als Richard weitere Zweige zu dem wachsenden Bündel hinzufügte, und ich bereitete mich innerlich darauf vor, dass er mir damit den Hintern auspeitschen würde.

Mein Rock und der Unterrock lagen zusammengerafft auf meinen Rücken, ich zögerte ein letztes Mal, ehe ich den Schritt meiner Unterwäsche öffnete und mich damit selbst entblößte. Richard sah das und lachte tief auf, als er in den Tempel trat. In seiner Hand lag ein großes Bündel grüner Zweige vom Götterbaum. Er kam näher und tippte damit gegen meinen Hintern, winzige Stiche rasten über meine Haut. Es würde wehtun.

»Ich – ich glaube, du musst mich festhalten.«

Er nickte und hielt inne, um meine Arme auf den Rücken zu legen. Er hielt meine Handgelenke zusammen und drückte leicht darauf, damit ich auf dem Altar blieb, oder dem Schlagblock, wie ich ihn jetzt nannte. Ich schloss die Augen und zitterte am ganzen Leib, aber ich war fest entschlossen, nicht zu schreien. Sein Griff wurde fester. Ich hörte das Sausen der Zweige durch die Luft und ein Klatschen, als sie landeten. Der stechende Schmerz ließ mich aufkeuchen, und ich trat mit den Füßen aus.

Ein weiterer Schlag folgte, und ein dritter, beide hart, aber nicht so hart, dass ich es nicht hätte ertragen können. Der Gedanke, still zu verharren, war wie weggeblasen, und ich wand mich in seinem Griff. Ich brauchte wirklich nur einen Moment, um den Schmerz zu überwinden, meine Rückseite wurde immer wärmer und ich wollte, brauchte, sehnte mich danach, ihn in mir zu spüren. Nicht, dass meine Wünsche irgendeine Bedeutung hatten. Ich war sein, und er konnte mit mir tun, was immer ihm gefiel.

Ihm gefiel es, seinen Schwanz herauszuholen und ihn in meinen Mund zu schieben, während er weiter meinen Hintern auspeitschte. Ich strengte mich an und saugte an ihm, meine Muskeln zuckten jedes Mal, wenn die Zweige meine empfindliche Haut berührten. Er ließ meine Handgelenke los, und ich konnte nicht anders, als meine Hand zwischen meine Beine zu schieben und mit mir selbst zu spielen. Ich genoss meine Bestrafung voll und ganz. Er lachte nur, als er bemerkte, in welchem Zustand ich war, und einen Augenblick später zog er seine vollständig harte Erektion aus meinem Mund.

Das Auspeitschen war vorbei, und er warf die Zweige auf den Boden. Er stellte sich mit seinem Schwanz in der Hand hinter mich. Ich spürte ihn zwischen meinen rot glühenden Pobacken. Mit einem einzigen tiefen und leichten Stoß glitt er vor und war in mir. Er würde tief in mir kommen, der Mann, der mich auf dem Altar ausgepeitscht hatte und der ohne Zweifel zuvor schon viele Frauen ausgepeitscht hatte. Ich schrie meine Ekstase hinaus, ohne auch nur den geringsten Gedanken daran, wer uns möglicherweise hören konnte. Und währenddessen waren Richard und Elgar Vaughan einmal mehr ein und dieselbe Person.

Das Auspeitschen war unglaublich intensiv gewesen, und mein Hintern prickelte immer noch vor Lust. Wir hatten Glück gehabt, dass niemand meine Lustschreie gehört hatte, und den Rest des Tages war ich sehr beschäftigt. Richard hielt sich auf dem Gelände und in der Bibliothek auf. Am späten Nachmittag brachte ich ihm einen Kaffee. Er saß grübelnd über einer Karte des Geländes, die während der Bauphase der Tempel angefertigt worden war. Es war die perfekte Gelegenheit, und ich gab vor, mir nur die Fotos von Vaughan ansehen zu wollen, verglich dabei aber die Gesichter der beiden.

Ich konnte mir noch immer nicht völlig sicher sein. Sicher, die Ähnlichkeit war verblüffend, aber auf jedem Foto trug

Vaughan entweder einen Hut, Koteletten oder einen Umhang mit Kapuze. Das winzige Muttermal neben dem Auge war auch keine Hilfe, zwar war es bei beiden Männern ähnlich, möglicherweise sogar zu ähnlich, um es als Zufall abzutun, aber es war nicht völlig gleich. Es war ungeheuer frustrierend, und der Drang, ihn einfach direkt zu fragen, ließ sich kaum noch unterdrücken. Doch ich wusste, dass es nichts bringen würde, auch wenn man, angesichts des kaum sichtbaren sardonischen Lächelns auf seinem Gesicht, während er die Karte studierte, durchaus hätte meinen können, dass er meine Gedanken las.

Seine Identität war aber nicht das einzig Mysteriöse. Ich war mir sicher, dass ich Richard niemals von meinem kleinen Fehltritt im Tempel zwischen den Rhododendren erzählt hatte, erst recht nicht von dem letzten ekstatischen Augenblick, in dem ich mir vorstellte, dass beide mich nahmen, sowohl er als auch Vaughan. Und doch wusste er davon. Es war anzunehmen, dass er in seiner unendlichen Arroganz einfach davon ausging, dass ich, wenn ich mit mir selbst spielte, immer an ihn dachte, selbst schon, bevor wir zusammengewesen waren. Es bedeutete aber auch, dass er mich irgendwie beobachtet hatte.

Mir kam der schreckliche Gedanke, dass das gesamte Grundstück mit versteckten Videokameras ausgestattet war, die irgendeinem finsteren Zweck dienten. Ich tat so, als hätte ich ein ankommendes Auto gehört, verließ die Bibliothek und eilte zum Tempel. In meinem Kopf malte ich mir schon aus, dass im Internet Pornos von mir kursierten, die mich in flagranti allein, mit Richard, mit Magog, mit Lily, mit Julie und auch mal mit mehreren von ihnen in verschiedenen Kombinationen gleichzeitig zeigten.

Diese Vorstellung kam ohne Zweifel von meiner überbordenden Fantasie. Es gab keine Kameras, auch wenn ich gut eine Stunde nach ihnen suchte, bis die nächste Gruppe Besucher eintraf. Am Ende war ich verwirrter als vorher, aber auch erleichtert. Ich wollte nicht nur, dass Richard der perfekte Mann für mich war, sondern noch mehr jemand, den ich wirklich verehren konnte, mit Leib und Seele. Sollte sich herausstellen, dass er ein Betrüger war, so wäre das für mich sehr schmerzhaft. Es wäre aber nichts im Vergleich zu dem Schmerz und der Erniedrigung, falls ich entdeckt hätte, dass er nichts weiter war als ein Pornohersteller, der die Welt mit okkulten Sex-Videos versorgen wollte, mit mir als Star.

Wie immer ahnte er glücklicherweise nichts von meiner Unsicherheit, und ich tat mein Bestes, um diese Gedanken aus meinem Kopf zu verbannen und das Wochenende zu genießen. Am frühen Abend rief Julie an und wollte mich sehen, wollte aber nicht kommen, solange Richard noch da war. Er war enttäuscht darüber und zog mich mit der Vorstellung auf, was wohl passiert wäre, wenn sie doch gekommen wäre. Es hätte uns unweigerlich ins Bett und zu mehreren Stunden wunderbarem, grobem, schmutzigem Sex geführt.

Am nächsten Morgen ging es so weiter. Richard hatte sofort gute Laune. Er wollte, dass ich seine Morgenlatte lutschte, und schickte mich mit rot geschlagenem Hintern raus, um den Bus mit meinen ersten Besuchern zu empfangen. Mein Po brannte den ganzen Tag lang. Am Nachmittag gab es einen kleinen Empfang zu Ehren der Veröffentlichung eines Buches über berühmte Gebäude der Gegend. Die Buchung erstreckte sich aber nicht auf das gesamte Gelände, also musste ich mich gleichzeitig mit Besuchern auf dem Gelände und im Empfangssaal herumschlagen. Beides machte mich völlig fertig.

Leider gab es keine Gelegenheit für weitere Ungezogenheiten, denn Magog hatte geplant, an diesem Tag die Gartenarbeit fortzusetzen. Er wollte einen richtigen Weg zum Tempel der Gaia anlegen. Der Tempel war der perfekte Ort für unsere Spielchen, wenn auch ein wenig riskant. Als ich am Ende des Tages zum Tempel ging, hatte eine unbekannte Person einige Glockenblumen gepflückt und sie auf den Grabstein von Florence Zeals – nicht auf den Altar – gelegt.

Magog war zu diesem Zeitpunkt bereits wieder gegangen, und Richard und ich waren allein. Wir bereiteten uns aus den Resten aus dem Kühlschrank ein Abendessen und fuhren dann zurück nach London. Ich war erschöpft und abgelenkt, aber er war bester Laune. Er neckte mich und diskutierte mit mir über mögliche Rituale für den Sabbat Aceras. Erst als wir wieder in seiner Wohnung waren, taute ich auf. Wir öffneten eine Flasche Champagner, und mit dem prickelnden Nass machte ich ihm einen prickelnden Blowjob, bei dem ich in Verehrung am Fußende des Bettes kniete.

Am nächsten Morgen lag ich noch im Bett, als er ging. Er hatte mir eine Tasse seines aufwendig hergestellten Kaffees dagelassen. Ich ließ mir Zeit und fühlte mich mehr als nur ein wenig schuldig wegen dem, was ich vorhatte. Er vertraute mir wie selbstverständlich, wahrscheinlich nahm er einfach an, dass ich nichts Falsches tun würde, aber dennoch hinterging ich ihn. Das hielt mich nicht davon ab, in seinen großen Bademantel zu schlüpfen und in sein Arbeitszimmer zu stapfen und dort den Computer anzuschalten.

Ich wollte nach möglichen weiblichen Anhängern suchen, zum einen, weil ich wirklich welche brauchte, zum anderen, damit ich später beweisen konnte, dass ich wirklich etwas getan hatte. Einige Sucherversuche später stellte sich heraus, dass es inzwischen noch mehr Treffer für Elgar Vaughan gab als zuvor. Ich kopierte mir vielversprechende Links und verfeinerte meine Suche. Richard hatte mir eine Liste mit Foren hinterlassen, in denen er aktiv war, und ich wurde bei allen Mitglied, bei denen man nicht auf eine Mitgliedschaft warten musste. Mein Nickname war Elgars Girl. Damit wollte ich mein Interesse für Vaughan und mein Geschlecht verraten, ohne gleich zu viel preiszugeben.

Ich schrieb etwa ein Dutzend Postings, um begeisterte Fans anzulocken, dann begann ich mit dem geheimeren Teil meines Tagwerks. Es war immer noch nicht viel von Richard in der Wohnung, bis auf ein paar persönliche Dinge und einiges, was er erst kürzlich gekauft hatte. Allein das Stöbern in seinen Kleidern weckte schon mein schlechtes Gewissen, und ich gab bald auf und kehrte an den Computer zurück.

Auf zwei meiner Postings hatte ich bereits eine Antwort erhalten. Beide gingen nicht direkt auf mein Posting ein. Die eine verglich Vaughans Glaubenssystem mit anderen aus der gleichen Periode, und die andere war eine einzige Hetzrede gegen die Vermischung von heidnischen und okkulten Elementen von jemandem, der sich selbst Mithras nannte. Ich antwortete auf beide. Bei der ersten Antwort fügte ich etwas von dem Wissen hinzu, dass ich noch aus meiner Doktorarbeit hatte. Bei der zweiten bemühte ich mich um Gegenargumente in der Hoffnung, dass sie echte Vaughan-Anhänger anziehen würden.

Ich hatte mich entschieden, bei meiner Suche systematisch vorzugehen. Ich nahm mir einen Raum nach dem anderen vor und legte alles exakt so wieder hin, wie ich es vorgefunden hatte. Ich hatte bereits das Schlafzimmer durchsucht und jedes sauber gefaltete Kleidungsstück wieder an seinen Platz gelegt. Ich fand nichts Auffälliges, nicht einen Hinweis für oder gegen seine Identität als Richard Fox. Es gab auch keinen Hinweis, der auf sein Interesse am Okkulten und schon gar nicht an Elgar Vaughan hinwies. Ich wusste, dass er alles für sich behielt, und es gab eine Menge Postings von ihm in den Foren, aber es erschien mir dennoch seltsam oder zumindest ganz anders als mein eigenes Verhalten.

Im Internet war die Diskussion mittlerweile hitziger geworden. Der Thread über das Glaubenssystem beschäftigte sich nun mit Crowley und der Personifizierung des Teufels, was interessant, aber irrelevant war. In meinem anderen Thread hatte sich ein Christ eingeloggt, der behauptete, dass das Heidentum und das Okkulte untrennbar miteinander vermischt wären, und verurteilte sowohl Mithras als auch mich. Ich stieg in die Diskussion ein und hatte meinen Spaß dabei. Ich legte Zitate aus der Bibel vor, verwies auf die Philosophie des Golden-Dawn-Ordens und die historischen Hexenprozesse.

Die Antworten zu verfassen, kostete mich fast eine Stunde, und als ich mit meiner Suche fortfuhr, überlegte ich, welche Wendung die Diskussionen noch nehmen mochten, und wie meine Antwort dazu aussehen würde. Die Küche und das Badezimmer wirkten nicht so, als würde ich darin etwas finden, aber aus Gründlichkeit durchsuchte ich beide sehr genau. Ich fand nichts und kehrte an den Computer zurück.

Mithras und der Christ hatten sich aufeinander eingeschossen, keiner von beiden wollte auch nur einen Zentimeter nachgeben, und beide bezichtigten den anderen, vom eingeimpften schwachsinnigen Glauben eine Hirnwäsche verpasst bekommen zu haben, und noch einiges mehr. Leider beteiligte sich sonst niemand an der Diskussion. Ich konnte trotzdem nicht widerstehen und goss noch Öl ins Feuer, indem ich sagte, dass der einzige wirkliche Unterschied zwischen beiden der Name war, den sie den Gottheiten, die sie anbeteten, gaben.

Ich durchsuchte auch die anderen Foren, fand aber nichts Interessantes. Fast jeder in diesen Foren schien Modernist zu sein, zumindest die, die das Thema überhaupt interessierte. Es gab auch einige Christen, die entweder predigen oder verdammen wollten. Einige von ihnen waren wirklich um die Seelen der Leute besorgt. Es gab auch Trolle, die sich einfach nur über den Glauben anderer Leute lustig oder Ärger machen wollten. Eine weitere Stunde verging, ehe ich mich wieder auf die Suche machte, diesmal im Wohnzimmer. Wieder gab es nur sehr wenig zu finden, schon gar nicht etwas, das mir weitergeholfen hätte. Das zeigte deutlich, dass Richard niemand war, dem Besitztümer viel bedeuteten, was zwar interessant war, aber sonst keine Rückschlüsse zuließ. Seine Ordentlichkeit und Liebe zur Organisation zeigte sich ebenfalls, aber ich fand keine Hinweise.

Die Diskussion im Internet war nun völlig außer Kontrolle geraten. An eine vernünftige Diskussion war nicht mehr zu denken. Mithras und der Christ versuchten nicht länger, den anderen von ihrem jeweiligen Standpunkt zu überzeugen, und waren zu offenen Beleidigungen übergegangen. Es fielen so wunderbare Ausdrücke wie »Sohn des Beelzebub«. Meine eigenen Postings waren in dem Tumult einfach untergegangen, aber ich schrieb dennoch ein paar weitere, auch in anderen Foren. Ich hoffte immer noch, dass ich irgendwie eine schöne und grandiose Frau hervorlocken konnte.

Inzwischen hatte ich alles bis auf das Arbeitszimmer und diverse Ecken und Winkel der Wohnung untersucht. Ich fing mit den Schränken an, in denen sich nahezu nichts befand, weder aussagekräftig, noch sonst irgendetwas. Der Besitzer der Wohnung war offenbar wirklich aus der Wohnung ausgezogen. Er hatte nahezu alles mitgenommen, was ihm gehörte. Das wirkte ziemlich seltsam auf mich, sagte aber im Grunde nichts aus, und kurz darauf saß ich schon wieder am Computer und las, dass Mithras jetzt nicht nur für alle Ewigkeit verdammt war, sondern offensichtlich auch ein bärtiger Idiot, der zu dumm war, die Wahrheit zu akzeptieren und dringend erst ein Bad nehmen und sich dann ein Leben suchen sollte.

Die wunderbare und grandiose Lily meldete sich, und wir chatteten so lange, bis ich mich verabschieden musste, da Richard mich sonst hätte dabei überraschen können, wie ich meine verdächtige Aufgabe zu Ende brachte. Das Arbeitszimmer hatte ich mir bis zum Schluss aufgehoben, da ich wusste, dass ich dafür am längsten brauchen würde. Es gab hier eine Menge Papier – Bücher, Akten, sauber zusammengelegte Rechnungen und noch einiges mehr. Ich arbeitete sehr sorgfältig, legte jedes Blatt genau so zurück, wie ich es vorgefunden hatte, und fühlte mich immer schlechter, je mehr ich durchsuchte. Richard hatte mir den Hintern versohlt und mich mit Zweigen ausgepeitscht, aber ich wusste, dass, wenn ich weitermachte und nichts finden würde, ich noch viel mehr Bestrafung nötig hätte.

Noch immer hatte ich nichts gefunden, außer die üblichen Dinge, die man für den Alltag und die Arbeit benötigte. Hätte ich Richard auf normalem Wege kennengelernt, ich hätte ihn wohl für den langweiligsten Menschen der Welt gehalten. Es war wirklich schwer zu glauben, dass der Mann, durch dessen Hab und Gut ich mich gerade wühlte, derselbe war, mit dem ich so viel meines eigenen Glaubenssystems teilte, und mit dem ich so viel wunderbaren und seltsamen Sex ausgelebt hatte.

Es war schon fünf Uhr, als ich die unterste Schublade seines Schranks öffnete, in der sich die meisten seiner Papiere befanden. Sie enthielt Akten, wie die meisten anderen Schubladen auch. Die Akten waren farblich codiert und ordentlich mit einem bedruckten Aufkleber beschriftet. Es gab insgesamt vier. Einer drehte sich um einen Schadensfall, es gab einen Briefwechsel wegen der Verwaltungskosten für die Wohnung und den Kostenvoranschlag eines Klempners. Und dort, am unteren Rand einer dünnen grünen Akte, standen zwei Worte auf dem Aufkleber – Vaughan Identität.

Mit zitternden Fingern zog ich die Akte heraus und öffnete sie. Darin befanden sich diverse Unterlagen, einige neu, andere alt. Bei den meisten handelte es sich um offizielle Urkunden. Ich drehte die Akte um und hielt den Atem an. Etwas fiel heraus. Es handelte sich um eine winzige und schwer verrostete Marke. Ich hatte etwas gefunden, und mein Herz setzte einen Schlag aus, als ich die Marke als militärische Identifizierungsmarke erkannte. Ich hob sie vorsichtig vom Boden auf und untersuchte sie. Sie bestand fast nur noch aus Rost, die Nummer darauf war nicht mehr zu lesen, doch ich konnte die Buchstaben darauf erkennen – E. Vaughan. In diesem Moment hörte ich Richards Schlüssel in der Tür.

11

Der Rest des Tages verging wie im Flug. Ich schaffte es gerade noch, alles wieder an seinen Platz zurückzulegen und wieder am Computer zu sitzen, als Richard auftauchte, aber ich wusste nicht, was ich sagen oder tun sollte. Für diese Situation gab es keine Worte, nichts, was ich tun konnte. Er war so ruhig und selbstsicher wie immer, hatte nur Unsinn im Kopf, und kaum saß er in seinem bequemen Sessel, bat er mich, ihm einen zu blasen. Ich tat es, doch ohne die tiefe Verehrung, die ich erwartet hatte. Ich spürte nur eine Art benebeltes Staunen.

Das Staunen hielt an, als wir im Thai-Restaurant um die Ecke saßen. Ich antwortete nur einsilbig auf seine Fragen zu meiner Internet-Recherche. Er fragte mich, ob etwas nicht stimmte, und ich gab vor, dass ich mich nicht wohlfühlte, also fuhr er mich nach Paddington und setzte mich in den Zug. Ich musste ihm versprechen, von dort ein Taxi zu nehmen. Auf dem Weg nach Elmcote Hall starrte ich in die Nacht hinaus, aber jetzt, da Richard nicht mehr bei mir war, gelang es mir, meine Gedanken zu ordnen.

Er besaß Elgar Vaughans Identitäts-Marke, von der man angenommen hatte, dass sie mit seinem Körper irgendwo im Schlamm von Ypern verloren gegangen war. Außerdem hatte er auch einige Originalurkunden. Die meisten von ihnen galten als verschollen, beziehungsweise jetzt waren sie es nicht mehr. Es war noch immer zu viel, um es zu begreifen, und doch konnte ich es mir nicht anders erklären, selbst wenn ich mir alle Mühe gab. Richard Fox und Elgar Vaughan waren ein und derselbe Mann.

Allein die Tatsache, dass er die Marke besaß, war nicht anders zu erklären. Damals wurden sie noch aus Eisen gefertigt und rosteten schnell. Ein solch winziges Ding in einem so riesigen Areal aus Schlachtfeldern und unter Zehntausenden von anderen Müllstücken zu finden, wäre ein Ding der Unmöglichkeit, mal ganz abgesehen davon, dass sämtliche Marken inzwischen längst vom Rost zerfressen sein mussten. Ich wünschte, ich hätte mir die Nummer notieren können, um absolut sicherzugehen, aber es war überflüssig. Die Kombination aus Urkunden, die auffällige Ähnlichkeit, das detaillierte Wissen über Elgar Vaughan und Elmcote Hall hatten mich überzeugt.

Die Vorstellung wirkte auf mich nicht einmal mehr unwahrscheinlich. Elgar Vaughan hatte behauptet, dass er in der Lage sei, Geister zu beschwören, und ich hatte daran gezweifelt. Lily hatte mir gezeigt, dass es durchaus möglich war, Geister zu beschwören, und von da an hatte ich nicht mehr daran gezweifelt. Elgar Vaughan hatte behauptet, ewige Jugend zu besitzen, und ich hatte an ihm gezweifelt. Jetzt schien es so, als wären beide Behauptungen wahr.

Doch mein Kopf rebellierte noch immer gegen diese Vorstellung, er konnte etwas, das so gegen alle Regeln der Realität verstieß, nicht akzeptieren. Als ich in Elmcote Hall ankam, ging ich direkt zum Tempel des Baphomet, fiel auf die Knie und betete und hoffte auf einen Funken der Erleuchtung. Doch nichts kam, und die vom Mondschein beleuchteten Schnitzereien schienen mich anzustarren. Sie verlangten zu wissen, wer und was ich war.

Ich ging zurück, zog mich aus und legte mich wach auf

meine Bettdecke. Meine Gedanken drehten sich in einer endlosen Schleife immer wieder zwischen Ablehnung und Akzeptanz. Irgendwann schlief ich wohl ein, denn mit einem Mal war es hell. Wenn ich aber darauf gehofft hatte, dass das Tageslicht mir helfen würde, die Dinge klarer zu sehen, dann hatte ich mich getäuscht. Die Fakten waren noch immer da, ebenso wie die einzig mögliche Erklärung, die mir dafür einfiel.

Selbst Richards Verhalten passte: die absolute Selbstsicherheit, der sarkastische Frohsinn und die natürliche Annahme, dass er überlegen war. Das alles passte. Für einen Mann, der hundertvierundzwanzig Jahre alt war, aber noch immer jung aussah, gab es keinen Grund, sich seltsam zu verhalten, oder sich altmodisch anzuziehen, oder sonst irgendetwas in der Art. Er besaß sogar mehr als nur ewige Jugend, denn sein Flugzeug war ohne Zweifel abgestürzt und doch war er hier, ohne auch nur die kleinste Narbe.

Es war erschreckend, aber auch wundervoll, und in den nächsten Tagen kamen mir immer mehr bizarre und manchmal auch makabre Möglichkeiten in den Sinn. Anfangs ertrug ich es nicht, irgendwen zu sehen, und gab vor, krank zu sein. Zum Glück standen keine größeren Veranstaltungen an, aber der menschliche Geist besitzt eine bemerkenswerte Widerstandskraft, und so führte ich am Mittwoch bereits wieder Leute durch Elmcote Hall, als wäre nichts gewesen. So gesehen war auch nichts gewesen, und am Abend gelang mir sogar ein vernünftiges Telefonat mit Richard.

Er hatte mit Reverend James Langdon und Nathan gesprochen, der begeistert von der Idee war, dass wir uns auf seiner Farm trafen. Es war so einfach, mich wieder so zu verhalten, wie ich es zuvor getan hatte, wenn wir zusammenwaren. Tief in mir wusste ich, dass es niemals wieder so sein würde wie zuvor, aber ich schätze, mein Instinkt übernahm einfach die Führung, so als hätte ich den Teufel beschworen, und er hätte mich nach meiner Meinung zum Zugverkehr in London befragt. Ich bin mir sicher, ich hätte ihm, ohne mich zu wundern, geantwortet.

Ich hielt die Idee mit der Farm für gut, aber das Timing war schwierig. Einige von uns hatten nur an den Wochenenden frei, andere, wie James Langdon und ich, konnten nur an den anderen Wochentagen. Mit frühzeitiger Planung war es machbar, aber nicht in naher Zukunft. Richard war dennoch eifrig dabei, den frühestmöglichen Termin auszusuchen, und ich wurde einmal mehr von seiner Leidenschaft angesteckt.

Er wollte auch unbedingt ein weiteres weibliches Mitglied für mich finden, und dazu hätte ich ohnehin zugestimmt. Unglücklicherweise hatte meine Internet-Suche niemand Passenden gebracht, denn alle, mit denen ich kommuniziert hatte, waren entweder männlich oder passten offensichtlich nicht zu uns, Lily ausgenommen. Daher war ich doppelt überrascht, als am Freitagabend die Türklingel schellte und Richard vor der Tür stand.

»Ich habe ein weiteres potenzielles weibliches Mitglied«, sagte er.

»Ja?«

Er trat ein und reichte mir seinen vom Regen durchnässten Mantel. Allein seine Anwesenheit reichte aus, um meine Verehrung wieder auflodern zu lassen, und widerspruchslos folgte ich ihm in die Küche. Ich hängte seinen Mantel auf, und er öffnete den Aktenkoffer, den er bei sich hatte, und legte ein paar ausgedruckte Bilder auf den Tisch.

»Hier. Was denkst du?«

Ich nahm das oberste Blatt Papier. Es war das Bild einer großen, schlanken Frau, die sehr blass war. Sie stand vor einem weiß getünchten Cottage und blickte auf eine zerklüftete Küste hinaus. Ihr einfaches schwarzes Kleid und das lange tizianrote Haar wehten im Wind. Ihr Gesichtsausdruck war ruhig, fast losgelöst, und ihre Augen hatten eine seltsame grüne Farbe. Um ihren Hals lag an einer langen Kette eine Baphomet-Figur – Vaughans Baphomet. Neben ihr hockte ein großer schwarzer Hund auf seinen Hinterläufen. Sein Maul war geöffnet und gab den Blick frei auf beeindruckende Zähne und die eingerollte rosafarbene Zunge. Unter dem Bild stand ein Name: Alice Kyteller.

»Sie hat sich nach der Hexe von Kilkenny benannt!«

»Sie behauptet, ihre Reinkarnation zu sein, aber sie befindet sich nicht in Irland. Das ist ihr Cottage im Westen von Mull. Ihr Hund heißt Robin und ist ihr Vertrauter.«

»Wundervoll. Aber wie steht sie zu dir – zu Elgar Vaughan und wie will sie bei den Ritualen dabei sein, wenn sie auf Mull lebt?«

»Das ist ja das Wunderbare daran. Sie ist dorthin gezogen, weil sie dachte, sie könnte an einem so abgelegenen Ort in Frieden leben. Aber weil es eine so kleine Gemeinde ist, in der jeder jeden kennt, ist genau das Gegenteil der Fall. Jetzt plant sie, weiter südlich zu ziehen, wahrscheinlich nach London. Sie hält Elgar Vaughans Weltbild für die Synthese aller heidnischer und okkulter Konzepte. Sieh dir das an.«

Er schob mir ein anderes Blatt zu. Es war der Screenshot aus einem Forum, auf dem die Postings zwischen ihm und Alice Kyteller nachzulesen waren, was ich mit wachsender Begeisterung auch tat. Sie sprachen auch über mich, und das mit den schönsten Komplimenten, und Alice schrieb, dass ich nach Schottland kommen und sie dort besuchen sollte. Als ich fertig war, zitterten meine Hände vor Freude und Begeisterung.

»Sie ist perfekt! Ich muss unbedingt hinfahren, aber wie soll ich dort hinfahren und dann rechtzeitig wieder hier sein?«

»Mach dir keine Sorgen, ich habe mir schon etwas überlegt. Denk dir eine Ausrede für die Treuhänder aus, und Magog und ich können einen Sonntag lang für dich übernehmen. Du kannst den Nachtzug nach Norden am Samstag nehmen und bist am Morgen in Oban. Dort nimmst du die Fähre nach Mull und dann den Bus nach Tobermory. Für die letzten Kilometer musst du ein Taxi nehmen, denn sie lebt direkt an der äußersten Spitze, beziehungsweise fast an der äußersten Spitze. Ihr Haus nennt sich Sorne Point Cottage, und man kann es offenbar nicht verfehlen. Ich habe dir die Wegbeschreibungen ausgedruckt, die Reservierungen gemacht, und ich werde sogar die Fahrtkosten übernehmen.«

Für einen Moment war ich vor Freude und Dankbarkeit sprachlos und zeigte ihm das durch einen tiefen Kuss. Ich würde nach Mull fahren.

Die Reise von Oxfordshire nach Mull ist lang, sehr lang. Erst muss man nach London und dann weiter nach Norden. Der Zug fährt durch ganz England und darüber hinaus, bis zu den schottischen Lowlands. Dann muss man im Morgengrauen zwischen kalten und feuchten Gleisen umsteigen. Dann geht es wieder mit dem Zug weiter, hinauf, durch die Highlands, durch noch mehr atemberaubende Landschaft, während die Sonne durch die schnell dahinrasenden Wolken bricht. Als ich Oban endlich erreichte, hatte ich das Gefühl, die Hälfte meines Lebens aus dem Fenster eines Zuges gestarrt zu haben, und ich war unheimlich froh, meine Beine ausstrecken zu können und in einem kleinen Fisch-Restaurant am Kai zu Mittag zu essen.

Aus irgendeinem Grund hatte ich mir die Fähre wie eines der großen Flussschiffe auf der Themse vorgestellt, aber das hier war ein riesiges blaues Ding, beladen mit Autos und sogar mit Lastwagen. Sie war auch beeindruckend hoch und ragte weit über die Docks und die Läden am Wasser auf. Sobald ich an Bord war, ging ich aufs Aussichtsdeck und blickte auf die weite blaue See und die entfernt aufragenden Konturen der Inseln hinaus.

Ich blieb die gesamte Überfahrt dort und genoss den Ausblick und die einfache Tatsache, dort zu sein. Solche Momente hatte ich mir oft in meinen romantischen Kindheitsträumen vorgestellt – einfach irgendwohin zu einem einsamen Ort zu reisen, um eine Hexe zu treffen. Nun war dieser Traum wahr geworden, und ich würde sie nicht nur treffen, sondern ihr auch anbieten, in raffinierte orgiastische Rituale, gemeinsam mit Elgar Vaughan selbst, einzutauchen.

Mull kam näher und wurde immer massiger mit dem riesigen Hügel, der wie ein erloschener Vulkan aussah und über die Wolken hinausragte. Das Gefühl von Abenteuer und Unwirklichkeit wurde stärker. Die Insel wirkte wie ein magischer Ort, trotz der normalen Einwohner und der Autos, die in dem winzigen Örtchen standen, in dem die Fähre anlegte. Selbst der alte Bus, der mich nach Tobermory brachte, passte perfekt dazu. Die dunklen Wälder und die nebelverhangenen Moore zu beiden Seiten der Straße waren mysteriöse Orte, in denen sich seltsame Kreaturen verbargen und noch seltsamere Dinge vor sich gingen.

Tobermory war perfekt, bunt angemalte Häuser, die einen Ring bildeten und auf steilen Hängen an der fast kreisrunden Bucht standen. Es hätte den Zauber zerstört, wenn ich ein Taxi genommen hätte, also mietete ich mir stattdessen ein Fahrrad und fragte nach dem Weg nach Sorne Point. Ich radelte durch den Ort, hinauf zu den zerklüfteten, steinübersäten Hügeln. Der Zauber wurde stärker, bis ich an einen Hügelkamm kam, von dem aus ich auf den Atlantik hinausblicken konnte. Ich fühlte mich wie im siebten Himmel.

Es hätte nicht perfekter sein können. Der Himmel bestand aus wirbelnden auseinandertreibenden Wolken, durch die die Sonne hindurchbrach. Das bleifarbene Meer färbte sich golden, und für einen Moment erstrahlte die Landschaft in satten, dunklen Farben. Neben einer felsigen Bucht erstreckten sich zwei lange, zerklüftete Landzungen. Auf der, die direkt vor mir lag, stand, eindeutig erkennbar, das Cottage vom Foto. Ich radelte den Pfad hinunter, und in diesem Moment brach ein einzelner Sonnenstrahl durch die Wolken und hüllte Alice Kytellers Cottage in strahlendes Licht. Perfekt.

Nur war es das nicht. Als ich an die Tür des Cottages klopfte, öffnete mir ein alter Mann mit einer Wollmütze auf dem Kopf, der behauptete, allein zu leben. Ich zeigte ihm das Foto, aber er sagte, dass er Alice niemals begegnet sei und sie auch nicht kannte, obwohl er sein ganzes Leben auf Mull verbracht hatte und seit zehn Jahren in diesem Cottage lebte. Einen Augenblick lang hielt ich es einfach nur für einen Fehler, aber er bestätigte mir, dass das hier Sorne Point war und es kein anderes Haus im Umkreis von achthundert Metern gab, was ich ohnehin sehen konnte. Er behauptete auch, jeden Nachbarn in der Nähe bis hin zu Tobermory zu kennen.

Und doch hatte ich ein Foto von Alice, wie sie vor dem Cottage stand, und ich zeigte es ihm. Er gab zu, dass das sein Cottage war, sagte aber, dass er sie nie zuvor gesehen hatte und lud mich sogar ein, einzutreten und mich im Haus umzusehen, falls ich ihm nicht glaubte. Aber ich glaubte ihm. Seine

Stimme klang ehrlich. Ich ging und fühlte mich unglaublich dumm. Zwei andere Nachbarn bestätigten, was der alte Mann gesagt hatte, und mir blieb nichts anderes übrig, als zurück nach Tobermory zu radeln, von wo aus ich weiter suchen wollte.

Aber ich hatte ein ernstes Problem. Es würde nichts bringen, die Einwohner nach Alice Kyteller zu fragen, da das ja nicht ihr richtiger Name war. Ich verfluchte meine eigene Dummheit, aber ich konnte nichts mehr tun. Alles hätte so einfach sein sollen, aber das war es nicht. Möglicherweise gab es noch ein Sorne Point, aber nach einem Blick auf die Karte verwarf ich diese Möglichkeit wieder. Vielleicht hatte Richard die Adresse falsch aufgeschrieben, aber auf dem Bild stand sie eindeutig vor eben diesem Cottage.

Vielleicht war sie auch einfach nicht die, die sie zu sein vorgab, sondern nur eine Träumerin, die sich eine romantische Version ihres Lebens ausgedacht hatte, in dem sie als Hexe auf Mull lebte. Das konnte eine Erklärung sein. Das Foto hatte sie wahrscheinlich während eines Urlaubs gemacht, die Details hatte sie sich einfach ausgedacht oder im Internet zusammengesucht. Richard, der ein noch außergewöhnlicheres Leben lebte als sie, war es niemals in den Sinn gekommen, weiter nachzufragen, ebenso wenig wie mir.

Noch wollte ich aber nicht aufgeben und verbrachte den Rest des Tages damit, die Leute zu fragen, ob sie die Frau auf dem Bild kannten. Nicht eine Menschenseele erkannte sie, und ich musste meine Niederlage eingestehen und mich auf den Rückweg machen. Ich war wütend, hatte genug und war müde anstatt beschwingt. Die Fahrt zurück schien dreimal so lange zu dauern, und als ich wieder in Oban ankam, war es schon dunkel.

Ich fluchte verärgert, als ich in den Zug einstieg. Es hatte wieder begonnen zu regnen, und ich verbrachte die Fahrt damit, den Tropfen dabei zuzusehen, wie sie die Fensterscheibe entlangrannen. Dabei hing ich meinen düsteren Gedanken an die Frau, die sich selbst Alice Kyteller nannte, nach. Wegen ihr hatte ich ein ganzes Wochenende verschwendet, das ich stattdessen in Richards Armen oder bei heißen Begegnungen mit ihm und Magog hätte verbringen können.

Ironischerweise hätte sie das auch selbst haben können, wenn sie nur ehrlich zu uns gewesen wäre. Trotz allem schien sie Elgar Vaughan zu schätzen und alles, wofür er stand. Sie hatte sich gut mit Richard verstanden, soweit ich von den Ausdrucken ihrer Forumsdiskussion darauf schließen konnte, und sie war schön. Zumindest die Frau auf dem Bild war schön. Vielleicht war sie das gar nicht. Vielleicht war ›Alice Kyteller‹ nicht einmal eine Frau.

Der Gedanke machte mich noch wütender. Während ich in Glasgow wartete und vom Lampenlicht beschienene Schauer neben dem Bahnsteig herabregneten, grübelte ich über die Natur des Internets und der Realität nach. Magog, Nathan, Lily, sie alle hatten sich so präsentiert, wie sie waren. Sie hatten sogar Teile ihrer Persönlichkeit enthüllt, die sie normalerweise verbargen. ›Alice Kyteller‹ tat genau das Gegenteil. Sie war mir völlig echt vorgekommen, existierte aber nicht einmal.

Ich brauchte Gesellschaft, etwas zu trinken und jemanden, der mich in den Arm nahm. Ich war nicht besonders gut darin, Gespräche mit Fremden im Zug anzufangen, also blieb mir nichts anderes übrig, als mir einige Fläschchen Wodka und eine Packung Orangensaft zu kaufen, um sie zu einem widerlichen Cocktail zusammenzumixen. Zumindest schlief ich danach ein, und als ich erwachte, waren wir fast schon in Watford.

Der Zug brauchte normalerweise sechs Stunden, aber er schien seinem Zeitplan voraus zu sein, was bedeutete, dass ich eintraf, bevor Richard aufstehen und zur Arbeit gehen musste. Ich musste ihn unbedingt sehen, selbst wenn es nur für ein paar Minuten war, um meiner Wut über ›Alice Kyteler‹ Luft zu machen. Als wir Euston erreichten, war es fast sieben. Ich war mir sicher, dass noch genügend Zeit war, und bekam fast sofort ein Taxi. Um sieben Uhr fünfzehn war ich an seiner Tür und freute mich auf eine beruhigende Umarmung, seinen außergewöhnlichen Kaffee und vielleicht auch auf ein Schinkensandwich, so groß wie eine Fußmatte, aus dem noch Butter tropfte. Vielleicht konnte ich sogar bleiben und mir die Marke genauer ansehen und einen ausgiebigen Blick auf die Urkunden werfen.

Leider hatte ich ihn verpasst, womöglich nur um wenige Minuten, denn wenn ich sonst da gewesen war, war er immer kurz vor acht gegangen. Ich hatte offenbar zwei schlechte Tage hintereinander erwischt, und als ich mich auf den Weg nach Paddington machte, war ich ziemlich niedergeschlagen. Wenigstens war es trocken. Da ich es nicht eilig hatte, zurück nach Elmcote Hall zu kommen, lud ich mich selbst in ein Café zu dem dringend benötigten Schinkensandwich ein, und ging dann erst zum Bahnhof.

Hier schien es überhaupt nicht geregnet zu haben, und Elmcote Hall war so schön, wie ich es noch nie zuvor gesehen hatte. Das absolute Gegenteil zu Schottland. Auf dem Weg zum Haus munterte ich mich selbst mit dem Gedanken daran auf, was wir sechs auf Nathans Farm und auch davor schon tun würden. Die Tore waren verschlossen, so, wie es sein sollte, aber als ich die Auffahrt entlangging, merkte ich, dass etwas nicht stimmte. Zuerst konnte ich nicht einmal sagen was, aber als ich näher kam, sah ich es. Der Umriss des Geröllhaufens des Turms hatte sich verändert: Der große steinerne Wasserspeier stand nun aufrecht, und nicht wie bisher vornübergebeugt.

Sofort rannte ich los, ließ meine Tasche einfach fallen und betete fieberhaft, dass ich mich irrte. Ich irrte mich nicht. Der Schutt war zur Seite bewegt worden und weggerutscht. Es war sehr genau geplant gewesen, auf dem Boden fand ich Markierungen und die Spuren eines Raupenfahrzeugs. Und doch ergab es keinen Sinn. Es war noch immer genauso viel Geröll wie vorher, es bedeckte immer noch die gleiche Stelle, wenn auch nicht mehr exakt wie zuvor. Die Veränderung wäre jemandem, der die Position jedes einzelnen Steinblocks nicht genau kannte, nicht aufgefallen. Einiges war bewegt und dann wieder an die gleiche Stelle gelegt worden.

Das war aber nicht das einzige Mysteriöse. Jemand hatte schwere Maschinen verwendet. Wenigstens ein Bulldozer und irgendein Grabungsgerät waren zum Einsatz gekommen. Solche riesigen Maschinen bekam man nicht so einfach auf das Gelände, es sei denn, man hebelte entweder das vordere oder hintere Tor aus den Angeln. Ich lief sowohl zum Lieferanteneingang und dem hinteren Tor, aber beide waren wie immer mit einer Kette verschlossen. Nur zwei Personen hatten einen Schlüssel dafür: Richard und ich.

Ich hätte schreien können. Aber ich wollte es nicht glauben und rannte zum Haus zurück. Fieberhaft zermarterte ich mir das Gehirn nach einer anderen möglichen Erklärung, die mich nicht am Boden zerstört zurücklassen würde. Als ich den Geröllhaufen erreicht hatte, kletterte ich vorsichtig hinauf. Ich balancierte über die Steinblöcke, bis ich genau über der Halle stand. Unter mir konnte ich den alten Boden sehen, was vorher nicht möglich gewesen war. Ich sah auch die

Spitze der fünfeckigen Bodenplatte. Sie war zerbrochen und offensichtlich aus ihrer Halterung gelöst worden.

Jetzt schrie ich wirklich, erstickte dabei fast an meinen Tränen, aber gleichzeitig lachte ich. Ich verlor die Kontrolle über meine Gefühle, bis mir auffiel, wie hysterisch ich war. Ich zwang mich dazu, ruhig durchzuatmen. Noch immer strömten Tränen über mein Gesicht, und ich musste das irre Lachen zurückhalten, während ich wieder vom Geröllhaufen herunterkletterte und mich auf einen der Blöcke setzte. Es gab wirklich keine andere Erklärung. Richard war hier gewesen, möglicherweise mit Begleitung, um den Schutt zur Seite zu schaffen und die fünfeckige Platte im Zentrum des alten Sabbat-Aceras-Tempels zu öffnen.

Wieder und wieder suchte ich nach irgendeiner anderen Erklärung, um mir die Wahrheit nicht eingestehen zu müssen. Vielleicht hatte es ja auch jemand anders getan, hatte die Kette durchgeschnitten und durch eine neue ersetzt. Vielleicht hatten sie Richard gefangen und gezwungen, die Tore zu öffnen. Vielleicht hatte auch jemand die Schlüssel gestohlen. Ich wollte jede einzelne dieser Erklärungen glauben, alles, nur damit Richard nicht als der Schuldige dastand, aber ich konnte die Fakten einfach nicht leugnen.

Er hatte mich von Anfang an ausgetrickst, hatte mich verführt, alles bis ins kleinste Detail über meine Fantasien herausgefunden und sie dann ausgenutzt. Richards Aufgabe war es gewesen, alles über mich in Erfahrung zu bringen und mich dann aus dem Weg zu schaffen. Währenddessen hatten Magog und Lily versucht, die Platte im Tempel des Baphomet anzuheben. Meine naive Begierde, mit jemandem zusammen zu sein, der mich verstand, hatte es ihnen leicht, lächerlich leicht, gemacht, mich zu manipulieren. Ich hatte ihnen sogar noch gesagt, dass sie unter der falschen Platte suchten.

Die andere Bodenplatte, die unter dem Schutt verborgen gewesen war, war nicht so einfach anzuheben gewesen. Sie hatten einen raffinierteren Plan gebraucht, und ich musste für längere Zeit verschwinden. Ich hatte den Köder geschluckt, mitsamt Leine und Blinker. Sie hatten mich in diese falschen Rituale verstrickt, die so intim waren, dass allein der Gedanke daran mein Gesicht tiefrot färbte. Die drei hatten sicherlich ihren Spaß auf meine Kosten gehabt und hatten darüber gelacht, wie sie mich geteilt hatten. Vielleicht waren es auch vier, denn Nathan gehörte wahrscheinlich auch zu ihnen. Ich hatte sogar mit einer anderen Frau geschlafen!

Ich ertrug es nicht, daran zu denken, und bereits zum zweiten Mal musste ich einen hysterischen Anfall unterdrücken. Es gelang mir, aber das hielt nicht die Erinnerungen auf, die ungebeten in meinen Kopf strömten, Bilder davon, wie ich auf meinen Knien hockte und Richards Erektion leckte und daran saugte, oder wie ich seinen Anus küsste. Daran, wie ich die drei Männer abwechselnd mit dem Mund befriedigt hatte, wie ich es mir selbst gemacht hatte, während Lily ihren Hintern in mein Gesicht gerieben hatte, wie ich gefickt, versohlt und einfach nur – benutzt worden war.

Jetzt hatten die die Platte geöffnet, und es war vorbei. Sie waren fort. Jetzt wusste ich, warum Richards Wohnung so spärlich eingerichtet war und warum es dort keine Hinweise auf den Mann gab, der angeblich wirklich dort wohnte. Er hatte die Wohnung wahrscheinlich selbst gemietet und war einfach gegangen. Wahrscheinlich hatte er alles mitgenommen, inklusive der grünen Akte. Die Sachen darin waren ohne Zweifel gefälscht, selbst die Marke war irgendwie nachgemacht worden. Er hatte das alles zusammengestellt, um mich zu ködern, dabei wäre es gar nicht nötig gewesen, weil ich so lächerlich leicht zu haben gewesen war.

Aber obwohl ich ein Dummkopf war, so war er doch ebenso auf mich hereingefallen. Ich wollte ihn unbedingt finden und ihm sagen, was ich von ihm hielt, und ihm ins Gesicht lachen. Aber das konnte ich nicht. Ich wusste nicht einmal, wo er arbeitete. Das gleiche Problem hatte ich mit Magog. Ich hatte zwar eine Adresse, war aber niemals dort gewesen, und ich war mir sicher, dass sie, ebenso wie bei Alice Kyteller, falsch war. Das Gleiche traf wohl auch auf Nathan zu. Der Zwischenfall mit James Langdon schien mir hingegen echt zu sein und war wahrscheinlich nur ein Vorwand, mir dabei zuzusehen, wie ich den Schwanz eines Fremden lutschte. Er musste sich ganz schön ins Fäustchen gelacht haben, nachdem ich weg war!

Ich hatte aber Lilys Adresse. Ihre Wohnung war zu aufwendig eingerichtet, wirkte zu belebt, als dass es sich dabei um eine Täuschung handeln konnte. Irgendwie hatten sie einen Fehler gemacht, wahrscheinlich wegen Richards Gier darauf, mich mit einer anderen Frau zu sehen. Immerhin hatte ihm die Vorstellung schon lange gefallen. Ironischerweise waren die bizarren und extremen Fantasien der einzige echte Teil von ihm, den ich zu sehen bekommen hatte. Vieles davon drehte sich um andere Frauen, und dafür hatte er sicherlich von Anfang an Lily im Auge gehabt.

Diesen Fehler würde er bitter bereuen, denn man trampelte nicht einfach so auf mir herum. Ich würde Lilys Wohnung aufsuchen. Was genau ich dort tun wollte, wusste ich noch nicht. Möglicherweise würde ich ihr sagen, was in mir vorging, und sie in ihr dummes, angemaltes Gesicht schlagen, aber ich würde hingehen.

Ich war nicht mehr am Rande der Verzweiflung, aber wütend und entschlossen. Ich riss mich zusammen und packte meine Tasche. Ich zog mich um, trank rasch einen starken Kaffee, um meine Nerven zu stärken, und war bereit. Ein letzter Blick auf den Schutthaufen, und dann ging ich los. Mein Weg führte zum Bahnhof, nach London und weiter gen Norden mit der U-Bahn. Die gesamte Fahrt zog im Nu an mir vorbei. Als ich Lilys Häuserblock betrat, fachte ich meine Wut an, indem ich daran dachte, was für einen Trottel sie aus mir gemacht hatte, und an die Dinge, die ich mit ihr hatte tun müssen.

Nein, die Dinge, die wir gemeinsam getan hatten, denn ich hatte jede Sekunde davon genossen. Als ich ihr Stockwerk erreichte, waren meine Augen mit bitteren Tränen gefüllt, und ich biss die Zähne zusammen. Ich klopfte an die Tür, schrie, dass sie herauskommen und sich mir stellen sollte. Ich trat gegen die Tür in dem Moment, in dem sie geöffnet wurde. Lily stand vor mir. Sie trug eine Samtrobe, die sie über ihrer Brust umklammert hielt, und sah mich aus großen Augen überrascht an.

»Sophie? Was ist los?«

Ich schob sie zur Seite und drückte die Tür und die Sicherheitstür dahinter auf.

»Lass den Scheiß. Ich weiß alles.«

»Sophie! Beruhige dich! Ich weiß nicht, wovon du redest.«

»Nein, ich werde mich nicht beruhigen. Ich habe dich wirklich gemocht, Lily, vielleicht habe ich mich sogar ein bisschen in dich verliebt, also, wie konntest du mir das nur antun, du verdammte, bösartige Hexe?!«

»Sophie! Hör auf! Hey!«

Sie versuchte mich aufzuhalten, als ich in Richtung Wohnzimmer lief. Ich stieß sie zurück, und sie landete rücklings auf den goldenen Kissen, auf denen wir das erste Mal miteinander geschlafen hatten. Die Erinnerung daran und der verängstigte Blick in ihren Augen beruhigten mich etwas, aber als ich fortfuhr, war meine Stimme ein wütendes Zischen: »Warum musstest du das tun, Lily? Warum musstest du mir so wehtun? Du hättest doch einfach fragen können, oder nicht? Oder nicht?«

»Sophie, Schluss damit! Ich weiß wirklich nicht, was du meinst!«

»Versuch nicht, diesen Mist bei mir abzuziehen, Lily. Ich habe es gesehen, ich habe gesehen, dass der Schutt beiseitegeräumt wurde, ich habe die zerbrochene Platte gesehen. Ich bin vielleicht dumm, aber kein kompletter Idiot.«

»Ich weiß nicht, wovon du sprichst.«

»Oh, wirklich nicht? Ihr habt mich also nicht lange genug weggelockt, damit ihr das schwere Gerät nach Elmcote Hall bringen und die Bodenplatte unter dem zerbrochenen Turm des Hauses anheben konntet? Nein, ich schätze mal, davon weißt du nichts, nicht wahr?!«

»Nein! Ich schwöre es! Ist das wirklich passiert? Wann?«

»Letzte Nacht, und das weißt du auch genau.«

»Dann kann ich unmöglich dabei gewesen sein! Ich war an diesem Wochenende bei meiner Großmutter in Brighton. Du kannst es nachprüfen, wenn du mir nicht glaubst.«

Ich hielt inne und wusste nicht, was ich angesichts ihres Leugnens sagen sollte. Sie klang verängstigt und vollkommen ehrlich. Ich atmete tief ein, schloss die Augen und versuchte mich zu beruhigen, während Lily weitersprach. In ihrem Versuch, mich zu besänftigen, verhaspelte sie sich.

»Ich schwöre dir, Sophie, dass ich nichts damit zu tun habe, wirklich nicht. Ich war nicht dort. Ich weiß nichts darüber, nur, dass ich vorbeikommen wollte, um mich mit dir zu amüsieren, aber Richard hat gesagt, dass es an diesem Wochenende unpassend wäre, also bin ich zu meiner Großmutter gefahren.«

»Was? Wann? Wann hat Richard dich angerufen?«

»Donnerstag. Er sagte, du würdest nach Schottland fahren, um dich mit einer Frau zu treffen, die möglicherweise gut in unsere Gruppe passen würde.«

»Das habe ich auch gemacht. Sie nannte sich selbst Alice Kyteller, nur stellte sich heraus, dass sie gar nicht existierte.«

Sie war eine Fälschung, die Richard inszeniert hatte, fiel mir jetzt erst auf. Das Bild von ihr war wahrscheinlich mit einem Grafik-Programm erstellt worden. Ich hatte es noch immer in der Tasche und zog es heraus. Ich war mir nicht mehr sicher, aber ich wollte so sehr, dass Lily nicht Teil dieses Komplotts war, dass es schon wehtat. Sie nahm das Bild, und ihr Gesichtsausdruck wandelte sich in Überraschung.

»Das ist meine Freundin Celine!«

»Bist du dir sicher?«

»Ja, ich habe sie letztes Jahr in Glastonbury besucht. Ich weiß noch, wie das Foto gemacht wurde. Den Baphomet habe ich ihr zum Geburtstag geschenkt. Wir waren oben auf dem Hügel, und es war wirklich windig.«

»Das heißt, das Bild ist manipuliert?«

»Auf jeden Fall!«

Ich atmete wieder tief ein und versuchte nachzudenken. Falls sie mich anlog, war sie sehr, sehr gut darin, aber ich musste sichergehen.

»Ich will nicht an dir zweifeln, Lily, aber kann ich Celine anrufen?«

»Du kannst Celine anrufen, du kannst meine Oma anrufen, ruf an, wen immer du willst. Was immer auch geschehen ist, Sophie, ich gehöre nicht dazu. Das schwöre ich dir, und, nein, ich würde dir niemals so etwas antun. Hier.«

Sie griff nach ihrer Tasche und holte ein kleines schwarzes Buch hervor, um es mir hinzuhalten.

»Ihr Name ist Celine Robertson. Versuch erst, sie auf ihrer Festnetznummer zu erreichen, und falls sie nicht da ist, versuch es auf dem Handy. Frag sie, was immer du willst.«

Ich nahm das Buch und blätterte darin. Es gab eine Celine Robertson. Neben ihrem Namen war, wie auch neben meinem eine Seite zuvor, ein sauberes kleines Pentagramm gemalt. Lily redete weiter, während ich nach dem Telefon griff.

»Ich wollte dir ohnehin von Celine erzählen. Sie würde perfekt zu uns passen.«

»Darüber kann ich jetzt nicht nachdenken.«

Ich wählte, wartete, und eine weibliche Stimme meldete sich am anderen Ende der Leitung. Sie klang professionell, gleichgültig.

»Celine Robertson, was kann ich für Sie tun?«

»Celine? Hi, du kennst mich nicht, aber ich bin eine Freundin von Lily, mein Name ist Sophie Page –«

»Sophie? Oh, wow, ich wollte so gerne mal mit dir reden ...«

Der Unterschied in ihrer Stimme hätte nicht größer sein können. Anfangs noch so kühl und im nächsten Moment voller Enthusiasmus und Freundlichkeit. Sie redete weiter und fragte mich direkt, ob wir uns gemeinsam mit Lily treffen könnten, und es dauerte eine Weile, ehe ich sie unterbrechen konnte.

»Schön ... ja ... das wäre toll. Einen Moment bitte, Celine. Ich muss dich etwas fragen. Lily sagte, dass du letztes Jahr in Glastonbury nicht dabei warst?«

»Letztes Jahr? Ach was, die dumme Nuss, sie war mit mir dort!«

»Kannst du dich daran erinnern, dass dich jemand auf dem Hügel fotografiert hat?«

»Ja, es gab jede Menge Fotos. Dave hat diese Digitalkamera und –«

»Vielen Dank, Celine, ich würde mich wirklich freuen, wenn wir uns mal treffen könnten, aber ich muss jetzt gehen.«

»Okay, dann sprechen wir demnächst mal weiter.«

Ich legte das Telefon weg und fragte mich, ob das alles eine Täuschung sein konnte. Falls ja, wäre es unglaublich aufwendig gemacht, aber ich hatte noch immer Zweifel. Lily breitete die Arme aus und wirkte ein wenig sauer.

»Siehst du?«

»Okay, aber wie ist Richard an das Foto gekommen?«

»Er hat es wahrscheinlich im Internet gefunden.«

Ich nickte. Sie hatte recht. Falls Lily wirklich dazugehören würde, hätte sie nicht zugegeben, das Mädchen auf dem Foto zu kennen. Sie hatte nichts ausgefressen, und ich hatte alles ruiniert, weil ich sie angeschrien hatte. Ich spürte, wie mir die Tränen kamen, aber sie streckte die Arme nach mir aus.

»Komm her, komm her.«

Meine Knie wurden weich, und ich sank auf den Boden, ließ zu, dass sie mich in die Arme nahm und mich festhielt, während ich mir an ihrer Brust die Seele aus dem Leib weinte.

In dieser Nacht blieb ich bei Lily, weil ich es einfach nicht ertragen konnte, nach Elmcote Hall zurückzukehren. Für mich war es entweiht, und ich brauchte jemanden, der mich tröstete. Sie war perfekt, sie kümmerte sich um mich, ohne an sich selbst zu denken, und schickte sogar Besucher fort. Spät in der Nacht, als wir gemeinsam in ihrem warmen Bett lagen, schob sie meinen Kopf sanft zwischen ihre Schenkel, ich gehorchte und genoss die Geborgenheit und das sexuelle Vergnügen, während wir miteinander schliefen und während des Höhepunkts, den ich mir durch meine eigenen Finger verschaffte, während ich sie leckte.

Am Morgen ging es mir ein wenig besser. Was auch immer sonst noch geschehen sein mochte, ich hatte zumindest noch Lily. Wenn ich genauer hinsah, könnte ich vielleicht sogar klären, wie der Schutt bewegt worden war. Ich wusste, wie er zuvor gelegen hatte, aber die einzige andere Person, der das auffallen würde, war Lorna Meadows. Eigentlich verstanden wir uns ganz gut, und kurz überlegte ich, ihr von dem Vorfall zu erzählen, aber dann ließ ich es. Richard hatte von Anfang an gewusst, dass jede offizielle Untersuchung dazu führen würde, dass ich eine Menge zu erklären hatte. Selbst wenn Lorna mich unterstützte, würde ich dennoch meinen Job verlieren.

Sobald ich wieder zurück war, beseitigte ich die restlichen Spuren. Es war harte Arbeit, und ich konnte mir Richards Gelächter vorstellen, angesichts der Tatsache, dass ich mich dabei abmühte, den Schaden zu reparieren, den er verursacht hatte, aber mir blieb keine Wahl. Gegen Mittag waren die Spuren des Raupenfahrzeugs beseitigt, was leider den festen Schutthaufen unbeeindruckt ließ. Eine weitere Stunde Arbeit später war ich so weit, dass ich behaupten konnte, der Haufen wäre in der Nacht eingestürzt, und jeder würde mir glauben. Ich war mir sicher, dass diese Geschichte leichter zu akzeptieren war als die Wahrheit.

Aus Penzance war ein Brief für mich gekommen, wahrscheinlich wegen des kupfernen Drudenfußes, aber ich ließ ihn ungeöffnet in der Küche liegen. Es machte keinen Unterschied mehr, sondern bewies lediglich, wie dumm ich gewesen war. Andererseits konnte der Drudenfuß auch nicht absichtlich platziert worden sein, denn weder Richard noch sonst irgendwer hätte ahnen können, dass ich ausgerechnet diesen Antiquitätenladen in Penzance aufsuchen würde. Ich dachte darüber nach, während ich arbeitete. Das war ein Fortschritt, denn so dachte ich nicht darüber nach, wie leicht ich mich hatte betrügen lassen oder wie zügellos ich mit den Betrügern gewesen war.

Erst als ich alles mir Mögliche getan hatte, duschte ich und zog mich um, um mich in der Küche mit dem dringend notwendigen Kaffee hinzusetzen und den Brief zu öffnen. Er war, wie erwartet, von dem Antiquitätenladen, und der Inhalt war mehr als nur eigenartig. Der Inhalt war sehr kurz gehalten. Er hatte den Drudenfuß einige Jahre zuvor auf einer Auktion in Paris gekauft. Er stammte aus dem Bestand eines bankrott gegangenen Zauberladens, ebenso wie mein Tarot und einige andere Dinge. Den Drudenfuß hatte der Händler in einer Schachtel gefunden, zusammen mit einer Notiz in einem vergilbten Umschlag, den er mir beigelegt hatte. Darin befand sich die französische Quittung eines Pfandleihers aus dem Jahre 1918, ausgestellt auf den Namen Elgar Vaughan.

Ich starrte die Quittung gute zehn Minuten lang an, ehe ich mich wieder bewegte. Elgar Vaughan war 1918 bereits tot gewesen und hatte eindeutig nicht okkulte Gegenstände in Paris versetzen können. Die Schlussfolgerung daraus machte mir Kopfschmerzen, denn das bedeutete, dass alles, was Richard Fox mir hatte weismachen wollen, womöglich wahr war. Alles, bis auf die Tatsache, dass er Elgar Vaughan war, denn wenn er es wäre, hätte er keinen Grund gehabt, die Platte unter dem Schutt anzuheben. Entweder war er also ein Betrüger und hatte mich benutzt, um an Vaughans verlorenes Vermögen zu kommen, oder er war Vaughan und wusste, dass es kein verlorenes Vermögen gab. Es gab noch eine dritte Option: Elgar Vaughan hatte den Absturz überlebt, war aber nicht Richard. Mir kamen noch andere Erklärungen, eine verrückter als die andere, und vor lauter Verwirrung presste ich mir die Hände auf den Kopf.

Irgendwie musste es doch einen Sinn ergeben. Das tat es immer. Aber im Augenblick gab es wenig harte Fakten. Als ich mit Lily im Bett gewesen war, hatte ich versucht, einen Scherz darüber zu machen, wie Magog uns drangekriegt hatte, als er vorgab, der Egregor des Grünen Mannes zu sein, aber Lily hatte mir geschworen, dass es echt gewesen war. Vielleicht war Magog also doch nicht beteiligt, und die Beschwörung war echt gewesen? Allerdings war Magog auch der Einzige, von dem ich wusste, dass er Zugang zu solch schwerem Gerät hatte, wie es für den Schutthaufen benutzt worden war, und damit umgehen konnte. Außerdem war er die einzige Person, die groß genug war, um die verräterischen Fußabdrücke im Frost zu hinterlassen.

Nicht, dass ich es jemals zugegeben hätte, aber da war immer noch das Problem mit seiner riesigen unsichtbaren Freundin. Die weiblichen Abdrücke waren etwas, das ich Lily zugeschrieben hatte, aber ihre Füße waren zu klein. Wer auch immer Magog in der Nacht begleitet hatte, musste größer sein als einsachtzig, und die einzige Person, die mir dazu einfiel, war Julie, aber das erschien mir lächerlich.

Oder nicht? Julie trug immer High Heels. Julie trug niemals etwas, das auch nur den kleinsten Hinweis auf ihre/seine Männlichkeit gab, zumindest nicht bewusst. Trotzdem ergab es keinen Sinn. Sie interessierte sich nicht einmal für Elgar Vaughan. Andererseits passte ihre ständige Anwesenheit sehr gut zu der Tatsache, dass man mich reingelegt hatte. Trotz ihres stressigen Jobs war sie ständig in der Gegend.

Meine Versuche, sie bei der Arbeit zu erreichen, waren ebenfalls fehlgeschlagen.

Und da war noch etwas. Ich hatte Julie von meinen Fantasien im klassizistischen Tempel erzählt, sogar bis ins Detail. Sie wusste, wie ich bei dem Gedanken an Richard und Elgar Vaughan gekommen war. Das würde erklären, woher Richard davon wusste. Ich hatte sogar den leisen Verdacht, dass Julie Lilys Namen schon vor mir einmal erwähnt hatte. Es schien alles zu passen, aber sie würde ich nicht so unvorbereitet konfrontieren, wie ich es bei Lily getan hatte. Ich ging davon aus, dass Julie noch immer in ihrem Haus in Elmcote war. Ich würde vorsichtig vorgehen und so tun, als wäre ich zu beschäftigt gewesen, um irgendeine Veränderung am Haus wahrzunehmen, und dass ich mir Sorgen machte, dass Richard mich verlassen hatte.

Ich konnte dabei nichts gewinnen, aber ich musste einfach so viel wie möglich herausfinden. Wenn sie wirklich arbeiten ging, und das wirklich in London, würde sie wahrscheinlich am späten Nachmittag in Elmcote Hall eintreffen, kurz nachdem es für mich Zeit war zuzumachen. Das war in weniger als einer Stunde, und ich verbrachte den Rest der Zeit damit, durchs Haus zu laufen und die Hinweise zu ignorieren, die sie als Komplizin entlarvten. Es half nichts. Es war schlimm genug, dass ich die Dinge, die ich mit Richard und den anderen getan hatte, wirklich zugelassen hatte, aber dass ich mich von einem aufdringlichen amerikanischen Transsexuellen in den Hintern hatte ficken lassen, setzte dem ganzen die Krone auf, inklusive Zepter.

Ich lief den Hügel hinunter und fühlte mich kläglich und hoffte, dass ich falsch lag. Julie ging mir nicht aus dem Kopf, und trotz allem, was ich wusste, war sie noch immer meine Freundin. Ich wollte nicht, dass das, was zwischen uns vorgefallen war, auch nur Schein gewesen war, vor allem, nachdem sie mir schließlich ihre Gefühle offenbart hatte. Falls es wirklich nur Theater gewesen war, war sie, wie Lily, eine verdammt gute Schauspielerin, aber das war auch kein Trost.

Ich ging direkt zu ihrem Haus und klingelte. Niemand öffnete, und mir sank das Herz in die Hose. Doch als ich mich abwandte, entdeckte ich sie auf der Brücke. Sie war, wie immer, extravagant gekleidet, diesmal in einem kirschroten Rock, Blazer und passenden Schuhen – groß, aufdringlich und unverschämt. Ich ging ihr entgegen, und als ich das kleine Rasenstück erreichte, an dem wir das erste Mal miteinander gesprochen hatten, sah sie mich. Sie musste den Ausdruck auf meinem Gesicht wohl richtig gedeutet haben, denn sofort veränderte sich ihre eigene Mimik von ruhig zu tiefer Scham. Sie konnte mir nicht in die Augen sehen, und als ich in Hörweite war, war ihre Stimme voller Qual.

»Sophie, es tut mir so leid, dass es so kommen musste. Ich –«

»Ich will deine Entschuldigung nicht, Julie – oder wie auch immer dein richtiger Name ist –, ich will eine Erklärung.«

Sie nickte, die Lippen fest aufeinandergepresst.

»Das ist das Mindeste.«

»Okay, dann setz dich, hier ist genauso gut wie anderswo. Und wie soll ich dich nennen. Jules? John?«

»Das tut weh, Sophie.«

»Was glaubst du, wie ich mich fühle?«

Ich fühlte mich wie ein Miststück, denn das Leid auf ihrem Gesicht war echt. Ich setzte mich auf die Bank und sagte nichts. Sie spreizte ihre Finger, eine Geste der Resignation, und setzte sich ebenfalls. Lange sagte keiner etwas, doch dann begann sie zu reden: »So war das nicht geplant.«

»Oh? Wie war es denn geplant? Ich schätze, ich hätte gar

nichts merken sollen und mich weiterhin von sämtlichen Betrügern im ganzen Land flachlegen lassen sollen?«

»Nein, Sophie, so ist es nicht. Ich mag dich wirklich. Du bist die erste Frau, die mich als das akzeptiert hat, was ich wirklich bin.«

»Warum hast du mich dann angelogen? Wenn ich dir wirklich etwas bedeutet habe, und sei es auch nur als Freundin, warum hast du mir dann nichts gesagt?«

»Ich wollte es! Aber Richard ließ mich nicht –«

»Du kennst Richard also?«

»Ja. Ich erwarte von dir nicht, dass du das glaubst, aber ich musste mitspielen. Nur so blieb mir noch die Möglichkeit, in deiner Nähe zu sein. Richard war auch dafür.«

»Warum?«

»Damit er weiß, was danach passiert. Ob du es gemerkt hast oder ob du zur Polizei gehst. Ich sollte dir das dann ausreden.«

»Oh, richtig. Das hast du ja schon die ganze Zeit gemacht, nicht wahr? Du hast so getan, als wärst du meine Freundin, damit du mich manipulieren und deinen Spaß mit mir haben konntest und mir immer wieder erzählen konntest, dass es okay wäre, mich mit Lily, Magog und Nathan einzulassen.«

Ich verstummte, denn meine Stimme war vor Wut immer lauter geworden, und die Leute drehten sich schon nach uns um. Julie sah noch unglücklicher aus, und ich zwang mich, ruhig zu bleiben, als ich weitersprach: »Lüg mich nicht an, Julie. Ich habe Magogs Fußabdrücke im Frost gefunden, noch bevor ich Richard von der Bodenplatte erzählt habe.«

»Nein. Das waren Richard und ich. In der Nacht nach der Hochzeit. Du hast alles verschlafen.«

Ich sah sie fassungslos an. »Nein. Ihr konntet das gar nicht sein. Die männlichen Fußabdrücke waren größer, viel größer und die weiblichen Abdrücke ebenfalls.«

»Wir waren es trotzdem, und wir hatten Glück. Bei einem Fußabdruck im Schnee oder im Frost schmelzen die Ränder als Erstes, und dadurch wirken sie größer. Hast du noch nie vom Yeti gehört?«

»Es geht hier nicht um den Yeti. Also wart ihr das auch davor schon?«

»Ja.«

»Und Nathan?«

»Nein.«

Ich musste fragen.

»Und Lily?«

»Nein.«

»Und der Vikar, James Langdon?«

»Nein. Nur wir drei.«

»Warum dann die ... die Rituale?«

»Die Sache wurde kompliziert, zuerst wollten wir dich nur für eine Weile aus dem Weg schaffen, damit wir die Bodenplatte anheben konnten, aber das haben wir alleine nicht geschafft. Zusammen haben wir es, nach der Hochzeit, auch nicht geschafft. Und dann haben wir erfahren, dass es ohnehin die falsche Platte war.«

»Aber irgendjemand hatte sich noch an der Platte zu schaffen gemacht, nachdem ich Richard davon erzählt hatte, und auch während ich mit ihm zusammen war.«

»Wir haben uns gedacht, dass du misstrauisch werden würdest, also bin ich noch einmal hingegangen und ließ es so aussehen, als hätte wieder jemand versucht, sie anzuheben. Zu dem Zeitpunkt wusste Richard bereits, was dir gefällt, wenn ihr zusammen seid –«

»Bastard!«

»– und er wusste, dass du noch einiges mehr tun würdest. Wir brauchten auch Zugang zum Gelände –«

»Daher sollte ich ihm die Schlüssel geben?«

»Ja. Der Kult war die perfekte Entschuldigung dafür.«

»Und Magog, hat er das in dieser Nacht nur gespielt? Ich schätze mal, du weißt auch davon?«

»Er hat das nicht gespielt. Lily hat den Typen zu Tode erschreckt.«

»Gut, warum der Vikar?«

»Das war ein Scherz. Entschuldige. Er hatte Richard im Internet angeschrieben, und so ...«

»Ich kann es mir vorstellen, du musst nicht ins Detail gehen. Und was war mit dieser Frau auf Mull, Alice Kyteller?«

»Das hat sich Richard ausgedacht. Er hat ein Bild von einem Gothic-Mädchen im Internet gefunden und sie mit Fotoshop vor das Cottage gesetzt. Wir dachten, du bekommst es nicht heraus.«

»Das habe ich anfangs auch nicht, erst hinterher.«

Ich hielt inne. Es gab keinen Grund zu erklären, was ich noch über das Bild wusste. In mir brodelte es, und meine Wut konzentrierte sich mehr und mehr auf Richard. Er war derjenige, der das alles organisiert hatte, der die Entscheidungen getroffen und mich verführt hatte, sodass ich mich auch anderen Leuten hingab. Das Einzige, wofür ich ihn nicht verantwortlich machen konnte, war, dass ich ihn für Elgar Vaughan gehalten hatte, denn was das anging, hatte es keine Hilfe gebraucht, damit ich mich vollkommen zum Narren machte. Ich war nur froh, dass ich es ihm niemals erzählt hatte. Blieben noch immer die Identitätsmarke und der Drudenfuß.

»Was war mit Elgar Vaughans Identitätsmarke aus dem Krieg? Was hattet ihr damit vor?«

»Du hast die Hundemarke gefunden?«

»Ja, ich habe die Hundemarke gefunden, und wage es ja nicht, empört zu tun. Ich habe zwar die Wohnung durchsucht, aber deswegen spiele ich noch lange nicht in eurer Liga.«

»Okay, ich schätze, jetzt macht es ohnehin keinen Unterschied mehr.«

»Doch, für mich macht es einen Unterschied. Einen sehr großen Unterschied sogar.«

»Sie gehörte seinem Großvater.«

»Seinem Großvater? Elgar Vaughan ist Richards Großvater!«

Ich hätte sie als Lügnerin beschimpft, aber die Ähnlichkeit war eindeutig da. Und Familienähnlichkeit war leichter zu akzeptieren als Unsterblichkeit. Dennoch ergab es noch immer keinen Sinn.

»Wie kann das sein? Selbst wenn Elgar Vaughan Kinder gehabt hätte, wäre seine Marke in Ypern verloren gegangen.«

»Nein. Richards Großvater hieß zwar Elgar Vaughan, aber er war nicht der Elgar Vaughan. Er war der Sohn der Krankenschwester, Florence Zeals.«

»Aber sie starb –«

»An einer Lungenentzündung, als ihr Sohn vier war. Elgar Vaughan senior war siebzehn gewesen, als sie schwanger wurde, daher ließ sein Vormund das Kind verschwinden, damit es keinen Skandal gab. Florence nannte ihn Elgar und schaffte es, dass er den Nachnamen Vaughan tragen durfte. Er diente im Ersten Weltkrieg und überlebte. Mit knapp zwanzig ist er nach Amerika ausgewandert.«

»Du willst mir also sagen, dass Richard Elgar Vaughans – der Urenkel meines Elgar Vaughan ist?«

»Genau.«

»Woher wusstet ihr davon?«

»Damit fing alles an. Richard wollte den Ursprung seiner Familie nachverfolgen. Seine Mutter war eine Vaughan, und sie hatte Unterlagen. Hast du sie gesehen?«

»Nur einen Blick darauf geworfen.«

»Darunter war seine Geburtsurkunde und noch einige von anderen Leuten, außerdem Briefe von Florence Zeals. Ihn hat das sehr interessiert, mehr noch, als er erfuhr, dass er der Nachkomme eines berühmten Satanisten ist. Als er dann deine Abhandlung las –«

»- kam er auf die Idee, dass es ein verschwundenes Vermögen von Vaughan geben könnte. Ja, das habe ich mir schon selbst zusammengereimt. Aber was hast du damit zu tun? Und was ist mit dem Drudenfuß?«

»Der aus Messing, den du mir gezeigt hast? Das weiß ich nicht.«

»Es lag eine Quittung bei, aus einem Pariser Leihhaus von 1918.«

»Elgar Vaughan junior muss ihn versetzt haben. Ich schätze, er hatte ihn von seinem Vater bekommen.«

»Könnte sein. Und du?«

»Ich? Ich bin nur der Ladyboy, den Richard eines Nachts in einer Bar in Greenwich Village aufgerissen hat.«

»Er hat was?«

»Einfach so. Das war vor vier Jahren. Er gab mir sogar das Parfum, das du an mir erkannt hast. Glaub mir, Süße, es gibt nichts, was du getan hast, dass dieser Mann selbst nicht tun würde, und das zehnmal so schlimm. Du hast nur anderes Werkzeug als er.«

»Richtig. Ich schätze, das sollte mich nicht allzu sehr überraschen. Und warum – warum habt ihr nicht einfach gefragt?«

»Weil du wahrscheinlich nein gesagt hättest, weißt du. Und zu dem Zeitpunkt, an dem du möglicherweise nicht mehr nein gesagt hättest, waren wir schon zu tief in der Sache drin.«

»Ja, ich hätte wohl nein gesagt. Ich hätte – schon gut.«

Ich brachte es einfach nicht über mich, die Wahrheit zuzugeben, nicht, wenn sie zurückzuhalten bedeutete, dass ich wenigstens die Chance einer kleinen Rache an Richard Fox bekäme.

12

Niemand zieht mich lange herunter, nicht einmal Richard Fox. Er mochte mich betrogen haben, er mochte mich dazu gebracht haben, Dinge zu tun, die ich sonst niemals getan hätte, aber ich hatte viel mehr bekommen als verloren. Nach dem ersten Schock und meiner Scham ließ ich meine Gefühle bezüglich Richard und der Dinge, die er mit mir gemacht hatte, hinter mir. Immerhin konnte ich nicht leugnen, dass ich sie genossen hatte, es war nur traurig, dass so vieles, was ich erlebt hatte, sich im Nachhinein als unecht herausgestellt hatte. Das Einzige, was ich wirklich bedauerte, war, dass es diese Aura der Verruchtheit verloren hatte, die mir immer gefallen hatte, wenn es darum ging, den Hintern des Teufels zu küssen, und in dem Fall gab es keinen Ersatz für Richard Fox – zumindest dachte ich das.

Ja, ohne jeden Zweifel hatte ich mehr bekommen als verloren.

Ich hatte Lily gefunden, meine wunderschöne, herzliche Freundin und Liebhaberin. Sie und ich kamen uns im Laufe der nächsten Monate immer näher. Wir genossen unsere intime Beziehung jenseits aller Konventionen, die ebenso eng war, wie das Vertrauen zwischen normalen Freunden. Wenn wir in einem der Tempel auf Elmcote Hall spät in der Nacht zusammen waren, war sie mehr Priesterin als Freundin.

Ich hatte James gefunden, dessen nervöse Aufregung und Enthusiasmus immer wieder köstlich schmutzige Gefühle in mir weckten. Ein einfacher Kuss oder eine Berührung seiner Wange reichten aus, damit er erbebte und Bewunderung in seinen Augen aufblitzte. Aus eigenem Wunsch hatte er die Position des Dieners unter uns eingenommen, eine Position, die er sich eindeutig ersehnte.

Ich hatte Celine gewonnen, die all das und mehr war, was ihr Bild versprochen hatte. Ihr tizianrotes Haar und ihre schlanke Schönheit verliehen unseren Riten etwas Feenhaftes. Sie hatte ihren Platz bei uns mit erfrischender einfacher Freude eingenommen und sofort hineingepasst. Sie hatte sich schnell mit James verstanden, dessen Ansicht auf das Leben und die Religion ihr sehr gefielen.

Das Beste war, dass ich Nathan gewonnen hatte, einen echten Heiden mit einem Gefühl für die Wildnis der Wälder und, was noch wichtiger war, einen Mann, dem ich vertrauen konnte. Er hatte schnell Richards Rolle als männlicher Kopf unserer Gruppe übernommen. Sein altmodisches Heidentum ergänzte Lilys Liebe zum Okkulten und brachte so beides in Balance. Es dauerte nicht lange, und er nahm auch Richards Platz als mein Liebhaber ein, sowohl im Sabbat als auch im konventionelleren Sinne. Er ging mit mir ins Kino oder zu Konzerten, etwas, was ich seit meinem Studium nicht mehr gemacht hatte. Von diesem Moment an war ich wirklich glücklich, und Richard spielte keine Rolle mehr in meinem Leben. Denn wenn er Elgar Vaughan für mich war, so war Nathan als Verkörperung des Teufels sogar noch besser.

Am ersten August traf sich unsere Gruppe, um mit diesem fünften Zusammenkommen den neuen Sabbat Aceras Lammas und die Neige des Sommers zu feiern. Einen Monat vorher hatten wir uns auf Nathans Farm getroffen und waren nackt durch die Wälder gerannt und hatten mit einer herrlich unorganisierten Feier die Sonnenwende zelebriert. Davor hatten wir uns schon in Lilys Wohnung getroffen. Sie hatte sich angekettet und wurde zu Lilitu, eine Erfahrung, die mich zerkratzt und blau geschlagen zurückließ, mich aber für die nächsten Tage glücklich machte. Nun war es wieder an mir, und da wir Elmcote Hall gebucht hatten, konnten wir den ganzen Tag und die ganze Nacht tun und lassen, was immer wir wollten.

Als Anlass für die Buchung hatten wir eine kleine informelle Verlobungsparty angegeben, daher konnten wir den Küchentisch auf den Rasen neben dem Lindenweg stellen und zwanglos essen, reden, an Delikatessen knabbern und Champagner trinken. Wir mussten dennoch ein wenig vorsichtig sein, aber das machte mir nicht viel aus. Ich genoss meine langsam anwachsende Erregung, ausgelöst dadurch, dass ich meine viktorianische Kleidung tragen konnte, ohne mir Gedanken um die Leute vom Treuhandfonds zu machen.

Ich trug nicht das ganze Outfit, denn für mein schweres Kleid und die Unterröcke war es zu warm. Stattdessen trug ich ein leichtes Sommerkleid, mit meiner viktorianischen Unterwäsche darunter und einem Taillen-Korsett, das Lily mir zum Geburtstag geschenkt hatte. Ich trug keine Schuhe, was noch mehr zu dem wunderbar befreiten Gefühl beitrug, auch wenn ich immer wieder Spitze und Baumwolle auf meiner Haut spürte, wenn ich mich bewegte. Auf diese Weise dachte ich die ganze Zeit an meinen Körper.

Ich war leicht angetrunken und lächelte – ich war zufrieden mit dem, was uns gelungen war. Ich saß auf meinem Stuhl, das Glas an den Lippen, und betrachtete die anderen. Ich dachte darüber nach, wie gut sie an diesen Ort passten, wo die großen Bäume an beiden Seiten aufragten, mit dem Tempel des Baphomet hinter ihnen.

Lily passte wahrscheinlich am besten, in ihrem lose geschnittenen grünen Samtkleid, dessen Ausschnitt so tief war, dass man die blassen Rundungen ihrer Brüste und die dutzenden okkulten Halsketten dazwischen sehen konnte. Sie sprach mit James, dessen Gesicht einen Ausdruck purer Verehrung zeigte, während sie ihm erklärte, welchen Symbolgehalt es hatte, wenn er an ihren Brüsten saugte. Er trug seinen Talar und ein Hundehalsband, bei dem wir uns alle einig darüber waren, dass es zwingend nötig war.

Nathan war elegant in Schwarz gekleidet, wie immer, wenn er keine körperliche Arbeit verrichten musste. Celine stand mit leuchtenden Augen und kichernd hinter ihm, sie trug ein dünnes Sommerkleid, das kaum verbarg, dass sie darunter nackt war.

Eines war sicher: Elgar Vaughan hätte es mehr als nur gefallen.

James wurde zu begierig, und Lily gab ihm einen spielerischen Klaps mit dem Handrücken. Dann setzte sie sich so hin, dass weniger Bein und Ausschnitt zu sehen waren.

»Schluss, Junge. Benimm dich, und vielleicht erlaube ich dir später, ein wenig mehr zu machen, nachdem alle anderen genug hatten.«

Ich wusste, dass sie etwas Besonderes für mich vorbereitet hatte, aber sie weigerte sich mir zu sagen, worum es sich handelte. Sie machte nur Andeutungen darüber, dass ich besonders aufgeschlossen sein musste, um dem gewachsen zu sein. Ich wusste, was ihr gefiel, und was sie fähig war zu tun; daher war ich schon die ganze Woche gespannt gewesen und musste es unbedingt wissen.

»Ich denke, es ist besser, du erzählst mir jetzt, was du vorhast. Zumindest wenn du willst, dass ich dir bei der Vorbereitung helfe.«

Sie lächelte nur amüsiert.

»Du wirst es zur richtigen Zeit schon erfahren, Sophie. Ich hoffe nur, dass du dann auch bereit bist.«

»Das bin ich, aber gib mir wenigstens einen Hinweis. Wird es wieder so sein wie zur Sonnenwende? Muss ich dafür nackt sein?«

»Oh nein, du kennst mich, ich bin so ein Mädchen, dass mehr auf Ziegenschädel und Kerzen steht. Das, was du trägst, passt sehr gut, zumindest die Unterwäsche.«

»Wirst du mich auspeitschen?«

»Vielleicht, vielleicht auch nicht, aber wenn du nicht aufhörst, Fragen zu stellen, bin ich vielleicht geneigt, dir gleich hier den Hintern zu versohlen.«

»Okay. Welche sind die vier nächsten Planeten zur Sonne? Wie berechnet man den Radius eines Kreises? Wer war Tycho Brahe?«

»Du hast es so gewollt!«

Sie packte mein Handgelenk. Ich musste so sehr lachen, dass ich nichts dagegen tun konnte, selbst wenn ich gewollt hätte, und sie zog mich ohne großes Drumherum einfach über ihren Schoß. Eine Sekunde später hatte sie mir das Kleid bis über den Rücken hochgeschlagen, mein Höschen zur Seite gezogen, und ich protestierte halb im Scherz. Sie versohlte mir den Hintern, und ich lachte noch immer.

»Hey, nein, nein, Lily! Jemand sieht uns noch! Nein!«

Die Schläge hörten auf, aber nur, damit sie mein Höschen weiter zur Seite ziehen konnte, damit die anderen drei alles sehen konnten. Sie sprach auch mit mir und tat ihr Bestes, damit ihre Stimme ernst klang.

»Ich will, dass die Leute es sehen. Das ist der Reiz daran, du Dummerchen. Wo sonst liegt der Spaß darin, dich nackt zu machen, wenn niemand es sieht?«

Sie machte sich wieder an die Arbeit, so hart, dass ich austrat und meine Worte nur unter Keuchen und Schreien hervorbrachte.

»Fremde! Ich meinte Fremde! Oder Lorna kommt möglicherweise vorbei!«

»Ich bin mir sicher, dass es sie freuen wird zu sehen, dass du richtig diszipliniert wirst. Aber gut, nur noch zehn Stück, weil ich sonst glaube, dass James explodiert. Zähl laut mit.«

Ich tat es und errötete, während ich jeden der zehn Schläge laut mitzählte. Sie ließ dazwischen reichlich Pausen, damit auch jeder einen guten Blick auf mich werfen konnte. Als sie mich schließlich aufstehen ließ, rieb ich meinen erhitzten Hintern. Ich stellte mich mit Absicht mit dem Rücken zu James, damit er alles sehen konnte, da seine Augen schon aus den Höhlen quollen.

Nachdem Richard mich versohlt hatte, hatte ich gemerkt, dass es mir sehr gefiel, und so hatten Nathan und Lily das übernommen. Anschließend glühte mein Hintern immer auf die köstlichste Weise, und zwischen meinen Schenkeln wurde mir immer sehr warm, vor allem, wenn das Versohlen vor anderen Menschen stattfand. Trotzdem konnte ich nicht leugnen, dass es besser gewesen war, wenn Richard mich versohlt hatte. Er war nicht stärker gewesen als Nathan oder geübter als Lily, aber irgendetwas an der Art, wie er es getan hatte, war automatisch richtig gewesen und hatte mich sofort begeistert.

Lily wusste das, denn ich hatte ihr alles anvertraut, aber sie schien es trotzdem zu genießen, mich anzuwärmen, wann immer ich es brauchte, einfach aus Spaß. Sie wusste auch, dass es mich dazu brachte, zu tun, was mir gesagt wurde, und übernahm es oft, ohne dass ich dagegen protestierte. Ich nahm mein umgekipptes Champagnerglas und setzte mich wieder auf meinen Stuhl. Aber was Lily dann sagte, ließ mich fast wieder aufspringen, denn es wirkte, als hätte sie meine Gedanken gelesen.

»Kannst du Richard jemals völlig vergeben?«

Ich zuckte mit den Achseln und löste mich rasch von dem Bild, wie mich beide gleichzeitig versohlten, um mich ernsthaft auf ihre Frage zu konzentrieren.

»Nein, nicht ganz. Ich hasse ihn nicht, aber ich will auch nicht mehr mit ihm zusammen sein. Trotzdem ist es eine Schande. Ich wünschte nur, dass er anders an die Sache herangegangen wäre. Er wusste offensichtlich nichts über mich als Person, aber wenn er sich nur ein wenig Zeit genommen hätte ...«

Celine lachte.

»So sind die Männer, immer in Eile.«

»Ich hätte ihm alles erklärt, und alles wäre gut gewesen. Wäre es nicht toll, wenn wir Elgar Vaughans Urenkel bei uns hätten? Ich mochte auch Magog.«

Nathan machte eine unbestimmte Geste mit den Händen.

»Wie wir wissen, sind ehrliche Menschen selten. Enttäuschungen bleiben da nicht aus.«

»Er war keine Enttäuschung, das ist ja das Problem, aber lassen wir Richard Fox. Er ist weg, und wir sind hier.«

Ich füllte mein Glas wieder auf, während ich sprach, und hielt es in die Höhe, um mit Nathan auf uns fünf anzustoßen. Dann sagte ich: »Da gibt es noch etwas, von dem ich gewünscht hätte, dass er es weiß. Vielleicht weiß er es sogar schon. Unter der Bodenplatte lag nichts.«

Sowohl Nathan als auch Lily wirkten überrascht, aber sie sprach als Erste: »Wie kannst du dir da so sicher sein? Du hast doch gesagt, dass sich darunter etwas befindet, beziehungsweise du hast es angedeutet.«

Nathan nickte bestätigend.

»Ja. Aus deinem Interview mit Alice Scott geht hervor, dass du glaubst, Elgar Vaughan hätte alles, was ihm wichtig gewesen war, unter einer fünfeckigen Bodenplatte im Haupttempel versteckt. Okay, dann haben sie also den falschen Tempel gehabt, aber –«

»Nein.«

»Was meinst du mit ›nein‹?«

Ich musste lachen. »Das, was ich sage. Als ich zu dem Interview mit Alice Scott fuhr, war sie bereits hundertvier Jahre alt. Sie war eine entzückende alte Dame und erstaunlich für ihr Alter, aber ihre Zeit in Elmcote Hall hatte ihr fast nichts bedeutet. Natürlich erinnerte sie sich grob daran, aber für sie war es nur eine kurze Verrücktheit in ihrer Jugend. Etwas, das früher mal Spaß gemacht hat, sich aber heute nicht mehr gehörte. Falls sie wirklich einmal Details gekannt hatte, ganz zu schweigen von neuen Erkenntnissen oder Einblicken in Elgar Vaughan, dann war ihr nicht danach, diese preiszugeben, aber ehrlich gesagt glaube ich nicht, dass sie etwas wusste. Sie hatte ein langes Leben hinter sich und ihn nur einmal getroffen, in einer Zeit, die ihr viel weniger bedeutete als ihre Ehen, ihre Kinder, ihre Enkel und Urenkel. Darüber wollte sie reden, nicht über Elgar Vaughan. Als die Krankenschwester mich hinausscheuchte, hatte ich genau genommen gar nichts.«

Nathan starrte mich an, und ich stellte mir vor, wie Richard wohl geschaut hätte.

»Nichts? Was meinst du mit nichts? Deine gesamte Doktorarbeit basiert auf diesem Interview!«

»Ich meine wirklich nichts. Elgar Vaughan gab nur wenig von sich preis, und mein Doktorvater war unheimlich beeindruckt von mir, dass ich Alice gefunden und interviewt hatte.«

Er lachte, als er antwortete: »Du sagtest, sie hätte dir von Vaughans Unterlagen erzählt, und dass es möglicherweise noch mehr gäbe!«

»Ja, ich weiß. Aber das war es auch schon. Alle dachten, ich wäre so clever, und dass es einen riesigen Unterschied in meiner Doktorarbeit machen würde, dass ich eine der Bediensteten von Elmcote Hall aus Vaughans Tagen gefunden hatte. Als sie wenige Tage später starb, ging ich davon aus, dass niemals jemand die Bodenplatte anheben würde. Und so habe ich alles – ich habe es mir nur ausgedacht.«

Lily hielt ihr Handy in die Höhe.

»Ich habe seine E-Mail-Adresse noch. Soll ich ihm eine Mail schicken?«

»Ja. Warum nicht?«

Eine Seefahrt, die ist lustig

Georgina Brown
DIE YACHT
Erotischer Roman
Aus dem Englischen
von Sandra Green
336 Seiten
ISBN 978-3-404-16711-1

Von der Liebe enttäuscht, heuert Antonia auf der Yacht von Philippe an, einem verheirateten Mann aus gutem Hause. Sofort fühlt sich die junge Frau zu dem adretten Yachtbesitzer hingezogen - und erfährt bald am eigenen Leib, wie stürmisch die Liebe auf hoher See sein kann ...